KB150051

펫로스, 반려동물의 죽음

DOG

펫로스, 반려동물의 죽음

미안해 사랑해 고마워

리타 레이놀즈 지음 | 조은경 옮김

이 책은 환경과 나무 보호를 위해 재생용지를 사용했습니다.
환경과 나무가 보존되어야 동물도 살 수 있습니다.

살아 있는 자들의 세상과 죽은 자들의 세상이 있습니다.
그리고 두 곳을 이어주는 다리는 사랑입니다.
사랑만이 살아남을 것이며
사랑만이 유일한 의미입니다.
-손턴 와일더

죽음은 단지 '옮아가는 것'입니다

우선 이 책이 한국에서 펫로스에 관한 첫 책으로 선택된 것을 무한한 영광으로 생각합니다. 또한 한국의 반려인들에게 동물의 죽음에 대해 알려 주는 첫 책으로 선택해 준 출판사에게도 고마움을 전합니다.

저에게는 동물들이 이곳에서의 삶을 마치고 무지개다리를 건넌 후에도 영혼의 삶이 이어진다는 믿음이 있습니다. 그래서 이 책이 반려동물을 떠나보내고 힘든 시간을 보내고 있는 반려인들에게 평화와 희망을 전하는 것은 물론 슬픔을 이겨내는 데 실질적인 도움을 주기를 희망합니다. 반려인이 잘 준비해서 사랑했던 동물이 고통 없이 무지개다리를 건넜다면 그것은 동물뿐만 아니라 오랜 시간 그들을 사랑했던 반려인에게도 큰 선물입니다.

동물들은 어린 시절부터 나에게 큰 기쁨이었으며, 나는 평생 그들과 큰 사랑과 연민을 나누었습니다. 또한 시간이 지나면서 사랑하는 반려동물을 무지개다리 너머로 떠나보낸 많은 사람들과도 교류하게 되었습니다. 이런 과정을 통해 배운 것은 세계 어디에 살든 반려동물과 함께 사는 사람들의 마음은 똑같다는 것이었습니다. 우리는 반려동물을 깊이 사랑하며, 그들이 떠났을 때 깊은 슬픔을 느낀다는 것이! 그런 사랑과 슬픔은 국가, 문화, 거리와 세대를 넘는 거대한 언어였습니다.

이 책이 미국에서 처음으로 출판된 이래로 세계의 많은 반려인들이 그들이 살아 있을 때 반려동물과 나눈 사랑과 헌신은 물론 그들을 떠나 보내고 난 후의 큰 상심까지 상세히 적어서 내게 보냈습니다. 그 글을 읽다 보면 사랑이란 인간과 개, 인간과 고양이라는 생물학적 종의 구분이 아무런 의미가 없음을 알 수 있습니다. 이런 믿음이 나를 동물과 인간 사이에서 그들을 돕게 만드는 것 같습니다.

이 책이 사랑하는 반려동물을 잃은 사람들에게 위안과 도움이 됐다는 말보다 더 큰 기쁨은 없습니다. 아프고 나이 든 반려동물을 평화롭고 두려움 없이 보내는 데 이 책이 도움이 됐다는 소식이 세계 곳곳에서 전해져 올 때마다 전율을 느낍니다. 반려동물이 나이가 들고 병이 시작될 때부터 차근차근 죽음을 준비할 수 있어서 좋았다는 말에 저 또한 감사함을 느낍니다.

내게로 와서 나와 함께 무지개다리를 건너는 동물들의 도움으로, 앞으로도 나의 죽음 너머에 대한 배움은 더 깊고 넓어질 거라고 생각합니다. 많은 동물들은 내게 죽음 너머의 찬란한 삶에 대해 가르쳐 주는 스승입니다. 이 특별한 삶의 스승들은 내게 초록별 지구에서의 삶 너머에 다른 차원의 삶이 있음을 보여 주었습니다. 그곳에서 동물들은 육체의 고통을 훌훌 벗어 던지고 건강하게 자유를 즐기는 아름다운 모습으로 존재하고 있습니다.

또한 반려동물이 떠난 후 그들이 '사라지는 것' 이 아니라 단지 '옮아가는 것' 임을 느꼈다는 반려인도 많습니다. 그 신비한 경험을 통해 기쁨을 느꼈다는 것이죠. 맞습니다. 이제 손만 뻗으면 온기를 느낄 수 있는 털북숭이 녀석은 더 이상 없습니다. 하지만 그들과 나눈 사랑은 여전히 내 곁에 있고, 그들은 무지개다리 너머에 여전히 존재하고 있습니다.

반려동물의 죽음을 통해 우리가 배우는 것은 나와 다른 세상의 모든 존재에 대한 배려입니다. 미국에서의 동물 호스피스는 이제 동물의 정신과 영혼에 대해서 공부하는 수의학 분야로까지 넓어져 있습니다. 지난 10년간 영혼과 명상 등에 대한 연구는 과학과 접목을 시작해 인간은 물론 동물의 죽음 또한 그 과정을 함께 해주는 것이 중요하다는 것을 증명하고 있습니다.

한국의 반려인 또한 내가 동물들에게 배운 삶과 죽음에 관한 교훈을 함께 느낀다면 그보다 더한 기쁨이 없을 것 같습니다. 알아두세요. 반려동물을 떠나보낸 슬픔을 느끼고 있는 당신은 절대 혼자가 아닙니다. 세상에는 반려동물과 깊은 사랑을 나누고 떠나보낸 뒤 그만큼의 슬픔을 느끼는 당신을 이해하는 수억 명의 사람이 있습니다. 또한 떠난 동물에게 무지개다리 너머의 삶이 있다는 것, 언젠가 차례가 되어 우리가 갔을 때 우리를 맞이하기 위해 그곳에서 그들이 기다리고 있다는 것을 믿는 사람들도 더 많아지고 있습니다. 그러니 아이들을 보내고 너무 외로워하지도 너무 슬퍼하지도 마세요. 죽음은 끝이 아니며, 우리가 그들과 나눈 사랑에도 끝이 없습니다.

리타 레이놀즈

신이 우리에게 준 선물

먼저 나에게 이 책에 대한 추천사를 부탁해 준 것에 대해 감사드립니다. 우리나라에서 펫로스에 관한 첫 책이 나온다기에 고마운 일이라고 생각했는데 제가 추천사까지 쓰게 되었으니까요.

저는 어린 시절부터 지금까지 반려동물과 살지 않았던 적이 없습니다. '애완동물, 반려동물' 이라는 말 자체가 없었던 40년 전에 우리 3남매는 방안에서 개와 함께 잠도 자고 함께 놀았습니다. 아버지는 "내가 집에 왔을 때 가장 반기는 게 쭈쭈구나."라고 말씀하시곤 하셨는데 아버지는 동물도 생명체로 봐야 한다는 것을 우리에게 가르쳐 주신 분입니다. 그때부터 제게 개는 가족이었습니다.

그렇게 오랜 기간 동물과 가족처럼 지내다 보니 그들에게 배우는 게 많습니다. 사람이 예수든 부처든 어떤 신을 믿든 상관없이 개에게는 인간이 그들의 신입니다. 그들은 주인만 기다리고 쳐다보고 사랑하니까요. 그래서 그들과 살고 또 수명이 다한 아이들을 떠나보내면서 신이 그들을 창조한 이유를 알게 되었습니다. 절대적인 사랑, 조건 없는 사랑, 헌신에 대해 사람들에게 알려 주기 위해 그들을 우리에게 선물로 주었다는 것을요.

그 시절 처음 동물의 죽음을 접했습니다. 개가 쥐약을 먹고 죽자 아버지는 너무 아파하시며 고통스럽게 우셨습니다. 울면서 개를 안고 가 뒷산에 묻었던 아버지는 끝내 우리는 따라오지 못하게 하셨습니다. 동물의 죽음에 솔직하게 슬퍼하며 눈물을 흘리시던 아버지, 모든 생명의 죽음에 똑같이 눈물을 흘리시던 아버지를 저는 보았습니다.

25년 전, 로마로 유학을 오면서 저는 동물과 함께 살기 시작했습니다. 외국에서의 힘든 무대생활을 견디게 해준 힘의 절반은 동물 덕분입니다. 저 같은 경우 반려동물은 말 그대로 인생의 동반자입니다. 그 아이들이 예쁘고 똑똑해서가 아니라는 것을 아실 겁니다. 아이들의 눈은 24시간 저만 향하고 있죠. 그리고 정과 사랑으로 저를 보호하고 지탱해 줍니다. 개들은 제게 가족이고, 아이들인 셈이지요.

그 첫 동물가족이 재키입니다. 재키는 저와 15년을 함께 살다가 떠났지요. 재키와의 기억은 아주 많습니다. 재키는 1993년 이탈리아 피렌체 공연의 커튼콜 때 무대 위의 내 품에 뛰어들었던 녀석이기도 합니다. 덕분에 폭소와 박수를 곱절로 받았지요. 베네치아 광장에 놀러갔다가 재키를 잃어버린 적이 있습니다. 그때 눈앞이 캄캄해진다는 말을 실감했지요. 다행히 찾기는 했지만 재키를 찾아다니는 동안 마치 지옥의 유황불 속에 있는 듯한 느낌이었습니다.

재키는 평화롭게 세상을 떠났지만 사랑한 만큼 이별의 고통도 컸습니다. 생명 있는 모든 것에는 반드시 이별이 있음을 알면서도 고통은 컸습니다. 하지만 추억만은 이별을 피해 갑니다. 추억은 이별 뒤에야 드디어 제 역할을 하는 것 같습니다. 제가 재키와의 소중한 추억으로 이별의 고통을 치유해 가는 것처럼요.

저 같은 싱글은 물론이고 아이, 노인의 경우 가족 같은 반려동물이 떠났을 때의 그 상심은 이루 말할 수 없이 큽니다. 그 빈 공간을 채울 것이 아무것도 없거든요. 이런 감정을 경험해 보지 못한 사람은 절대로 이해하지 못합니다. 그러니 그런 감정을 이해하지 못한다면 그런 사람들을 그냥 놔두시기 바랍니다. 아픈 말로 상처 주지 않기를 바랍니다. 나와 다른 사람의 감정을 너그럽게 이해할 수 있는 성숙된 문화가 만들어지는 데 이 책이 도움이 될 것이라고 생각합니다.

얼마 전 공연 준비를 하는데 메이크업아티스트에게 전화가 왔습니다. 함께 살던 개에게 사고가 나서 병원으로 갔다는 것이었습니다. 그녀는 당장 일을 놓고 뛰어나갔고 아무도 뭐라 하는 사람은 없었습니다. 이런 문화가 만들어지기를 바랍니다.

지금도 저는 공연을 위해 로마 집을 떠나 파리에 와 있습니다. 언제나처럼 신디는 저와 동행했습니다. 덩치가 큰 토미와 밀리 두 녀석은 집을 지키고 있습니다. 이렇게 24시간을 내내 붙어 있다 보니 신디는 나의 모든 것을 다 꿰뚫고 있습니다. 나만 바라보니까요. 라이프스타일은 물론 저의 감정까지 꿰뚫고 이해합니다. 그런 그들을 어찌 사랑하지 않고, 고마워하지 않을 수 있겠습니까?

현재 신디와 밀리는 7살, 토미는 8살입니다. 우리는 그야말로 완벽한 가족이지요. 힘든 공연 여행에서 돌아올 때마다 지친 저는 그들에게 받는 것이 너무나 많습니다. 물론 나이가 있으니 그들도 떠나겠지만 저는 죽음을 염두에 두고 살지는 않습니다. 그저 하루하루 최선을 다할 뿐입니다. 최선을 다해 그들을 보살피고, 즐겁게 해주기 위해 노력하고, 아프면 바로 병원으로 달려갑니다. 제가 최선을 다한다는 것이 그저 예쁘게 꾸미고, 사람처럼 대우해 준다는 말이 아님을 아실 것입니다.

많은 사람들이 이 책을 통해 가족처럼 함께 살았던 동물의 죽음에 대해 생각해 볼 수 있기를 바랍니다. 그리고 많은 사람들이 그런 이들의 슬픔을 이해하고 따뜻하게 감싸주기를 바랍니다.

파리에서 조수미(성악가)

차 례

가장 용감한 개 올리버와
모든 동물, 사람 그리고 지상과 천상의 빛의 존재,
내 삶을 빛나게 해준 그들에게 이 책을 바칩니다.

1

보호소를 만들다

- 죽음으로 삶의 의미를 알려 준 올리버
- 왜 하필 네가, 왜 하필 지금 떠나야 해?
- 아프고 지친 동물들을 다 받아 주는 보호소
- 백혈병으로 떠난 도미노
- 열세 살에 시작된 새로운 삶을 즐긴 페니
- 누구나 자신의 영혼을 지켜주는 수호천사가 있다

보호소를 만들다

죽음으로 삶의 의미를 알려 준 올리버

어느 평범한 오후 나는 올리버의 부드럽고 자그마한 몸뚱이를 부둥켜안고 이렇게 말해 주었습니다.

"올리버, 네 몸에서 자라고 있는 암이 우리를 헤어지게 하려고 해."

'헤어짐' 이라는 말이 떨어지기가 무섭게 올리버가 내 쪽을 바라보았습니다. 비록 앞을 보지는 못하지만 춤추듯 흔들리는 눈동자는 생명을 발하며 반짝였습니다. 나는 올리버가 내 마음을 그리고 나를 넘어서 다른 곳을 보고 있음을 느낄 수 있었습니다.

"너는 이제 나와는 다른 세상에서 살게 될 거야. 하지만…… 영원히 사랑할게. 사랑해, 올리버."

눈물로 범벅이 된 내 말을 올리버는 귀 기울여 듣고 있었습니다. 하지만 그 순간, 우리는 결코 헤어지는 것이 아님을, 오히려 더 완벽하게 '함께' 임을 올리버와 나는 알았습니다.

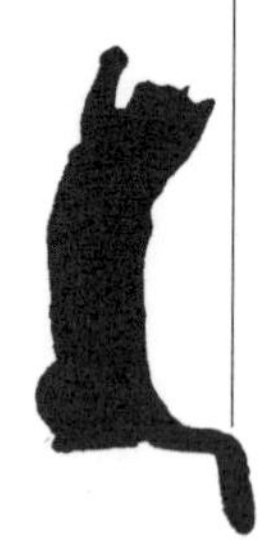

올리버는 3개월 전에 암 진단을 받았습니다. 종양은 방광에서 자

라고 있었고 너무 늦게 발견해 수술, 화학요법, 방사선 치료 모두 효과가 없다고 했습니다. 나는 절망했습니다. 괴물 같은 암이 8년 지기 내 절친한 친구를 빼앗아가려 하기에 나는 암에게 전쟁을 선포했습니다. 그리고 싸웠습니다. 하지만 이기려고 하면 할수록 올리버의 몸도 함께 망가져 갔습니다. 옳은 방법이 아니었던 것이지요.

결국 나는 어느 순간, 암과 평화로운 방법으로 맞서기로 마음을 고쳐 먹었습니다. '사랑과 축복이 가득한 긍정적인 마음이 암을 떠나보내 주지 않을까?' 라는 바람을 담아서요. 하지만 그것도 잠시. 나는 있는 그대로 받아들이게 되었습니다. 세상에는 내가 어찌 할 수 없는 일도 있음을 아프게 인정했습니다.

암과의 전쟁은 이미 끝났습니다. 더 이상 '반드시 낫게 할 거야!' 라는 생각도 하지 않습니다. 암과의 싸움에서 이기겠다는 마음은 벗어던진 지 오래지요. 이건 암과 싸워서 이기거나 지는 게임이 아님을 알게 된 것이지요.

물론 두 마음은 마음 속에서 내내 싸웠습니다. 평화의 마음이 올리버를 구해 주리라는 믿음을 갖다가도 어느 순간 '결국 올리버는 떠날 거야.' 라는 의심이 찾아왔고, 차라리 의사에게 더 매달려 보는 게 낫지 아무 성과도 없는 잘못된 희망, 맹목적인 믿음, 바보 같은 생각에 사로잡혀 견디지 못할 만큼 엄청난 실망을 자처하는 건 아닌지 혼란스럽기도 했습니다.

결국 나는 죽음을 자연스럽게 받아들이기로 했습니다. 올리버가 삶이라는 여행을 끝낼 때가 됐음을 받아들이기로 한 것이지요. 모든 관계에는 끝이 있고 그게 사랑의 끝은 아니니까요. 대신 올리버를 죽음의 공포 속에서 보내지 않기로 마음먹었습니다. 올리버의 고통을 줄여 가족들과 평화롭게 보내다 갈 수 있도록 하려고 여러 방법을 썼습니다. 면역력을 높이는 영양식을 먹이고, 명상을 통해 치유하고 대화하고, 행복한 음악을 들려 주고, 가족과 친구 모두 올리버를 위해 기도하는 방법을!

우리는 죽음의 과정을 차근차근 밟아 나갔습니다. 그 과정은 길지 않았고, 그 과정을 통해 나는 내려놓는 법을 배우기 시작했습니다. 올리버를 살려 보겠다는 헛된 마음은 버리고 그저 올리버와 평화롭게 조금이라도 더 많은 시간을 보내기를 희망하면서 혹 어떤 일이 벌어지더라도 매 순간을 그대로 받아들이기로 마음먹었습니다. 그리고 올리버도 그걸 더 편하게 느낀다는 것을 깨달았습니다. 그 과정에서 올리버와 나는 혼자가 아니어서 외롭지 않았습니다. 고통스러울 때 사랑하는 이가 곁에 있는 것만큼 필요한 것이 또 있을까요?

그러나 마침내 예정된 죽음이 눈앞에 다가오자 나는 또다시 올리버에 대한 집착과 살려 주지 못했다는 실패에 대한 좌절감으로 몸부림쳤습니다. 올리버가 통증으로 얼굴을 고통스럽게 일그러뜨리는 것을 보면서 울었습니다.

'올리버가 지금 내게 자비롭게 놓아 달라고 애원하는 것일까?'

이 순간만 지나면 정말 평화로운 세상이 올리버를 기다리고 있다는 확신만 있다면 나는 그 고통을 참을 수 있을 것 같았습니다. 이 세상 너머에 새로운 삶이 있다면 올리버를 보낼 수 있을 것 같았습니다. 죽음이 단지 허물을 벗는 것이라면 얼마나 좋을까?

혼란스런 마음이 가라앉자 받아들이게 되었습니다. 올리버가 떠날 때가 되었음을.

올리버가 떠나기 전날 나는 올리버가 떠날 때가 다 되었음을 느끼

갸릉이

화장해서
조그만 도자기로
돌아왔을 때
갸릉이가 좋아하던
곳에 한 번씩
올려 두었습니다.
베란다 창가, 캣타워,
화장대 의자, 컴퓨터
책상 밑…….
내 부족함으로
수명보다 짧게
살고 간 것만 같아서
미안해.

고 올리버와의 추억을 글로 쓰기 시작했습니다. 올리버에 관한 소소한 기억들을 떠올리며 혼자 웃고 울고 하면서. 글을 쓰는 동안 내내 올리버는 책상 밑 내 발등에 머리를 얹어놓고 있었지요. 그때 올리버가 하는 말이 들렸습니다.

"엄마, 벌써부터 나를 그리워하지 말아요. 지금은 함께 있잖아요. 아무리 거부해도 모든 것은 예정대로 흘러가요. 엄마가 원한다면 앞으로 오래도록 엄마 곁에 머물게요."

나를 걱정하는 그 착한 마음을 알기에 나는 "응, 그래 줘."라고 대답했습니다.

올리버는 내 품에서 조용히 이번 생을 마감했습니다. 내 친구이자 스승인 올리버. 투명한 꿀 색을 닮은 노란색 털이 예쁜 테리어 종 올리버는 태어나서 떠날 때까지 내내 함께했습니다. 올리버는 죽음이 삶의 반대말이 아님을, 매 순간 주고받는 사랑이 삶의 진정한 의미임을 내게 가르쳐 주고 그렇게 떠났습니다.

왜 하필 네가, 왜 하필 지금 떠나야 해?

어린 시절부터 많은 동물과 살았던 나는 죽음과 맞닥뜨릴 일이 많았습니다. 그럴 때마다 참을 수 없이 괴로웠습니다. 나는 소중한 가족을 보내고 죽을 만큼 힘든데 아무렇지도 않게 돌아가는 세상이 야속했습니다. 그러나 그 과정을 통해 죽음의 본질을 어렴풋이 깨달았습니다. 나를 비롯한 많은 사람들은 죽음을 의도적으로 외면하며 살아갑니다. 하지만 죽음이 없는 삶은 없습니다. 그래서 죽음은 삶의 진정한 의미를 배울 수 있는 소중한 기회입니다. 사람들에게 죽음과 그 과정, 그 너머의 세계에 대해 알려 주려고 이 세상에 온 선물이 바로 반려동물이 아닐까요?

"왜 하필 올리버, 네가 떠나야 하는 거야? 올리버, 왜 하필 지금 가야 하는 거야?"

모든 생명이 떠나야 함을 알고 동물들이 그걸 알려 주려고 우리에게 왔음을 알면서도 나 또한 동물 가족이 떠날 때마다 이렇게 울부짖습니다. 보내고 싶지 않기에. 죽음을 저주하고 맞서 싸우고, 내 동물 가족들이 죽지 않기를 간절히 바라고, 죽음이라는 의문과 씨름합니다.

왜 모든 생명이 건강한 정신과 몸을 유지하면서 영원히 살 수 없는 것일까? 이 바보 같은 질문을 하고 또 했습니다. 나는 사람이건 동물이건 사랑하는 이를 잃는 것이 두려웠으니까요. 이별은 상처를 남기고, 진이 빠지도록 힘든 것이니까요. 사랑하는 이들의 죽음을 겪으면서 영적 · 감정적 · 이성적으로 성장하지만 그렇다고 그들의 죽음을 평화롭게 견딜 수 있는 것은 아니니까요.

우리 가족과 함께 살기 위해 온 동물들에게 내가 잊지 않고 하는 말이 있습니다.

"적어도 40년은 건강하게 함께 잘 살아보자."

또 수명이 길어서 나보다 더 오래 살지도 모를 당나귀에게는 그들의 길고 부드러운 귀에 대고 속삭입니다.

"나중에 내가 죽어도 내 아들들이 너희를 잘 보살펴 줄 거야. 걱정하지 마."

남이 보면 웃기는 모습이라고 생각할지 모르지만 나로서는 절실한 대화입니다. 함께 건강하게 오래 사는 것, 내가 죽은 뒤에 남은 나의 동물 가족들이 안심하고 자연사할 때까지 살 수 있어야 하는 것은 절실한 문제이기 때문이지요.

동물들은 탄생과 성장과 죽음 그리고 그 너머의 흐름을 그들의 방식으로 터득하고 있는 대가(大家)들입니다. 그들은 모든 생명체의 가장 중요한 사건 중 하나인 '죽음'을 두려움이 아니라 경이로움으로 준비해야 함을 끊임없이 내게 가르쳐 주었습니다. 그리고 죽음과 그 과정을 통해 정신을 더욱 풍요롭게 하고 깨달음을 얻으라고 요구합니다. 죽음을 소중한 배움의 기회로 삼으라는 것이지요. 사실 삶이라는 것이 배움의 과정이니까요.

건모
(1994. ~ 2008. 12. 1.)

건모야,
이 세상에서 있었던
좋은 추억만 간직하고
우리 다음에 만나자.
엄마 열심히 살게.
우리 건모 생각도
많이 하고 씩씩하게
지낼게.
그래도 며칠은
조금 슬퍼해도 되지?
우리 건모한테
미안한 마음 추스릴
때까지만…….

시간이 흐르면서 나도 동물들이 알려 주는 것을 조금씩 깨우쳐 가고 있습니다. 그들에게서 받은 사랑과 연민을 돌려 주려면 어떻게 해야 하는지, 죽음을 앞두고 고통스러워하는 모습을 지켜보면서 고통을 어떻게 나누어야 하는지, 살아 있는 동안 행복해지는 훈련은 어떻게 해야 하는 것인지를요.

누구나 그렇지만 나는 어떤 생명과도 한 번 인연을 맺으면 강력하고 철저하게 빠져듭니다. 그러다 보면 아름다운 순간뿐만 아니라 힘들고 안타까운 순간의 충격 또한 몇 배가 되지요. 나의 수많은 동물 친구들이 자연사로 떠나든 안락사로 떠나든 병으로 오랜 시간 고생하다가 떠나든 사고로 순식간에 떠나든, 그 모든 순간에 나는 옆에 있었습니다.

사실 수많은 동물의 죽음을 겪으면서 그들이 죽음을 통해 내게 무엇을 가르치려 하는지 압니다. 하지만 그럼에도 불구하고 그 순간은 너무 힘듭니다. 배움은 많이 고되고, 상실감은 이루 말할 수 없이 큽니다. 그러나 사랑스런 동물 스승들은 포기하지 않고 계속 나를 찾아옵니다. 한 번은 지느러미가 있는 모습으로, 다음은 털옷을 입고서, 그 다음에는 껍데기를 지고, 또 그 다음에는 비늘을 두른 채, 다리를 두 개 또는 네 개 가지고서 오는 스승들은 나를 깨우쳐 주려고 두 번이고 세 번이고 내게로 다시 옵니다. 아마도 반려동물과 사는 반려인들은 이 말이 무슨 의미인지 알 겁니다. 강아지를 마음 아프게 보내고 다시는 반려동물과 살지 않겠다고 다짐해도 다시 또 고양이와 살게 되고, 그 아이가 떠나면 또다시 다른 동물에게 정을 주게 되고……. 사람이 저항하고 거부해도 동물들은 다시 찾아와 사랑을 나눠 주고 행복의 의미를 알려 주고 떠남의 의미를 알려 줍니다.

동물들은 반복적으로 각기 다른 관점에서의 죽음을 내게 보여 주었습니다. 그들은 죽음에 대해 내가 갖고 있는 두려움에 직면하도록 이끌었고, 마침내 그들의 영원성을 보여 줘 그 두려움에서 벗어날 수 있도록 해주었습니다. 생명이 영원하다는 것을 믿는다면 이번 생의 죽음 따위는 무서운 것이 아니니까요. 그들은 돌아올 것입니다. 더 잘 준비해서…….

동물들이 내게 준 가르침은 새로운 길도 열어 주었습니다. 내가 죽음의 과정에 있는 동물들을 돕고, 반려동물을 떠나보낸 사람들에게 위안을 주는 일을 하며 살기 시작했으니까요.

아프고 지친 동물들을 다 받아 주는 보호소

동물에게 마음을 준 다음 그들이 병으로 아파하는 모습, 죽어 가는 모습을 회피한다는 것은 있을 수 없습니다. 그건 한 번 맺은 인연에 대한 예의가 아닙니다. 살아 있는 생명과 관계를 맺는다는 것은 책임의 또 다른 이름이니까요.

내가 다치고 버려지고 학대받는 동물들을 외면하지 못한 것은 어린 시절부터 시작된 것 같습니다. 벌레를 쫓아 기어 다닌 그 순간부터가 아닐까 합니다. 나와 함께 기어 주는 벌레들은 내 첫 친구였고, 정원에 살던 거미와 벌, 나귀와 염소 등이 모두 내 친구였으며, 나는 어김없이 마당의 물 양동이에 빠져 허우적거리는 뒝벌과 풍뎅이를 끄집어 내 울타리에 올려놓아 주어 목숨을 구해 주곤 했습니다. 그 시절부터 나는 작은 벌레의 생명이 지구상 모든 존재처럼 소중함을 결코 의심하지 않았지요.

내가 어린 시절부터 좋아하는 신은 모카신입니다. 모카신을 신어야 땅의 감촉을 그대로 느낄 수 있고, 모카신을 신어야 경쾌하게 소리 내지 않고 공손하게 걸을 수 있기 때문이지요. 구두나 운동화는 땅바닥을 세게 딛게 되어 그곳에 사는 식물과 벌레를 나도 모르게 뭉개 버릴 수 있어서 싫었습니다.

1978년에 나는 남편, 두 아들과 함께 버지니아의 블루리지산맥 기슭에 있는 작은 농장으로 이사했습니다. 그때부터 개와 고양이의 수가 늘기 시작했습니다. 우리는 그때 이사 가기 전부터 개 두 마리, 고양이 두 마리와 함께 살고 있었는데 이사한 다음 날 아침 현관에 비글 한 마리가 앉아 있는 것이 아니겠습니까? 이렇게 동물 식구들이 한마리 한마리 늘기 시작했고 그리 오래지 않아 우리는 집 입구에 이런 팻말을 걸었습니다.

'자리 있습니다. 상처받고, 굶주리고, 가족을 잃었습니까? 인간에게 버려졌습니까? 안으로 들어오세요. 모두를 환영합니다.'

이 팻말은 인간이 아닌 전적으로 동물 전용으로 만든 것이었습니다.

결국 우리는 동물 보호소가 된 우리 농장에 '대(大)성공(Howling Success) 보호소'라는 공식 이름도 붙였습니다. 우리는 이렇게 집을 개방하면서 규칙을 하나 정했습니다.

'이곳에 나타나 도움을 청하는 어떤 생명체건 영원히 머물 수 있게 한다. 어느 한 마리도 돌려보내지 않는다.'라는.

신기하게도 이런 규칙을 정했는데도 동물들이 우리가 감당하지 못할 만큼 수가 늘지는 않았습니다. 언제나 적정 수가 유지되었고, 그러다가 한 마리가 죽으면 어느새 다른 한 마리가 앞뜰에 와 있거나 보호가 필요한 동물이 있다는 급한 전화를 받곤 했으니까요.

개, 고양이뿐만 아니라 다른 동물도 왔습니다. 수컷 새끼만 낳는다고 죽임을 당하기 직전에 구조된 메리골드를 비롯한 염소, 어느 날 저녁 농장 뒤뜰에 들어와 헤매고 다니던 여섯 마리의 오리, 수프가 될 뻔한 찰나에 도망쳐 우리 농장의 암탉 틈에 숨었던 검정색 바탕에 흰색 무늬 옷을 입은 옆집 수탉 세잔까지. 세잔은 열 살까지 살다가 노령으로 세상을 떠났습니다. 또 곡물자루 틈에서 발견된 갓 태어난 들쥐 아가 벳시와 보브, 외눈박이 암탉 로빈, 털북숭이 나귀 세 마리, 장미정원에서 살았던 상자거북 헨리 등 정말 이루 헤아릴 수 없이 많습니다.

이렇게 많은 객식구를 아무 고민 없이 집에 들일 수 있었던 것은 무엇보다 남편 더그와 두 아들 마이클, 팀 덕분입니다. 우리 가족은 새로운 식구 하나하나를 모두 사랑했고 큰 불평 없이 그들을 돌봤습니다.

한 번은 이런 일이 있었지요. 우리가 새집으로 이사 오던 날 전주인 레니는 떠나며 그곳에서 키우던 스물두 마리의 암탉과 몸집이 큰 수컷 한 마리를 계속 키우겠느냐고 물었습니다. 버지니아도 낯설었고, 농장일도 처음이었던 나는 금방 "아니요."라고 대답했는데 그때 뒤에서 이런 소리가 들리더군요.

"네, 저희가 키울게요."

남편 더그는 무심히 대답했고 그렇게 우리는 닭과 함께 살게 되었습니다. 그 후 나는 닭을 돌보며 함께 살게 된 것을 후회한 적이 한 번도 없습니다. 그때 더그가 아니었으면 그 녀석들은 어떻게 되었을까요? 생각만 해도 끔찍합니다.

가끔씩 보이는 나의 이런 망설임에도 불구하고 동물들은 우리 집에서 빠르고 자연스럽게 제자리를 찾았습니다. 마치 그렇게 되기로 정해져 있던 것처럼. 이렇게 가족이 된 동물 덕분에 이후의 내 삶이 얼마나 풍요롭게 변했는지 항상 감사합니다.

백혈병으로 떠난 도미노

지금은 동물들이 떠날 때 나는 나의 혼란이나 두려움, 후회와 같은 감정으로 그들이 떠나는 길을 방해하지 않고 가능한 한 죽음의 과정을 자연스럽게 거치도록 도와줍니다. 내가 두려우면 동물들도 두려움을 느낄 텐데 동물들이 공포 속에서 떠나는 것을 원치 않으니까요. 하지만 이렇게 되기까지는 15년이라는 시간이 걸렸고 그 시작은 도미노였습니다. 도미노가 떠나던 그날 나는 죽음에 임박한 동물과 그들의 가족을 돕는 일을 해야겠다고 마음먹었습니다.

도미노는 엄마와 함께 살던 개로, 어느 날 백혈병에 걸린 것을 알게 되었습니다. 가족들에게는 큰 충격이었고 특히 엄마에게는 참기 힘든 고통이었습니다. 엄마의 고통은 아마도 엄마 자신의 문제와도 연결되어 있었던 듯합니다. 엄마의 평생에 걸친 외로움과 억압되어 있던 감정이 도미노의 죽음을 계기로 고개를 들었으니까요. 또한 거기에는 나이 든 엄마 자신의 죽음에 대한 공포도 곁들어 있었습니다. 엄마는 자신의 죽음과 이후 이어지는 알 수 없는 미래에 대한 두려움으로 극도로 힘들어했습니다. 그런데 죽어 가는 도미노를 보면서 그렇게 힘들어하는 엄마에게 당시 나는 아무것도 해줄 수가 없었습니다. 지금 생각하면 그 사실이 도미노의 죽음 자체보다 나를 더 아프게 했던 것 같습니다.

도미노가 눈을 감은 날 오후 나와 엄마는 화장한 도미노를 뒷자리에 태우고 집으로 돌아오고 있었습니다. 차 안에는 무서운 침묵만 흘렀지요. 누군가 침묵을 깨야 했고 나는 하루 종일 아무것도 못 먹었으니 잠시 식당에 들르자고 했습니다. 그렇게 들어간 식당은 서쪽으로 셰넌도어 계곡, 동쪽으로 알베말 카운티가 펼쳐졌는데 그 아름다운 풍경이 우리를 더 슬프게 했습니다. 음식을 앞에 놓고 엄마는 처음으로 입을 열었습니다. 엄마는 사랑스럽던 동반자 도미노에 대해 회상하기 시작했지요.

"도미노에게 고맙고 미안한 게 많아. 사실 도미노는……."

그런데 그 순간 나는 엄마 말에 집중할 수가 없었습니다. 뭔가 알 수 없는 것이 내게 메시지를 보내는 것 같았고 나는 그 말을 되뇌이고 있었습니다.

'죽어 가는 동물을 돕고 사람들이 동물의 죽음 너머에 새로운 삶이 있음을 믿게 만드는 일을 해야겠어. 떠나는 동물과 남은 가족에게는 호스피스(죽음을 앞둔 환자의 수명을 의미 없이 연장하는 대신 평화로운 죽음을 맞도록 돕는 활동-옮긴이)가 필요해.'

엄마와 도미노의 죽음에 대해 얘기하며 나는 처음으로 동물들의 호스피스 일을 해야겠다는 결심을 하고 있었습니다. 힘들게 떠난 도미노는 물론 도미노를 보내고 살아가야 할 엄마가 힘들어하는 모습을 보며 동물 호스피스가 무엇보다 시급하다는 생각이 들었으니까요. 그리고 그것은 나의 일이 되었습니다. 아마도 엄마와 우리 가족의 오랜 친구였던 착한 도미노가 내게 주고 간 선물이 아닐까요?

하지만 언제나 직감을 믿는 나이지만 이번에는 좀 망설였습니다. 내가 다른 생명이 죽어 가는 과정을 도울 수 있을지, 우연히 마당에서 죽어 가는 나비를 보고도 엉엉 우는 내가 그 가족의 슬픔을 달래 줄 수 있을지 자신이 없었으니까요.

열세 살에 시작된 새로운 삶을 즐긴 페니

나는 삶을 살아가는 많은 방식을 동물들에게서 배우고 살았으면서도 그걸 딱히 동물들에게 배웠다고 생각하지 않았습니다. 그런데 페니라는 존재가 내 삶에 들어오면서 상황이 바뀌었습니다.

1994년 5월 우리집 동물들의 주치의 로버트 페트리지 선생님이 그의 부모님과 함께 살고 있는 열세 살짜리 골든 리트리버 페니 페트리지에게 따뜻한 보금자리를 찾아줄 수 있겠느냐고 내게 물어왔습니다. 부모님 모두 연세가 80세가 넘어 거동이 불편한 데다 인간으로 치면 부모님과 나이가 비슷한 페니를 부모님이 돌보기가 힘들 것 같다는 것이었습니다. 페니와 헤어지는 게 너무 고통스럽지만 페니가 자기들과 살면서 보살핌을 받지 못하는 것보다는 다른 곳으로 가는 게 더 행복할 것 같다는 결론을 내렸다고 했습니다. 나는 그 이야기를 듣고 페니를 진정으로 사랑하는 부모님의 마음에 감동을 받았고, 그래서 여름 내내 페니를 돌봐 줄 가정을 찾았습니다. 하지만 찾을 수 없었습니다. 아무도 조만간 자신의 눈앞에서 죽음을 맞을 나이 든 개를 원치 않았기 때문이지요.

8월이 되자 페트리지 선생님은 페니를 돌봐 줄 집을 찾을 수 없다면 안락사를 시켜야겠다고 했습니다. 그러나 나이에 비해 아직도 놀라울 정도로 활기 있고 건강한 페니를 안락사로 보내는 것은 절대 안 될 일이었습니다. 당시 우리 집은 이미 개 열세 마리가 북적거리던 터라 나는 선뜻 우리집에 데리고 있겠다는 말을 하지 못하고 있었습니다. 그러던 어느 날 현관 앞 그네에 앉아 커피를 마시던 내게 이런 소리가 들렸습니다.

'페니는 여생을 보내기 위해 이리로 올 거야.'

누군가 내게 주는 메시지 같기도 하고 내가 내게 하는 말 같기도 했지만 나는 기쁜 마음으로 그 말을 따르기로 했습니다. 내심 페니를 우리 집으로 데려오고 싶어하던 참이었으니까요.

페니는 3주 후에 도착했습니다. 페니는 오자마자 우리와 한 식구가 되었습니다. 페니와 함께 보내는 시간이 얼마나 행복한지 그 시간 동안 온 식구들은 오랜만에 행복감에 충만했습니다. 페니는 오랫동안 함께 지냈던 가족과 떨어져 살게 되어 우울했을 법도 한데 오히려 그 변화를 생의 끝에 찾아온 즐거운 모험으로 받아들이는 것 같았습니다. 또 나이가 들어 관절염으로 뼈가 시큰거리고 청각, 시각, 후각 능력이 다 떨어졌는데도 그런 것에 아랑곳하지 않고 즐겁게 사는 것이 얼마나 중요한지 우리에게 보여 주었습니다. 그저그런 일상이 얼마나 소중한 것인지 페니는 알고 있었습니다.

페니는 자기 주변으로 친구들이 모이게 하는 법을 아는 탁월한 녀석이었습니다. 다른 동물 가족과는 살아본 적이 없는 페니가 우리 집에 와서 생전 처음으로 서열 관리하는 법을 배웠을 정도니까요. 세상에 그 나이에! 페니는 개들의 무리생활, 서열, 우두머리에 대해 배웠고, 고양이가 노는 것을 쳐다보고, 가서 핥아 주고, 쫓아다니는 것을 굉장히 재미있어 했습니다. 페니에게 우리 집에서의 생활은 새

롭고 신나는 모험 그 자체였지요. 페니는 세상에 즐기지 못할 나이란 없음을 온몸으로 보여 주었습니다. 마치 '즐기지 않고 사랑하지 않고 살려면 뭐 하러 사니?' 라고 우리에게 말하는 것 같았습니다. 페니를 보고 있으면 마치 고대의 현인이 리트리버의 황금색 털가죽 안에 살고 있는 것 같다는 생각이 들 정도로 현명함이 느껴졌죠.

페니가 우리와 함께 있었던 시간은 겨우 6개월이었지만 우리는 아주 오랫동안 함께 산 것처럼 익숙했습니다. 그러던 어느 날 저녁 페니는 아무런 예고도 없이 쓰러졌고, 페니의 몸에는 이미 손쓸 수 없을 정도로 암이 퍼져 있었습니다. 말기 암이란 병이 페니를 점점 더 고통스럽게 할 것임을 알기에 우리는 안락사를 결정했습니다.

열네 살 페니의 죽음은 나에게 삶의 과정에 대한 통찰력을 주었습니다. 페니를 안락사로 보내는 순간 나는 그 자리를 지킬 수 없었습니다. 도저히 지켜볼 수 없었습니다. 하지만 페니가 내가 자기를 버렸다고 생각하면 어쩌지 하는 걱정이 밀려왔습니다. 그러나 기도를 시작하자 페니가 나를 이해하고 있다는 생각이 강하게 들었습니다. 나와 페니는 정신적으로 강하게 연결되어 있음을 나도 페니도 알고 있었으니까요.

페니를 보내고 나는 페니에게 자주 메시지를 전했습니다. 마음을 가라앉히고 조용히 앉아 페니에게 고마웠다고 사랑했다고 끊임없이 말했습니다. 페니는 내 말을 다 듣고 있을 테니까요. 때로는 페니가 잘 들으라고 큰 소리로 말하기도 했습니다. 명상을 하면서 우리의 두 마음이 합쳐지는 상상도 하곤 했지요.

물론 페니가 없다는 것이 마음 아파서 울고 싶을 때는 맘껏 울었습니다. 한밤중에 다른 개들에게 밥을 주다가도 울고, 페니가 좋아했던 담요를 보고도 울었습니다. 페니를 아는 페트리지 선생님 가족에게 긴 편지를 쓰기도 했고, 페니가 내게 깨우쳐 준 것들에 대해 일기에 빼곡히 적기도 했습니다. 이런 모든 행동이 페니를 잘 보내기 위한 방법이었지요.

이렇게 페니를 보내고 나자 마침내 죽음을 앞두고 사랑과 도움을 필요로 하는 다른 나이 든 동물을 위해 내가 일할 준비가 되었음을 알았습니다. 죽음이라는 터널을 통과하는 그들의 여행이 편안할 수 있도록 따뜻한 '품'을 내어줄 수 있을 것 같았습니다. 그래서 페니가 세상을 떠난 며칠 후 나는 거실에서 뛰노는 개 열세 마리와 졸고 있는 고양이 여덟 마리와 페니의 영혼과 세상의 모든 동물에게 선언했습니다. 앞으로 죽어 가는 동물을 위해 살겠다고! 그들이 평화롭게 무지개다리를 건널 수 있게 돕겠다고!

페니가 떠난 후 나는 페니의 영혼이 가까이 있음을 자주 느꼈는데 마치 페니가 내가 계획한 일이 잘 될 거라고 응원하는 것 같았습니다.

내 생애의 과업은 이렇게 시작됐습니다. 앨버트 슈바이처의 생명경외사상, 특히 동물과 식물, 나무에 관한 그의 생각은 어린 시절 할머니께서 내게 그의 책을 처음 읽어 주기 시작하던 때부터 내 삶의 가치관으로 자리잡았는데 그중 '어느 누구의 고통도 외면하지 마라.'는 메시지를 마음에 담고 살아왔습니다. 슈바이처의 말처럼 나는 죽음을 앞둔 동물을 외면하지 않고 돕기 시작했으며 더불어 동물가족을 잃고 고통과 슬픔에 빠진 사람들을 위로하기로 했습니다.

시간이 지나면서 점점 많은 일들이 내게 다가왔고 나는 차근차근 마치 체계화된 어떤 프로그램이 있는 것처럼 죽음의 과정을 새로운

깜깜이

1998년 1월 2일에 와서 10년을 함께 산 깜깜이.
내 팔을 베고 함께 자고
틈만 나면 할짝할짝 뽀뽀를 하고
강아지와도 잘 지내던 아이.
깜깜이의 뽀뽀가 많이 그립습니다.

관점으로 이해하기 시작했고 내가 배운 것들을 창의적으로 실행하기 시작했습니다.

누구나 자신의 영혼을 지켜주는 수호천사가 있다

이 일을 하면서 나는 어떤 특별한 존재에 대한 믿음을 갖게 되었습니다. 내가 거룩한 안내자 또는 수호천사라고 부르는 이 존재는 언제나 살아 있는 모든 존재와 함께합니다. 그러기에 자신을 안내해 주고, 보호해 주는 수호천사가 없는 사람은 없습니다. 어떤 이는 이를 '신(God)'이라 부르고, 산스크리트어에서는 '데바스(devas)' 또는 '빛나는 존재(Shining Ones)'라고 부릅니다. 이를 어떤 이름으로 부르건 그건 중요하지 않습니다. 중요한 것은 그런 존재가 있다고 믿는 것입니다.

내가 경험한 바에 따르면 이런 존재에게는 두 가지 특징을 발견할 수 있습니다.

먼저 그들은 우리가 갈망하는 어떤 것을 이루기 위해 분투하면 우리를 도와주기 위해서 애씁니다. 우리를 도와주는 것이 그들의 커다란 기쁨이자 과업이니까요. 하지만 중요한 것은 우리가 그들에게 도움을 요청하지 않는 한 스스로 우리에게 와서 도와주지는 않는다는 점입니다. 아마도 그렇게 하는 것이 사람의 자유의지를 방해하는 것이며 숙명을 거스르는 것이라고 여기는 것 같습니다. 자기 선택에 대한 책임, 성숙한 인식을 통한 성장을 통해 스스로 발전하는 것이 가장 좋다고 여기는 것이겠지요. 물론 그럼에도 불구하고 특별한 상황일 때는 그들이 먼저 손을 내미는 데 그 기준이 무엇인지는 나도 모릅니다.

그리고 내가 발견한 두 번째 특징은 수호천사의 사랑은 완전하고 절대적이며 비판을 하지 않는다는 점입니다. 그들은 차별 없는 진정한 자비를 보여 줍니다. 모든 사람이 그렇듯 나도 종종 기도를 하면서 이 거룩한 존재들에게 말을 겁니다. 어떤 일이나 사람에 대해 절실한 마음이 들 때, 그들의 사랑, 용기와 보호에 감사의 마음을 전할 때 말을 거는데 그럴 때면 그들은 또다시 내게 놀라운 통찰력과 지혜, 완벽한 분별력을 줍니다. 판단이나 강요를 하지 않는 그들, 그리고 그들의 가르침은 신성한 사랑과 자비의 전형입니다.

그렇다고 나만 이런 존재와 친밀감을 느낄 수 있는 것은 절대 아닙니다. 각자가 생각하는 거룩하고 위대한 존재와의 대화는 누구나 다 할 수 있습니다. 그들은 언제나 '여기' 우리 곁에 있으니까요.

그리고 이 거룩한 존재는 모든 생명의 죽음의 과정에 함께 해 그 존재가 특히 더 고맙습니다. 출산 과정에서 산모와 아기를 돕는 의사나 산파처럼 이 존재들은 죽음의 과정에 있는 생명들을 도울 준비가 되어 있어서 언제나 우리가 원하는 것 이상을 해줍니다. 그래서 육체를 떠나 새로운 여행을 떠나는 영혼을 죽음의 다리 너머에서 기다리고 있다가 안내하고 위로하고 보호해 줍니다.

그런 존재에 대한 믿음이 생기자 삶과 죽음을 대하는 나의 태도에도 변화가 생겼습니다. 동물들을 만나기 전에 나는 죽음은 '끝'이거나 '무(無)'라고 생각해서 두렵고 무서웠습니다. 그러나 동물의 죽음을 접하면서 삶이 육체의 탄생과 죽음에 의해 한정지어지는 것이 아니라 영원히 뻗어나가는 것임을 알게 되었습니다. 물론 나는 아직도 사랑하는 동물 친구가 떠나면 슬프고 힘듭니다. 하지만 그 슬픔은 죽음과 미지에 대한 두려움 때문이 아니라 헤어짐에 대한 나 자신의 감정 때문이지요. 나는 내 동물 친구들의 영혼이 삶이라는 여행을 지나 새로운 여행을 계속하고 있음을 알고, 우리의 관계가 죽음으로 끝나지 않음을 압니다. 죽음은 단지 일시적인 헤어짐일 뿐이지요. 죽음을 두려움으로 받아들이면 그 안에 사랑이 있을 자리가 없어집니다. 이런 생각이 들면 나는 다시 평안한 일상으로 돌아오게 됩니다.

왜 병들고 죽어 가는 동물과 함께하는 힘든 일을 하느냐는 질문을 자주 받습니다. 그 대답은 먼저 떠난 도미노와 올리버, 아기 새와 늙은 염소, 아름다운 개 페니 페트리지가 대신 해줄 것입니다.

"엄마는 떠나는 동물들은 물론 반려동물의 죽음에 대해 혼란스러워하는 사람들을 일깨워 줄 거예요. 그래서 그들의 지친 마음을 진정시켜 주고 많은 생명이 삶과 죽음에 관한 바른 길을 찾을 수 있도록 도와줄 거예요."

2

모든 생명은 선물을 가져온다

- 고통 없이 내 품에서 떠난 페니
- 고마운 마음을 남기고 떠난 조시
- 작은 생명체에도 영혼은 있다

모든 생명은 선물을 가져온다

고통 없이 내 품에서 떠난 페니

죽음이 정말 아름다울 수 있을까? 나는 한 번도 그렇게 생각한 적이 없습니다. 동물들이 죽어 갈 때 그들 곁을 가까이에서 지켜야 하는 나는 그 과정을 그야말로 이를 악물고 견뎠습니다. 그러나 얼마 후 정말 견디기 힘든 죽음조차 내게 선물과 같은 큰 교훈을 남겼음을 깨닫기 시작했습니다. 나는 때로는 마치 두 사람인 것 같습니다. 한 쪽의 나는 동물들의 죽음의 순간을 지켜보며 그들이 주고 가는 교훈에 대해 느끼고, 또 다른 나는 그 상황 속에서 슬퍼하고 아파합니다.

1971년에 남편과 내가 처음으로 입양한 개는 검은 바탕에 갈색 무늬가 있는 잡종견이었습니다. 우리는 페니라는 이름을 붙여 주었지요. 앞에서 말한 페니 페트리지가 우리 삶에 들어오기 훨씬 전의 일입니다.

페니는 우리와 함께 다섯 개 주를 넘나들며 세 번이나 이사를 했습니다. 다른 많은 개와 고양이, 닭, 염소뿐만 아니라 두 아이가 우리

식구가 되어 가는 과정을 전부 지켜본 우리 집 역사의 산 증인이었지요. 페니는 모든 반려동물이 그렇듯 우리가 이 세상에서 가장 특별한 사람이라도 되는 양 언제나 우리 곁을 지키고 사랑해 주었습니다.

그런데 페니가 여덟 살이 되던 해 봄 '전신성홍반성난창(루프스)' 증상이 나타났습니다. 믿을 수 없었지만 우리는 페니가 회복될 수 있도록 최선을 다했습니다. 하지만 개에게 나타나는 이 질병은 당시에 연구가 거의 이루어지지 않은 상태였고, 치료 불가능한 퇴행성 질환이었습니다. 4개월이라는 긴 시간 동안 할 수 있는 치료는 총동원했습니다. 하지만 마지막 달에는 페니의 왼쪽 폐에 커다란 악성 종양까지 생기고 말았습니다. 호흡이 점점 더 힘들어져 서너 번을 제대로 내쉬기조차 어려웠습니다. 더그와 내가 페니를 위해 해줄 수 있는 일이라고는 번갈아 가며 페니가 좋아하는 숲으로 함께 산책을 나가는 것뿐이었습니다.

페니가 세상을 떠나던 9월의 그날 아침은 이틀 동안 내리던 차가운 비가 개고 찬란한 태양과 구름 한 점 없는 파란 하늘이 나타나 마치 동화 속 같았습니다. 아침 6시가 되자 나는 페니의 죽음이 임박했음을 알 수 있었습니다. 동물병원에 전화를 걸었지만 주치의인 페트리지 선생님은 아직 출근 전이었습니다. 분명히 조금 더 고통스럽겠지만 나는 페니의 고통이 오래가지 않을 것임을 알았고 페니가 병원보다는 집에서 사랑하는 가족들이 지켜보는 가운데 눈을 감기를 원할 것이라고 확신했습니다.

페니를 현관으로 데리고 가서 햇볕이 가득 내리쬐는 현관 앞 마룻바닥에 같이 앉았습니다. 페니는 머리를 내 무릎에 얹고 거친 숨을 계속 내쉬고 있었습니다. 그것만이 페니가 아직 살아 있음을 말해 주는 유일한 신호였지요. 페니는 고통 때문에 나는 물론이고 주변의 어떤 것도 알아채지 못하는 것 같았습니다.

"페니, 힘들어? 무서워? 엄마 여기 있어."

그 순간 페니가 다리를 뻗으면서 폐부 저 깊은 곳에서 나오는 것 같은 한마디 신음을 내뱉었고 그것을 본 나는 페니의 영혼이 몸을 떠나는 것 같아 두려웠습니다.

"페니, 페니, 갈 거야? 이제 떠날 거야?"

그 순간 우리 집의 열일곱 살짜리 검은 고양이 토머스의 어두운 형체가 내 눈에 들어왔습니다. 토머스는 거실에서 내 옆에 있는 탁자 쪽으로 조용히 걸어오더니 탁자에 웅크리고 앉아 날카로운 노란색 두 눈으로 나와 페니를 내려다보았습니다. 토머스는 지금 무슨 일이 일어나는지 아는 것 같았습니다. 토머스는 힘들어하는 나를 안심시키고 떠나는 친구 페니에게 용기를 주고 싶었던 것입니다.

토머스는 그곳에서 꼼짝도 하지 않았습니다. 보통 때의 토머스는 내가 커피를 내리는 새벽 일찍 밥을 먹고 밖으로 나가 하루 종일 숲 속에서 사냥을 하고 탐험을 하다가 저녁에나 어슬렁거리며 돌아오던 녀석이었습니다. 그런 토머스가 17년을 우리와 함께 살면서 그 시간까지 집에 머무른 날은 페니가 떠나던 그 토요일뿐이었습니다.

20분 정도 지나자 페니의 몸에 변화가 생겼습니다. 안고 있는 페니의 몸이 가벼워졌고 부드러워졌으며 두 눈은 감겨 있었고 입은 더 이상 몰아쉬는 숨 때문에 벌려 있지 않고 가만히 다문 채 아무런 저항의 몸짓도 하지 않았습니다. 그때는 몰랐지만 이제는 그것이 영혼이 물러나는 순간임을 압니다.

"페니, 이제 정말 갈 거야? 페니야, 사랑해. 정말로 사랑해. 알지?"

내가 페니를 품으로 더 가까이 끌어당기자 페니는 죽음의 두 번째 단계로 넘어가는 듯했습니다. 페니의 몸과 호흡은 편하고 조용해졌습니다. 애써 숨을 쉬려고 하지 않자 페니의 얼굴은 점점 더 아름다워졌습니다. 나는 흐느끼기 시작했습니다. 슬퍼서가 아니라 일종의 안도감 같은 울음이었습니다. 장엄한 음악을 들을 때 가슴이 뻥 뚫리는 것 같은 느낌 혹은 마음을 알아주는 친구의 따스한 손길을 느낄 때의 안도감 같은 것이었습니다. 페니는 '죽음의 고통' 을 극심하게 겪지 않고 품위 있게 떠났습니다.

"페니, 정말 갔니? 정말 간 거야? 토머스, 페니가 정말 갔나 봐. 아직 이렇게 따뜻한데, 아직 살아 있는 것 같은데, 그런데 정말 갔나 봐."

고양이 토머스와 나는 페니가 죽은 후 마지막 생명의 온기가 몸에서 빠져나갈 때까지 거의 한 시간 동안 페니 곁에 머물렀습니다. 영혼이 빠져나간 것이 느껴지자 나는 갑자기 페니가 그리워졌고 또다시 눈물이 북받쳐 올랐습니다. 토머스는 그런 우리를 마치 페니의 영혼이 몸에서 빠져나가는 것을 보는 듯 조용히 지켜보았습니다. 한 시간 후 토머스는 기지개를 펴고 발바닥과 수염을 핥은 후 자리를 떠나 그의 하루를 시작했습니다. 그의 친구 페니가 안전하게 새로운 길을 떠났다는 것에 만족한 듯이.

고마운 마음을 남기고 떠난 조시

고마운 마음이 진심으로 명확하게 전달될 수 있다면 주고받을 수 있는 가장 좋은 선물이 아닐까요? 우리 집 염소 조세핀이 세상을 떠나면서 내게 준 선물이 바로 그것이었습니다.

조시(우리는 조세핀을 주로 조시라고 불렀습니다.)는 열세 살이었지만 우리 집 염소 무리 중 가장 어렸고 정말 예뻤습니다. 스위스알파인 품종 엄마 염소를 닮아 검정색과 황금색 줄무늬가 있던 조시는 그리 길지 않고 낮게 달린 '비행기 귀'가 특색이었는데(누비안 품종 아빠 염소의 전형적인 특징), 그렇게 작지도 않고 엄마를 닮아 위쪽으로 쫑긋 서 있었습니다. 조시의 두 귀는 걸을 때 반쯤 열려 펄럭거렸고, 그 예쁜 얼굴과 염소 특유의 모나리자 미소가 더하니 그보다 더 예쁠 수 없었습니다.

그 즈음 예기치 않게 염소 앤드루를 잃어서 안 그래도 신경이 예민해져 있었는데 언뜻 조시가 절뚝거리는 것 같았습니다. 불안한 마음에 그날 하루 종일 조시를 눈여겨봤는데 다행히 더 이상 다리를 절뚝거리지 않았습니다. 조시는 전과 다름없이 저녁을 맘껏 먹었고 편안해 보였지요. 그런데 건초를 옮기던 남편이 헛간 앞으로 오면서 조시를 가리켰습니다.

"조시가 이상해. 상태가 좋지 않은 것 같은데……."

그 순간 마음의 평화가 깨졌습니다. 아까 내가 본 게 맞았던 것입니다.

다음 날 아침 조시는 여전히 잘 먹었지만 분명히 비틀거렸습니다. 저녁이 되자 눈에 띄게 비틀거렸고 힘든 듯 헛간 벽에 몸을 기대더군요. 다음 날 아침 일찍 조시를 데리고 동물병원을 찾았습니다. 결과는 절망적이었습니다. 칼륨 부족이라는 검사 결과가 나왔고 림프종이 원인인 것 같다고 했습니다. 댄 선생님은 이 병이 나이 많은 염소와 양들을 죽음에 이르게 하는 가장 흔한 질병이라고 했습니다.

깜돌이

토토,
깜돌,
카야.
늘 셋이었는데…….

우리는 또다시 조시를 지키기 위해 싸움을 시작했습니다. 암이 아니라 영양결핍일 수도 있다고 믿고 싶었습니다. 그렇다면 원인이 뭘까? 왜 결핍이 왔을까? 나와 남편은 낮이고 밤이고 헛간에서 보냈지만 우리가 싸움에서 지고 있다는 두려운 생각을 떨칠 수가 없었습니다. 그리고 조시의 상태는 급속도로 나빠졌습니다. 며칠 전에 절뚝거리는 것을 봤는데 벌써 정신을 차리지 못할 정도로 진행 속도가 너무 빨랐습니다. 동물들의 죽음은 때로 이렇듯 비정하게 성큼성큼 다가옵니다. 그래서 더 믿을 수가 없었습니다. 하지만 고통스러워하는 조시를 앞에 두고 마음 편하게 고민만 하고 있을 수도 없었습니다. 거부하고 싶었지만 안락사라는 자비로운 해방을 고려해야 할 때가 아닐까라는 생각이 들기 시작했습니다.

나흘 후 조시는 너무 고통스러워했으며 회복이 불가능해 보였습니다. 나흘이 마치 10년 같았고 나는 지치고 절망했습니다. 모든 동물을 정말 진심을 다해 돌보는데 왜 이런 슬픈 일이 자꾸 일어나는지 낭패감이 밀려왔습니다.

나는 내 고민을 뒤로 하고 조시를 차에 태워 병원으로 향하며 조시에게 그리고 신에게 말했습니다. 조시와 내게 평화를 달라고. 용기와 힘과 평온한 해방을 달라고. 그러나 조시는 내 말을 듣지 못했을 겁니다. 고통 때문에 고개를 떨어뜨리고 잔뜩 웅크린 채 초점 없는 두 눈을 떨리듯 깜빡이고 있었으니까요.

동물병원에 도착하자 댄 선생님은 조시가 과도한 통증 때문에 힘들어한다고 했습니다. 우리는 조시를 차에서 내려 바닥에 조심스럽게 누였습니다.

"조시야, 이제 떠나도 괜찮아. 조시는 좋은 곳으로 갈 거니까 무서워하지 말고. 조금 있으면 아프지 않을 거야. 조시야, 우리 꼭 다시 만나자. 아니, 꼭 다시 만날 거야. 그러니까 이제 떠나도 돼, 조시."

나는 조시의 등을 연신 쓰다듬으며 계속 말했습니다. 그때 댄 선생님이 주삿바늘을 꽂았는데 그때 놀라운 일이 벌어졌습니다. 약의 효과가 돌기 전에 조시가 고개를 힘겹게 들더니 내 눈을 쳐다봤습니다. 조시의 눈은 흔들림이 없었고 고요했습니다. 조시는 내게 말을 하고 있는 게 분명했습니다. 잠시 후 조시의 고개가 조용히 떨어졌습니다.

그런 조시를 보고 나는 마음이 흔들렸습니다. 조시가 혹 내 결정을 야속하게 여기는 것은 아닐까라는 생각이 가장 먼저 들었습니다. 하지만 그날 저녁 이루어진 부검에서 조시의 가슴에 악성 종양이 가득 번져 있음을 알았고 결국 조시가 고개를 들어 하고 싶었던 말이 무엇인지 알았습니다. 조시는 떠나면서 내게 이렇게 말했던 것입니다.

"엄마, 고마워요."

누군가와 헤어질 때 이 한 마디면 충분합니다. 고맙다는 한 마디면!

작은 생명체에도 영혼은 있다

때로는 야생동물과의 스치듯 짧은 인연을 통해서도 많은 것을 배웁니다. 아주 작은 벌레일지라도 숨을 거두는 그 순간에는 자비를 베풀어야 한다고 생각하며 살았습니다. 물론 아주 작은 미물은 눈에 띄는 몸부림 없이 쉽게 죽기도 합니다. 마치 그들은 영혼이 몸을 떠나는 것이 이 세상에서 가장 자연스러운 일임을 본능적으로 아는 듯이 그렇게 가볍게 떠나지요.

하지만 죽음의 순간 몸부림치며 힘들어하는 생명이 있다면 나는 어떻게든 그 과정을 쉽게 해주고픈 충동을 느낍니다. 흔히 죽을 각오로 싸우는 것을 사투라고 합니다. 나는 죽기 위해 투쟁하는 생명들을 많이 봅니다. 죽기 위해 애쓰는 것을 보는 것은 안타깝지만 그 투쟁 너머에 평화로움이 있음을 알기에 마음을 가다듬고 그들이 가는 길을 돕습니다. 모든 생명은 잘 살기 위해 애쓰지만 잘 죽기 위해서도 애써야 합니다.

어느 날 우리 집 단풍나무 밑을 걷고 있는데 새 두 마리가 눈이 감긴 채 떨어져 누워 있었습니다. 둥지에서 떨어진 것 같은데 한 마리는 이미 죽었고 한 마리는 상처가 심해 살 수 없을 것 같았습니다. 조심스럽게 들어 올리자 먹이를 찾는 듯 작은 주둥이를 벌리더니 내 얼굴 쪽의 온기를 향해 몸을 움직였습니다. 어미새나 둥지의 흔적은 없었습니다. 내 손 안에서 꺼져 가는 생명을 어르면서 나는 아기 새의 두려움과 외로움을 느꼈습니다. 순간 나는 그 새를 빨리 떠나게 해주는 게 내가 해줄 수 있는 가장 자비로운 일이라는 생각이 들었고, 그러기에는 질식사가 가장 고통스럽지 않게 보내는 방법이지 않을까 생각했습니다.

"안 돼!"

그때 내 안에서 이런 외침이 들렸습니다. 비록 그 새가 고통스러워 보여도 생명을 끝내는 책임을 내가 맡을 수는 없었습니다. 수년 동안 여러 동물을 안락사로 보냈지만 이건 다른 문제였습니다.

'그렇다면 지금 내가 이 새를 도울 수 있는 방법은 뭐지?'

나는 아기 새를 손바닥에 올려놓고 마음을 가다듬었습니다. 미약하지만 새의 심장박동이 그대로 전해졌습니다. 그때 헛간 뒤쪽의 작은 야생화 밭의 울창한 미나리아재비가 떠올랐습니다. 아기 새가 이곳에서의 짧은 삶을 마감하기에 미나리아재비의 노란꽃이 만발한 그곳만 한 곳이 없다는 생각이 들었지요.

그래서 미나리아재비 밭을 향해 걸음을 옮기다가 나는 밭 한가운데 피어 있는 크고 싱싱한 커다란 야생 겨자를 보고 깜짝 놀랐습니다. 4월과 5월에 풍성하게 자라는 야생 겨자는 몇 주 전에 이미 다 지고 없을 때인데 마치 한창 때인 듯 활짝 펴 있었으니까요. 아마도 아기 새의 여행을 도와주러 와준 게 아닐까요? 나는 가던 걸음을 멈추고 아기 새를 활짝 핀 꽃 아래 내려놓았습니다. 그러고는 아기 새가 평화롭게 떠날 수 있게 해달라고 신의 은총을 구했습니다. 야생 겨자꽃을 활짝 피우는 자비를 베풀어 준 누군지 모를 그에게도 감사하다는 마음을 전했습니다. 그러자 눈 깜짝 할 사이에 그 작은 새는 작은 숨을 토해 내고 몸부림 없이 눈을 감았습니다.

그 순간 나는 작은 영혼이 편안하게 떠날 수 있도록 수많은 존재들이 완벽하게 하나가 되어 도왔음을 느낄 수 있었습니다. 그리고 아기 새는 죽음의 과정을 통해 신비한 영혼의 힘은 작은 생명체이든, 인간이든, 식물이든 누구에게나 항상 존재함을 상기시켜 주었습니다. 작은 생명체에도 영혼은 있는 법입니다.

금복이

네 꿈을 꾸었어.
너를 바보처럼 놓아 버린 마지막 그날 아침,
내게 달려와 안기던 그때처럼 네가 내게로
힘껏 달려와 안기는 꿈이었지.
너를 끝까지 지켜주지도 못한 내가 무슨 자격으로
너를 추억하고 네가 보고 싶다고 말할 수 있겠니.
그래도 염치없이 네가 너무 보고 싶고 매일매일 그립다.
마지막 그 날들이 네게 얼마나 잔인하고 끔찍한 것이었을까.
길다면 긴 시간이 지났지만
아직도 나는 너의 그 고통을 상상하기조차 두려워.
고통은 내가 기억할게. 너는 행복한 기억만 갖고
나비 따라 달리던 그 시절처럼 영원히 살길 바라.
내 작은 친구 금복아, 영원히 행복하렴.

3

자비로운 해방, 안락사

- 떠날 때가 언제인지 개가 알려 줄 거예요
- 반려동물을 안락사로 떠나보내는 3단계
- 안락사를 거부한 아난
- 메리골드의 멋진 마지막 일주일
- 결론은 자비입니다

자비로운 해방, 안락사

떠날 때가 언제인지 개가 알려 줄 거예요

정말이지 전화를 받고 싶지 않았습니다. 마감이 코앞이라 한창 글쓰기에 열중하고 있었으니까요. 하지만 동물 문제로 절망에 빠진 사람들이 내게 도움을 청하는 전화임을 알기에 전화벨이 네 번까지 울리기 전, 즉 자동 응답기가 돌아가기 전에 나는 으레 전화를 받고야 맙니다.

"리타 레이놀즈 씨인가요?"

전화 너머의 여자는 들릴 듯 말 듯 힘겨운 목소리로 물었습니다.

"저는 슈 브라운이라고 합니다. 당신은 저를 모르시겠지만, 아…… 지금 통화 괜찮으신가요?"

"네. 통화하기 가장 좋은 시간이에요. 제가 도와드릴 일이라도 있나요?"

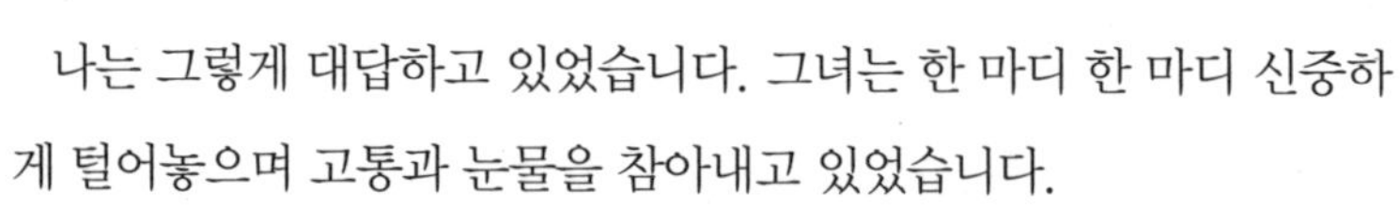

나는 그렇게 대답하고 있었습니다. 그녀는 한 마디 한 마디 신중하게 털어놓으며 고통과 눈물을 참아내고 있었습니다.

"저를 미쳤다고 생각하지 말아 주세요. 저희 개는 나이가 아주 많은데 지금 아파요. 안락사를 시켜야 할 것 같은데 뭘 어떻게 해야 할지 모르겠어요. 가족들은 제가 개를 살려 두면서 고통을 주고 있대요. 하지만 18년을 함께 살았고 아직 떠날 준비가 된 것 같지 않아요. 당신은 그들을 보내야 할 때를 어떻게 아시나요?"

나는 지난 몇 년 동안 사람들에게 이런 질문을 가장 많이 받았습니다. 그래서 내게 질문을 한 사람과 반려동물의 관계는 하나하나 모두 특별하기 때문에 그때마다 상황에 맞는 대답을 하려고 애씁니다.

그녀와 나는 개 이야기며 삶과 죽음, 그 너머의 세계에 대해 이야기하며 마치 오랜 친구처럼 몇 시간 동안 통화를 했습니다. 나는 먼저 개에게 하고 싶은 말을 솔직하게 다 하라고 했습니다. 말은 마음으로 해도 좋고, 소리를 내어 해도 좋다고 했습니다. 지금 엄마가 무슨 생각을 하고 있는지, 네 생각은 어떤지에 대해 모두 다. 그런 다음 마음을 열고 개가 어떤 메시지를 보내는지 경청하라고 했습니다.

"그때가 언제인지 분명히 개가 알려 줄 거예요. 그 메시지를 받는다면 의심하지 말고 개가 원하는 대로 해주세요."

우리는 안락사를 통해 떠나보내는 것의 가치에 대해 이야기를 나누었습니다. 우리가 품고 있는 의심과 두려움과 죄의식에 대해서도 나는 떠나는 순간 나타나서 보살펴 주는 거룩한 존재인 수호천사에 대한 나의 생각과 그들에게 도움을 청했던 내 경험에 대해 말해 주었습니다. 마침내 우리는 동물들의 죽음에 대해 자연스럽게 이야기하고 있었고 눈물을 흘리면서도 간간히 웃을 수도 있게 되었습니다.

"고마워요."

그녀가 말했습니다. 목소리를 통해 그녀가 기운을 많이 차렸음을 느낄 수 있었습니다.

“이제 우리 개와 이야기를 해야 할 것 같아요.”

“그래요. 저도 제 동물 가족들 얘기를 들어봐야겠네요.”

그녀는 자신이 개에 대해 어떤 결정을 내렸는지 알려 주겠다고 했습니다. 그녀가 우리 농장 근처에 살고 있었으므로 나는 안락사가 적합하다고 판단하게 되면 내가 동물병원에 같이 가주겠다고 했습니다. 집에서 눈을 감도록 해주는 것이 더 낫겠다는 선택을 한다면 내가 그녀의 집에 가서 돕겠다고 했습니다. 언제라도 그녀가 기대어 울 어깨가 필요하다면 달려갈 준비가 되어 있음을 알려 주고 싶었습니다. 그리고 끝으로 한동안은 당연히 슬프겠지만 마음을 열어두면 꼬리를 흔드는, 털옷을 입은 또 다른 영혼이 그녀에게 찾아올 것이라고 말해 주었습니다.

반려동물을 안락사로 떠나보내는 3단계

안락사는 반려인이 내려야 할 가장 어려운 판단 중 하나입니다. 나는 전화를 많이 받는데, 특히 반려동물을 안락사시켜야 하는지의 여부를 묻는 전화는 전화선을 통해 그들의 고통이 고스란히 전해집니다. 오히려 반려동물을 방금 떠나보내고 전화를 한 사람보다 안락사를 앞둔 그들이 더 큰 슬픔과 고통 속에 있습니다. 반려인들은 반려동물을 너무 빨리 보내기도 싫고, 그렇다고 너무 많은 고통을 겪다가 떠나는 것도 두렵기 때문에 가장 적절한 때를 판단하려고 몸부림칩니다.

그럴 때면 나는 단지 그들의 내면을 비춰 주는 거울이 될 수 있을 뿐입니다. 언젠가 한 수의사가 내게 동물을 안락사시킨다는 결정은

곱단이

길거리와 논밭을 떠돌던 강아지에게
“가자, 이젠 밖에서 살지 않아도 돼.”라고 말해 주었다.
이제는 추운 날 밖에서 떨지 않아도 되고 굶주린 채 쓰레기를 뒤지지 않아도 된다는 말이다.
‘곱고 단아하게’ 살라고 곱단이라는 이름을 지어 주었다.
사랑하는 가족을 만들어 주어, 곱단이는 최고로 행복한 강아지가 된 줄 알았다.
난 어쩌자고 개를 키운 것일까, 개를…….
꼭 다시 만날 것을 믿어. 그때까지 나를 잊지 않길 바라.
날이 많이 춥다, 곱단아. 네가 좋아하던 옷이라도 입혀 보낼걸…….
참 많이 보고 싶다. 사랑해……, 여전히…….

가족이 내리는 지극히 주관적인 판단이어야 한다는 말을 했습니다. 맞는 말입니다. 나는 누구에게도 "그래요. 당신의 동물친구를 이제 잠들게 해주셔야 해요. 지금이 바로 그때예요."라고 말할 수 없습니다. 반대로 "아니에요. 안락사는 안 됩니다. 기다려야 해요."라고도 절대 말할 수 없습니다. 그 판단과 선택은 동물과 동물의 보호자인 반려인이 동시에 해야 하는 것이고 그들만이 할 수 있습니다.

나도 안락사라는 마지막 결정을 여러 번 내렸고 그것을 통해 많은 교훈을 얻었습니다. 어떤 동물의 안락사는 지금까지도 후회하고 있지만 어떤 동물의 안락사는 평화 그 자체여서 되돌려 생각해도 마음이 편안합니다. 어찌됐든 안락사 결정과 진행에서 오는 고통과 혼란스러움은 과정의 일부일 뿐입니다.

때로는 선택의 여지가 없을 때도 있습니다. 신장에 문제가 있는 경우는 구토가 동반될 때 극도로 고통스럽고, 암이나 다른 치명적 질환의 말기 그리고 사고나 학대로 인한 심각한 부상에는 안락사가 최선의 선택입니다. 모든 반려인들은 안락사가 아닌 자연사를 원하지만 참을 수 없는 통증으로 고통받는 동물들에게 자연사는 오히려 '자연적인 죽음'이 아닐 수도 있습니다.

하지만 이런 경우를 제외하고는 정말로 어떤 판단을 내려야 할지 어렵습니다. 특히 나이 든 반려동물을 보낼 때가 힘듭니다. 오랫동안 함께 살았기 때문에 그만큼 애착도 많아 좋은 판단을 하기가 더 어려워집니다. 어쩌면 남편보다 자식이나 부모보다 나를 더 잘 이해하고 사랑해 줬던 친구였을 테니까요. 그런 그들에게는 안락사 여부를 결정할 수 있는 세 단계에 대해 들려줍니다.

첫 번째 단계로 나는 죽음을 앞둔 동물에게 죽는 것은 아무렇지도 않은 일이라도 말해 줍니다. 물론 나 또한 떠나보내기 전부터 그 아이들이 그립고 슬프고, 때로는 영원히 살기를 바라지만 그것은 불가능한 일이기에 떠나려는 아이들을 다독입니다. 죽음을 거부하고 영생을 꿈꾸는 것은 인간만의 어리석음입니다.

나는 생명이 죽음 뒤에 어디로 가는지에 대한 확신이 있습니다. 그곳은 멋진 곳이고, 우리는 영적으로 결코 이별하지 않는다는 것을 알고 있습니다. 잊지 않는다면 소중한 것은 영원히 간직할 수 있습니다. 그래서 이곳에서의 잠시 이별 따위는 견딜 수 있습니다.

"가야 한다면 어서 가렴. 네가 떠나는 걸 내가 지켜보고 도와줄게. 힘들지 않게 가."

그리고 혹시라도 혼자 남아 슬픔에 잠길 나를 걱정할 착한 아이들을 위해 덧붙입니다.

"나는 괜찮아. 조금만 있으면 괜찮아질 거야. 그러니까 내 주변에 머물지 말고 네 갈 길을 가."

내 경험을 통해 보면 말보다는 생각을 통해 말하는 것이 마음을 더 잘 전달하는 것 같지만 형식은 상관없습니다. 말로 하건 마음속으로 하건 떠나는 아이에게 들려줄 이야기를 다 들려줘야 합니다. 하고 싶은 말을 다 못해 나중에 후회하지 말고 떠나기 전에 마음을 다 털어놓으십시오. 동물은 사람의 마음을 잘 읽습니다. 사람이 가슴에 사무치는 감정을 숨기고 말을 다르게 해도 동물들은 우리의 속마음을 알 만큼 똑똑합니다.

그래서 "괜찮아, 이제 떠나도 돼."라고 말하면서 '제발 죽지 마. 네가 죽지 않았으면 좋겠어. 너 없이 내가 어떻게 살겠니?' 라고 생각한다면 동물들은 그 마음을 읽기 때문에 떠나지 못합니다. 온갖

꼬망이

생명이 다하면 하늘나라로 가는 것이
당연하기 때문에 꼬망이가 먼저 떠나도
슬픔도 이겨낼 수 있다고 생각하며 살았는데…….
이렇게 빨리 가리라곤 생각하지 못했어요.
제 잘못 같아서, 미안하고 미안해서.
꼬망이의 아가 히망이를 비롯해서 세 마리
고양이와 살고 있는데 언젠가 이 녀석들도
나보다 먼저 가겠죠. 그때까지 행복하게
살게 해주고 싶습니다.

고통을 참고 안간힘을 쓰면서 사람이 보낼 준비가 될 때까지 기다립니다. 많은 애니멀 커뮤니케이터들이 말하듯 동물들은 우리의 생각을 우리보다 더 잘 읽는 것 같습니다. 그것이 이미지를 통해서든 진동이나 색깔을 감지해서든 어쨌든 동물들은 입으로 전해지는 말보다는 우리가 하는 생각에 더 많은 주의를 기울입니다. 그리고 가족이 자기를 보낼 준비가 될 때까지 죽음을 늦추고 기다립니다. 그러니 이렇게 자비로운 동물들을 편안히 보내려면 우리는 말과 마음 모두 진심으로 그들을 놓아줄 수 있어야 합니다.

두 번째 단계로 나는 동물 친구에게 도움을 청합니다.

"나는 지금 좀 혼란스럽고 지쳐 있어. 네가 원하는 게 무엇인지 확실하게 내가 알 수 있도록 도와주면 좋겠어."

그러고 나서 나는 묻습니다.

"떠날 준비가 되었니? 의사 선생님의 도움을 받고 싶어? 아니면 스스로 떠날래?"

이렇게 물었다면 마지막 단계로 마음을 차분히 가라앉히고 집중할 수 있도록 심호흡을 한 뒤 대답을 기다려야 합니다. 내 경험에 따르면 동물들은 반드시 대답합니다. 때로는 즉시 대답하기도 하지만 대개는 시간이 조금 지난 후 내가 필사적으로 대답을 들으려고 집중하지 않을 때 대답이 들립니다. 그러니 동물들의 대답을 들으려면 마음을 편안히 하고 기다려야 합니다.

염소 조시가 세상을 떠날 때 그랬던 것처럼 때때로 동물의 신호는 직접적입니다. 헛간 벽에 기대고 있던 조시의 눈은 점점 초점을 잃어갔습니다. 나는 그런 조시를 지켜보면서 조시가 떠나는 것을 도와주어야겠다고 마음을 먹었습니다. 또한 조시는 죽기 며칠 전에 암의 극심한 고통에서 벗어나고 싶다는 뜻을 내게 알리려고 강한 신호를 보냈는데 당시 나는 조시의 병적 증상에만 집착해 조시의 말에 제대로 귀 기울이지 못했습니다. 나는 그것을 나중에야 깨달았지요. 그럼에도 불구하고 조시는 불평하지 않고 화내지 않고 분개하지도 않고 기다려 주었습니다. 조시는 내가 조시를 위해 할 수 있는 최선을 다하고 있음을 분명히 알고 있었으니까요.

지금도 기억합니다. 조시가 내게 해준 마지막 말은 고맙다는 말이었습니다. 조시의 이 마지막 말은 우유부단함으로 인한 조바심, 잘못된 판단을 내린 것이 아닐까라는 두려움에 떨고 있는 나의 집착을 모두 날려 주었습니다. "고마워요."라고 말하는 것. 이 얼마나 아름답게 죽는 방법인가요! 이렇게 동물들이 아름답게 떠날 수 있도록 도와주는 것이 바로 반려인에게 주어진 마지막 책임입니다.

안락사를 거부한 아난

내게는 안락사에 대해 더 깊은 깨달음을 준 아난이라는 동물 선생이 있습니다. 동네 장날 두 아들과 함께 장에 나갔던 나는 사갈 사람을 기다리고 있는 눈부신 흰색 오리 아난을 집으로 데려 오기로 했습니다. 당시 아난은 갓 태어난 너무 작고 여린 생명이었습니다.

그런데 아난은 심각한 관절염을 안고 태어났습니다. 그 후 몇 해 동안 아난의 두 다리와 발은 점점 부어올랐고 기형이 되어 갔습니다. 그래도 아난은 장애에 굴하지 않고 커다란 몸뚱이를 좌우로 흔들면서 그 힘으로 절뚝거리며 걷는 법을 익혀 나갔습니다. 분명히 힘들었을 테고 추운 날이나 습기가 많은 날씨에는 통증도 심했을 텐데 아난은 오리 특유의 사랑스러운 명랑함을 잃지 않았습니다. 아난은 자기가 할 수 있는 거의 모든 것을 즐겼고 다른 오리와 별 무리 없이 보조를 맞추고 지냈습니다.

그런데 5년쯤 후 상태가 갑자기 악화되었습니다. 다리를 전혀 쓰지 못하고 몸통을 움직여 바닥을 비비고 다니기만 할 뿐 더 이상 걷지 못했습니다. 이렇게 되자 아난의 두 다리와 발은 바닥에 쓸려 멍들고 피가 났으며 몸의 균형을 잡기 위해 양쪽 날개깃털을 무리하게 사용해 부러지기 시작했습니다.

'그래, 이 정도면 충분한 거야. 아난은 여기까지인가 보네.'

나는 여기까지 온 것도 용감한 아난이기에 가능했다고 생각했습니다. 그래서 이제는 아난을 놓아주어야겠다고 마음먹었습니다. 그때 내 자신의 생각을 접고 아난이 원하는 것이 무엇인지 귀 기울이지 않았던 것이 실수였습니다.

내가 아난의 안락사를 요청하기 위해 동물병원에 전화를 거는 동안에도 아난은 겨울의 차가운 땅바닥을 몸을 질질 끌며 다녔습니다. 전혀 불편하다든지 짜증난다든지 하는 표정도 없이 예전과 같은 얼굴로 다녔는데도 나는 왜 안락사를 시켜야 할 때라고 생각했을까요?

다행히 여러 번의 전화에도 불구하고 수의사와 통화가 되지 않았습니다. 나는 메시지를 남긴 후 전화를 내려놓고 아난에게 포근하고 따뜻한 자리를 마련해 주고 따뜻한 물로 몸을 닦아 주었습니다.

"아난, 갈 길이 멀지도 몰라. 그러니 많이 먹어 둬."

먼 길을 떠날 테니 배곯지 말라고 평소보다 먹을 것과 마실 물을 넉넉하게 놓아주면서 많이 쓰다듬어 주었습니다. 그렇게 아난과 평화로운 시간을 보내며 수의사의 전화를 기다렸는데 그날 끝내 전화가 오지 않았습니다. 그렇게 하루가 지나갔지요.

그러고는 며칠, 몇 주, 몇 달이 무심히 지나갔습니다. 나는 그때까지도 정말 전화를 기다리고 있었던 걸까요? 잘 모르겠습니다. 그냥 그렇게 시간은 흘렀고 아난은 나의 특별한 관심과 보호에 반응을 보이기 시작했습니다. 때로는 그 부어오른 두 발로 다시 일어서서 몇 발자국을 걷기도 했으니까요. 그제서야 나는 기다려야 한다는 사실을 깨달았습니다. 아난이 결정할 때까지!

겨울이 지나고 봄이 지나가고 뜨거운 여름이 되었습니다. 해가 바뀐 것이지요. 한여름 뜨거운 태양 아래서 아난은 멀리 걷지 못했지만 내 품에 안겨 이리저리 옮겨 다니는 것을 마다하지 않았습니다. 아침이면 잠자리에서 낮 시간의 활동 공간인 뒷문 옆 단풍나무 아래 부드러운 풀밭으로 옮겨지고, 저녁이면 다시 잠자리로 옮겨지는 것에 만족스러워하는 눈치였습니다. 스스로 움직이지는 못했지만 자신에 대한 연민 따위는 없어 보였습니다.

내가 관심 있게 지켜보는 가운데 아난은 커다란 대야에서 스스로 목욕을 하기도 하고 주변에 노니는 벌레들을 흥미롭게 바라보거나 신선한 나뭇잎과 토마토를 조금씩 뜯어 먹었고 따스한 햇살을 받으며 행복하게 낮잠을 즐겼습니다. 병아리와 다른 오리들은 아난 가까이에 모여 사랑스럽게 재잘거리면서 시간을 함께 보내 주곤 했는데 그 모습을 지켜보는 것만으로도 행복감이 밀려왔습니다.

그렇게 몇 개월이 흐르는 동안 나는 아난의 안락사에 대해 다시 생각하게 되었습니다. 나는 단지 겉으로 보이는 것만을 기준으로 안락사가 자비로운 선택일 거라고 생각했던 것입니다. 하지만 당시 내 판단은 틀렸다는 게 증명되었던 셈이지요. 전화를 하지 않았던 수의사에게 얼마나 고마웠던지……. 그가 만일 전화를 했더라면 아난은 자기 삶에 남아 있던 즐거움을 누릴 기회를 빼앗겼을 테니 말이에요. 정확하게 언제, 어떤 방법으로 자기가 떠날지에 대해서는 아난이 가장 잘 알고 있었고 저는 그 목소리에 귀를 기울이지 않았던 실수를 범했던 것입니다.

아난은 자신이 떠나는 날로 9월의 화창한 날을 택했습니다. 아난은 부드럽고 하얀 머리를 날개 속에 묻고 잠을 자다가 세상을 떠났습니다. 너무나 편안하게, 너무나 조용히.

메리골드의 멋진 마지막 일주일

내가 사랑했던 염소 메리골드도 '정성스럽게 귀 기울이라.'는 가르침을 준 스승입니다. 동물들은 그 자체만으로도 선물인데 우리에게 언제나 삶을 살아가는 데 필요한 가르침을 선물로 주고 가지요.

우리 집에 사는 열 마리 염소 중 나이가 가장 많은 메리골드는 가장 잘 먹고 울타리를 뛰어넘을 정도로 기운 찬 염소였습니다. 그런데 메리골드가 열네 살이 되던 해 뇌종양 진단을 받았습니다. 댄 선생님은 종양이 얼마나 큰지 종양이 메리골드의 왼쪽 눈알을 거의 빠져나갈 정도로 압박하고 있다며 엑스레이 사진을 보여 주었습니다. 정말로 너무나 큰 암 덩어리가 메리골드의 머리 전체를 누르고 있었습니다. 댄 선생님은 아직은 메리골드가 불편해 보이지 않지만 어느 순간 힘들어질지 모르니 잘 지켜보라고 했고 나는 댄 선생님의 말을 따르기로 했습니다.

진단을 받고 한 달 후 메리골드가 헛간의 자기 자리에 힘없이 누워 있는 게 보였습니다. 나는 메리골드에게 다가가 쓰다듬으며 상태를 본 후 비틀거리는 것을 부축해 건초가 있는 방으로 옮겨 물을 마시게 했습니다. 여전히 힘은 좋았지만 나이가 많아서인지 무리의 다른 염소들에게 따돌림을 당하던 메리골드가 또 괴롭힘을 당했나 보다라고 생각했습니다. 특별한 보살핌을 받은 메리골드는 며칠 후에 다시 정상으로 돌아왔지만 혹시 다른 염소가 메리골드를 또 못살게 굴지 몰라 부쩍 신경을 썼습니다.

그리고 다른 날과 다름없던 어느 날, 염소들 발굽을 갈고 있는데 메리골드의 손녀딸인 아만다가 갑자기 전속력으로 달려오더니 메리골드를 들이받는 게 아니겠습니까? 너무나 순식간에 일어난 일이라 내가 손을 쓸 틈도 없었지요. 그 충격으로 메리골드의 오른쪽 눈이 찢어져 앞을 거의 못 보게 되었습니다.

이제는 정말 때가 되었다는 생각이 들었습니다. 어차피 뇌종양으로 오래 살지도 못하는데 통증과 함께 한 쪽 눈의 시력도 잃었으니 보내 주는 게 맞는 것 같았습니다. 병원에 전화해 안락사 준비를 해 달라고 부탁했습니다.

그리고 체중이 70여 킬로그램이나 나가는 메리골드를 차에 태우기 위해 낑낑거리고 있는데 그 와중에 메리골드가 바닥에 난 풀을 뜯어 먹고 있는 게 보였습니다. 잠시 멈칫했지만 본능적인 행동이라 생각하고 다시 메리골드의 몸뚱이를 밀어 올려 차 뒷자리에 태웠습니다. 나는 이미 쌓인 슬픔과 죄의식에다 안락사에 대한 불안감에 떨고 있었기 때문에 강하게 저항하는 메리골드를 정신없이 밀고 당기며 차에 태웠습니다. 그런데 메리골드가 이번에는 아들 팀이 이별

선물로 가져온 사과를 먹으려고 몸을 움직였습니다. 도대체 날더러 어쩌란 것인지 마음이 너무나 혼란스러웠습니다.

마침내 메리골드와 나는 달리는 차 안에 있었습니다. 나는 병원으로 가는 30분 동안 아프턴 산을 오르락내리락 달리며 메리골드와 신에게 번갈아가며 말했습니다. 어느 쪽이 내 말을 듣고 있는지 확신은 없었지만 메리골드가 진정으로 원하는 것을 알 수 있도록 도와달라고 매달렸습니다.

"신이여, 부디 제가 알 수 있도록 도와주세요! 메리골드야, 엄마가 어떻게 해줬으면 좋겠니? 제발 대답을 해줘."

차가 동물병원 입구에 들어서자 댄 선생님이 바로 나타났습니다. 그런데 메리골드는 무심하게 되새김질을 하며 운전대가 궁금한지 흥미진진한 눈빛으로 이리저리 훑어보고 있는 게 아니겠습니까?

"다시 집으로 데려갈게요."

댄 선생님에게는 미안했지만 나는 단호하게 말했습니다. 댄 선생님이 내가 제정신이 아니라고 생각해도 어쩔 수 없다고 생각했습니다. 댄 선생님은 미소를 지으며 다정하게 염소 몸에 손을 얹고 찬찬히 살펴보았습니다.

"제 생각도 그렇군요. 메리골드는 아직 잠들 생각이 없는 것 같아요. 리타, 스스로 보내야 될 때라는 확신이 들 때 다시 오세요. 분명 느낄 수 있을 거예요."

나는 갔던 길을 되돌아오면서 여전히 앞좌석에 기대 되새김질을 하는 메리골드에게 노래를 불러 주었습니다. 그리고 수다도 떨었지요.

"메리골드, 집에 가자, 집에. 너도 빨리 집에 가고 싶지. 엄마가 노래 불러 줄까? 응?"

누가 봤다면 정말로 볼 만한 구경거리였을 겁니다.

나는 뛰어난 통찰력과 판단으로 메리골드를 지킬 수 있게 해준 신에게 감사했습니다. 그리고 평상심을 잃고 판단력을 잃어 가는 내게 직접적이고 명확하게 자기의 생각을 말해 준 메리골드에게도 감사했습니다.

메리골드를 다시 집에 데려온 월요일 오후부터 금요일까지 메리골드는 14년 동안 먹은 것보다 더 많이 먹는 것 같았습니다. 건초, 옥수수, 콩죽, 귀리 등의 하루치 식사 외에도 사과, 바나나, 브로콜리, 양파풀을 먹어치웠으니까요. 그러자 메리골드의 거칠었던 털이 윤기가 나기 시작했고, 눈은 보이지 않았지만 모습만은 늠름했습니다.

금요일 저녁. 내가 헛간을 청소하고 있는 동안 메리골드는 뜰에서 민들레잎을 오독오독 씹고 있었습니다. 그런데 갑자기 메리골드가 내 차 쪽으로 가더니 주변을 천천히 돌기 시작하더군요. 점점 더 좁게, 점점 더 빠르게 움직이는 것 같더니 비틀거리다가 차에 부딪쳤습니다. 메리골드의 입에서는 거품이 나오고 부풀어오른 한 쪽 눈의 눈동자가 뒤로 돌아가고 있었습니다. 나는 얼른 메리골드를 축사로 데려와 안정시켰습니다.

댄 선생님에게 전화로 물으니 종양이 뇌를 눌러 발작을 일으킨 것이라고 했습니다. 그 전에는 다른 염소들이 공격해서 메리골드가 난폭해졌다고 생각했는데 그게 아니라 종양으로 인한 발작이었던 것입니다. 나는 경련을 일으키는 메리골드의 옆을 지키면서 괜찮다고 얘기하며 많이 쓰다듬어 주었습니다. 그렇게 저녁 내내 같이 있자 메리골드는 다시 안정을 찾는 것 같았습니다. 그러나 아침이 되자 상처투성인 채 멍하니 있던 메리골드는 다시 발작을 일으키며 고통

윤호,
꼬리와 주니어,
하나와 두리

이곳에서의 생이
너무 짧아 "그래도
살아봤으니 됐어."
라고 말하기도
너무 서러운 아가들.
다음 생에는 한국에서
길고양이로 태어나지
말기를…….
혹 다시 태어난다면
꼭 찡이네 집으로
다시 와주기를…….

스러워했습니다.

의심의 여지없이 이제는 때가 왔음을 알 수 있었습니다. 5일 전 안락사를 위해 갔던 길을 다시 갔습니다. 산을 오르는데 비가 왔습니다. 내 마음 속에서도 빛을 느낄 수 없었으니 날씨가 꼭 내 마음 같았습니다. 뒷자리에 앉은 메리골드의 눈동자는 돌아가 있었고 호흡은 거칠고 불규칙했습니다. 메리골드는 이미 멀리 가고 있었습니다.

댄 선생님이 주사를 놓는 동안 나는 메리골드의 머리를 품에 안고 있었습니다. 그리고 조용히 기도했습니다. 우리 식구로 14년이라는 긴 세월과 멋진 마지막 일주일을 함께 해준 것에 대해 감사하다고 했습니다. 다시 찾은 일주일 동안 죽음의 공포에 떨거나 맞서 싸우지 않고 재미있게 일상을 음미했던 메리골드의 모습은 현자의 모습이었습니다. 고작 일주일 가지고 무슨 호들갑이냐고 할지 모르지만 그런 사람은 시간을 양으로만 따질 줄 아는 불쌍한 사람입니다.

메리골드가 천국의 들판으로 즐거운 여행을 떠나기를 기원하며 나는 다시 한 번 안아 주었습니다. 그러자 메리골드의 영혼이 떠났습니다. 한없는 안도감이 담긴 큰 숨을 내쉬고. 나는 압니다. 그것이 또 하나의 생명이 다시 자유로워진 것임을.

그날은 내 마흔두 번째 생일이었습니다. 그리고 이제는 메리골드의 생일이기도 합니다. 메리골드가 무지개다리 너머에서 매우 특별한 삶을 시작한 첫 날이니까요.

결론은 자비입니다

많은 세월이 지나고 난 후 결코 쉽지는 않지만 안락사라는 선택을 할 수 있다는 것에 대해 감사하게 생각합니다. 물론 이런 감사는 죽음 후에 매우 편안한 세계가 기다리고 있다는 것에 대한 믿음이 있기에 가능한 것입니다. 죽음을 부정적으로 바라본다면 그 앞에서 인간이 느낄 수 있는 것은 무력감뿐입니다.

죽음 후에 떠난 생명들을 맞을 또 다른 세계가 존재한다는 것이 얼마나 감사한지 모릅니다. 죽음 뒤의 삶을 믿는다면 죽음 뒤의 사랑도 믿을 수 있으니까요. 죽음 뒤에 아무것도 없다면 떠난 아이들이 남기고 간 사랑이 아직도 이렇게 생생할 수 없을 테니까요.

당시에는 이해하지 못했던 것들을 많은 동물을 보낸 지금에야 이해하게 됩니다. 동물들이 내게 준 값진 경험은 삶에 대한 통찰력을 키워 줍니다. 죽음 후에도 사랑은 이어질 테니 살면서 맘껏 사랑하라고 가르쳐 주는 것이지요.

그래서 결론은 자비입니다. 수많은 동물을 보내면서 내가 하는 결정은 나 자신을 위한 것이 아니라 떠나는 그들을 위해, 기꺼이 떠나보내기 위한 것이었으니 그러기에 자비입니다. 자비는 그 순간에 편하고, 경제적인 것을 위해 실제적인 선택을 하는 것이 아니라 다른 생명, 즉 지각이 있는 존재를 배려하는 매우 높은 차원에서의 선택입니다. 떠나는 동물에 대한 자비는 편안함이나 도움, 용기, 먹을 것도 될 수 있지만 고통을 없애 주는 안락사도 그중 하나가 될 수 있습니다.

자비는 시간을 필요로 하는 일이며 정신을 집중하고 나의 내면의 평화를 발견하기 위해 노력하는 일입니다. 그러면 나는 평정을 되찾게 되고 동물들이 진심으로 요청하는 것이 무엇인지 경청하고 받아들일 수 있게 됩니다. 그렇게 내린 결정이라면 자비롭고 평화로운 결정입니다.

그러니 안락사에 대해 너무 죄책감을 느끼지 마세요. 반려인은 반려동물이 잘 살 수 있도록 도와주는 것은 물론 잘 죽을 수 있도록 도와주어야 할 책임도 있으니까요. 그 결정에 대해 결코 누구도 비난할 수 없습니다. 왜냐하면 보내는 동물을 가장 사랑하는 사람은 바로 나니까요. 그리고 떠난 아이도 이해할 것입니다. 왜냐하면 고통없이 아름답게 떠날 수 있도록 자신을 가장 사랑하는 가족이 내린 결정이니까요.

4

떠나보냄의 기술

- 충만한 사랑과 신뢰를 보여 준 에디와 스테피
- 동물은 떠나야 할 때와 방법을 안다
- 떠나는 방법을 각각 선택한 코리와 로빈

떠나보냄의 기술

충만한 사랑과 신뢰를 보여 준 에디와 스테피

새벽의 여명을 본 적이 있으세요? 믿겨지지 않을 만큼 황홀한 빛을 내뿜지요. 나는 그 경치를 영원히 사진 속에 담고 싶은 마음에 카메라를 잡는 버릇이 생겼습니다. 그리고 그 아름다운 자연 앞에 렌즈를 마주하고 서면 그것을 '소유' 하고 싶은 욕망을 떨쳐버리는 나를 발견합니다. 그저 바람이 있다면 그 속으로 들어가 하나가 되고 싶은 마음뿐이지요. 아마도 푸른 하늘을 나는 스카이다이빙이나 패러글라이딩을 하는 사람들, 넓은 바다를 항해하는 선원이 느끼는 기분이 이러지 않을까 생각합니다. 소유가 아닌 무소유의 기쁨. 소유를 내 안에서 떠나보내는 미덕.

누군가 내 곁을 떠날 때도 마찬가지인 듯합니다. 누군가 세상을 떠날 때면 나는 두려움, 슬픔, 고통을 필사적으로 그러잡고 웁니다. 하지만 그런다고 현실이 바뀌지는 않습니다. 그럴 때면 나는 어느 순간 한 걸음 물러나 변화무쌍한 하늘과 바다, 대자연을 떠올립니다. 그리고 대자연이 가르쳐 준 무소유, 떠나보내는 미덕을 느끼려 애씁

니다. 그러면 놓아 버림으로써 느낄 수 있는 평화가 내게 옵니다. 나는 떠남의 순간에 대처하려고 이런 훈련을 합니다.

동물들은 집착하지 않습니다. 우리가 그들에게 죽지 말라고 애원하지 않는 한, 그들의 가는 길을 놓아주기만 한다면 그들은 언제 어떤 방법으로 그들의 몸을 떠나야 하는지 알고 있습니다. 그렇기에 우리는 떠나보내는 연습을 해야 합니다.

그리 오래되지 않은 어느 날 헛간 앞에 주차되어 있는 내 차 아래로 아담한 몸집의 작은 동물이 보였습니다. 엉덩이를 뒤로 빼고 머리를 숙여 차 밑을 보니 어린 청둥오리가 보였습니다. 갑자기 나타난 저 녀석은 누구지? 아이들에게 물으니 어제 도로에서 터덜거리며 걷는 청둥오리를 봤는데 그 녀석인 것 같다고 했습니다. 그 녀석이 우리 목장에 온 이유가 뭘까? 무리에서 떨어져 지쳐 배가 고팠는지, 아니면 우리 집이 살 만하다고 느꼈는지 이유는 모릅니다. 우리 농장에 사는 암컷 오리에게 흑심을 품어서일 것이라는 의견이 대세였습니다.

그렇게 우리 집 식구가 된 에디(아들 팀이 오리에게 붙여 준 이름)는 어느새 대장이 되어 농장을 활보하고 다녔고, 급기야 까칠한 멋쟁이 카키켐벨 종 스테피의 남자친구가 되었습니다. 에디와 스테피는 서로 나란히 걷고, 잠잘 때도 고개를 뒤로 꼬아 서로의 날개 속에 묻고 자는 절친한 사이가 되었지요. 그 둘은 단풍나무 아래의 작은 연못에서 같이 헤엄치며 놀기를 좋아했습니다. 그들이 떨어져 있는 시간은 오로지 에디가 높이 날아 길 건너 들판으로 내려가 맴돌다가 오는 그 시간뿐이었습니다. 물론 그 시간은 짧았지요. 그러다가도 에

디는 부지런히 사랑하는 스테피 곁으로 돌아왔으니까요.

나는 에디의 비행을 유심히 지켜보곤 했는데 착지할 때 유난히 부리를 앞으로 뺐습니다. 그래서 나는 에디가 비행을 마치고 착지를 준비할 때면 소리를 마구 지르곤 했습니다.

"에디, 머리를 들어! 머리를!"

스테피도 에디의 비행을 걱정스럽게 쳐다보고는 했는데 아마도 제가 없으면 스테피가 참견을 하지 않을까란 생각을 했습니다.

때때로 에디는 스테피가 지켜보는 가운데 작은 연못을 독차지하고 볼 만한 수상 스포츠를 선보였습니다. 그런 에디의 모습을 스테피는 항상 감동적으로 관람했죠. 에디는 우리 집 오리 중에서 유일하게 잠수를 할 수 있었습니다. 잠수를 해 연못 바닥을 휘젓고 다니면서 두 날개로 물결을 일으키고는 했지요. 물 튀기는 소리만 듣고도 누가 연못에 있는지 알 정도니까요.

이렇게 사랑하는 에디지만 우리 가족은 에디가 언젠가는 떠날 것임을 항상 염두에 두고 살았습니다. 에디는 야생 청둥오리였으니까요. 봄이 되어 다른 청둥오리들이 돌아올 때쯤이나 늦여름 철새의 이동이 다시 시작될 때쯤이면 에디가 떠날지도 모른다고 생각하며 살았습니다. 야생 오리인 에디의 자유를 존중해야 한다는 걸 우리는 잊지 않고 있었습니다.

그런데 에디는 그때가 아닌 다른 시점에 우리를 떠났습니다. 1년 반 전 농장에 올 때 그랬던 것처럼 예상치 않은 방법으로. 어느 날 오후 에디는 도로 쪽을 향해 비행을 시작했습니다. 그런데 그만 진입하는 트럭의 옆쪽을 들이받고 말았습니다. 그 시간은 에디가 평소에 비행을 하는 시간이 아니었습니다. 도대체 에디는 왜?

아마도 에디는 그때를 이곳을 떠나는 시간으로 잡은 것 같습니다. 그런데 다른 청둥오리들을 따라 자연 속으로 떠난 게 아니라 몸을 벗어던지고 너무 멀리 떠나버린 것이지요. 자신이 떠날 시간을 위해 그리도 열심히 비행 연습을 하던 에디였는데…….

에디의 죽음은 스테피에게 너무 큰 충격이었습니다. 에디를 찾아 울부짖던 스테피는 내가 에디의 사체를 내려놓자 비로소 에디 찾기를 멈췄습니다. 그러더니 에디에게로 걸어가 한동안 살피더니 돌아서더군요. 스테피는 마치 아무렇지도 않은 듯 다른 오리들과 어울려 저녁을 먹고 잠자리를 잡았습니다. 그러나 나는 스테피가 걱정되었습니다. 오리들은 평생 한 마리와 짝을 짓고 살고 한 마리가 죽으면 다른 한 마리도 뒤를 따르는 경우가 있다고 알고 있었으니까요.

"스테피, 에디가 떠나서 나는 너무 슬퍼. 너도 힘들지? 그런데 너마저 떠나면 내가 너무 힘들 것 같아. 그러니 스테피 너는 떠나면 안 돼."

이기적인 마음이지만 나는 스테피에게 이렇게 말했습니다. 정말로 스테피마저 떠나보내고 싶지 않았습니다.

그 다음 주 내내 스테피는 잘 지냈습니다. 다른 오리들과 산책도 하고 연못에서 수영도 했습니다. 나는 그런 스테피가 더 걱정되었고 그 모습이 외로움의 표현이라는 생각이 들었지만 그저 나만의 지나친 걱정이기를 바랐습니다.

금요일 아침, 에디가 우리를 떠난 일주일 후 스테피는 자기 집에서 죽어 있었습니다. 고개를 뒤로 꼬아 날개에 묻고 두 눈을 감은 채 편안하게 잠들어 있었지요. 스테피는 그렇게 세상을 떠났습니다.

어여쁜 오리 두 마리를 함께 보내고 나자 나는 너무 슬펐습니다.

너무너무 보고 싶었습니다. 그러나 한편으로는 그들이 함께 있어서 다행이라는 생각이 들었습니다. 스테피와 에디 사이에는 인간 사이에서는 쉽게 볼 수 없는 충만한 사랑과 신뢰가 있었습니다. 그런 그 둘을 볼 수 있었던 것만으로도 나는 큰 행운이었습니다.

스테피와 에디가 지금도 함께 있을 거라는 내 생각에는 한치의 의심도 없습니다. 그래서 그 둘을 쉽게 마음에서 놓아줄 수 있었습니다. 죽음 뒤의 세상에서도 사랑이 이어진다는 믿음이 있었기에 스테피는 그렇게 에디를 따라 떠날 수 있었을 테니까요. 이렇게 에디는 불쑥 우리에게 찾아와 스테피와 함께 그들의 삶을 통해 죽음 뒤의 삶과 사랑에 대해 우리에게 알려 주고는 영혼의 나라로 날아갔습니다.

동물은 떠나야 할 때와 방법을 안다

나는 이제 내가 떠날 차례가 되었을 때 어디로 가는지에 대해 두려워하지 않을 것 같습니다. 내 육체에서 영혼이 빠져나간다는 것은 그저 편안하고 평화로운 절차일 뿐이라고 생각합니다. 내 어여쁜 동물들이 그랬던 것처럼요. 내 동물 가족들이 그렇게 할 수 있었다면, 나에게도 그런 자유의지가 있다면 평화롭게 죽는다는 것이 그리 어려운 일일까요? 나도 나의 동물들처럼 그렇게 '잘 죽고' 싶습니다.

어쩌면 우리는 삶에 집착하고 있는지도 모릅니다. 우아하게 물러나야 하는 가장 적합한 때를 아는 내면의 지혜를 신뢰하지 못한 채 삶의 자연스러운 흐름에 대항하고 있는지도 모릅니다. 죽음을 피할 방법도 없고, 죽음이 없는 세상도 없음을 받아들이고 그 너머의 새로운 세상을 볼 수 있어야 합니다.

나리와 부들

나리야, 사랑하는 내 노랑둥이.
내가 키울걸, 내가 키울걸…….
힘들어도 내가 키울걸…….
나중에 이곳으로 다시 오면
언니의 노랑둥이가 되어 주렴.

그리고 부들아.
누나가 부들이한테는
해줄 수 있는 게 아무것도 없었어.
부들이 편하게 보내 주는 것 말고는
해줄 수 있는 게 없었어.
누나가 사랑한다고 한 말…….
듣고 갔니?

제가 지켜본 동물들의 죽음은 사람들보다 훨씬 평화롭고 죽음에 대한 저항이 훨씬 덜했습니다. 특히 야생동물의 경우는 더 평화롭습니다. 인간과 함께 사는 반려동물은 함께 살았던 반려인의 불안감, 두려움, 소유욕 때문에 훨씬 더 예민하게 반응합니다. 그러다 보니 반려동물들이 느끼는 죽음에 대한 두려움은 인간의 속성과 많이 닮았습니다.

죽음을 맞이하는 동물 옆에서 나 자신의 두려움을 떨쳐내려 애쓸 때면 나는 친구가 했던 말을 떠올립니다.

"엉클어진 실타래의 매듭을 풀어야 할 때는 잠시 멈추고 물러서서 전체 상태를 봐. 그 다음에 실하고 매듭한테 같이 잘해 보자고 부탁하는 거야. 그렇게 해주면 고마울 거라고 얘기하고 다시 풀어 봐. 그럼 도움이 돼."

친구의 말은 나에게 큰 도움이 되었습니다. 정말로 효과가 있었으니까요. 매듭은 정말 알아서 움직여 주고 내 손가락은 정확하게 어떻게 해야 하는지 알게 되는 듯했습니다.

반려동물을 떠나보낼 때도 마찬가지입니다. 그 상황과 떠나려는 반려동물에게 부탁한 후 그 일을 힘든 일이라기보다 행복한 일이라고 생각하면 거부감이 사라지면서 완벽한 타이밍과 적절한 순서로 그리고 모두가 만족할 수 있도록 일이 마무리됩니다. 아무것도 그 과정에 저항하지 않으니까요.

사실 탄생, 생명을 위협하는 상황, 죽음과 같은 광대한 것을 사람의 힘으로 온전히 이해한다는 것은 불가능합니다. 우리의 지식 체계를 넘어서는 차원에서 끊임없이 변화하고, 진화하고, 창조되고, 재창조되는 거대한 움직임이니까요. 그러한 상황에서 동물들이 죽을 때 그들은 본능적으로 자신이 죽을 때임을 아는 것 같습니다. 동물 자체가 거대한 자연의 흐름 속에 있으니까요. 그렇게 믿어야만 그들이 스스로 떠날 수 있도록 놓아줄 수 있습니다.

엉클어진 실에 대해 다시 생각해 봅니다. 그것은 나와 16년 넘도록 함께 하고 울혈성심부전으로 세상을 떠난 노견일 수도 있습니다. 힘들고 고통스러운 죽음이지요. 그렇기에 그 실에는 많은 매듭, 서로에 대한 걱정, 고통받는 반려동물을 지켜봐야 하는 내 고통, 병 때문에 지친 반려동물의 육체적 고통이 뒤엉켜 있습니다. 잠시 물러서서 천천히 길게 내쉬는 호흡에 집중하면서 긴장을 풀고 심호흡을 몇 차례 하고 나면 내 자신의 내면의 지혜와 평화를 찾아 안도할 수 있습니다. 나의 수년간의 경험이 내게 가르쳐 준 것은 반려동물은 자신이 하고 있는 일, 가고 있는 길을 안다는 것입니다. 나는 반려동물이 자신의 영혼의 힘으로 언제, 어떻게 죽을지를 선택한다고 믿습니다. 그래서 우리는 그렇다고 믿어야 하고, 그렇게 되도록 해주어야 하고, 그렇다고 말해 주어야 합니다.

그 다음에 나는 이렇게 말합니다.

"그래, 지금 눈을 감고 싶으면 그렇게 해. 도와줄게. 대신 내가 어떻게 도와주면 좋겠는지 가르쳐 줄래?"

그런 다음 내가 무엇을 해야 하는지 내 느낌에 따라 실행하면 됩니다. 그리고 반려동물에게 알려 준 것에 대해 고맙다고 말해야 합니다. 그리고 나에게 원하는 것이 무엇인지 듣기 위해 주의를 기울이면서 곁에 머물면 됩니다. 동물 친구들을 믿기로 결심하고, 자신 또한 믿어야 합니다. 그게 잘 떠나고, 잘 보내는 방법입니다.

떠나는 방법을 각각 선택한 코리와 로빈

나는 두 생명이 '한 몸'이 되는 경지는 쉽지 않지만 의외로 주변에 많으며 근본적으로 모든 존재의 내면에 존재한다고 생각합니다. 아마도 이 경지에 이르면 서로의 마음을 정확하게 읽을 수 있겠지요. 에디와 스테피처럼요.

코리와 로빈도 그랬습니다. 특히 로빈은 노련한 흰털 암탉으로 야생동물의 출현이나 갑작스런 사고 등 각종 위기상황을 언제나 당당하게 이겨낸 닭이었습니다. 그런데 최대의 위기가 어느 이른 봄날 찾아왔습니다. 이웃집 개가 울타리를 넘어 다정하게 붙어 있던 코리와 로빈 앞에 나타난 것이지요. 개는 이를 드러냈고 코리와 로빈은 미친 듯이 도망을 쳤습니다. 내가 깜짝 놀라 달려가 개를 쫓았지만 그 사이 이미 로빈은 목둘레와 양 날개를 물려 상처가 났습니다. 다행히 코리는 상처가 없어 보였습니다.

나는 닭들을 서둘러 집 안으로 안고 들어왔습니다. 상처도 문제였지만 닭은 양이나 토끼처럼 극도로 예민해서 쉽게 쇼크 상태에 빠지기 때문이었습니다. 코리와 로빈을 위해 조용하려고 애썼지만 코리는 이미 심각한 쇼크 상태에 빠진 것 같았습니다. 워낙 사람을 좋아했던 로빈은 상처가 깊었는데도 불구하고 우리가 조용히 이름을 부르니 알아듣고 최대한 열의를 다해 반응을 보였습니다. 하지만 원래 소심해서 우리 가족들과도 거리를 두곤 했던 코리는 조용한 상황에서도 이상 증상을 보였습니다.

우리는 로빈의 상처에 약을 바르고 부드러운 하얀 면 수건을 상자에 깔아 자리를 따로 봐주었습니다. 면은 부드럽고 따뜻하기 때문에 동물의 몸을 따뜻하게 해줍니다. 천으로 몸을 덮는 것을 싫어하는 동물들이 많은데 특히 닭과 오리는 깃털에 무엇이든 닿는 것을 정말 싫어하므로 최소한의 것만 해주고 조용히 자리를 피했습니다. 충격을 받은 두 녀석에게 가장 필요한 것은 안정이었으니까요.

"코리와 로빈이 내일 아침 건강하게 일어날 수 있기를! 용기를 내, 아가."

짤막한 기도를 하고 닭들을 쉬게 했습니다. 코리와 로빈이 잔뜩 웅크리고 잠이 든 것을 보고 방을 나왔습니다. 그날밤 잠자리에 들기 전에 몇 차례 들여다보았는데 코리가 조금 떠는 것 같아 타월을 덮어 주었는데 그것 말고는 편안해 보였습니다.

새벽이 오고 평화로운 안도의 기운이 집 안에 맴돌았습니다. 나는 일어나자마자 두 암탉의 상태를 보러 갔고 로빈이 상자 밖으로 나와 깃털을 다듬고 있는 것이 보였습니다. 나를 보더니 반가워하는 몸짓을 하더군요. 반면에 코리는 등에 타월을 덮고 웅크린 채 전날 밤과 똑같은 자세였습니다. 잠들어 있는 거라고 믿고 싶었지만 코리는 세상을 떠난 것이었습니다.

여러 해 동안 병아리들이 죽는 걸 많이 보았는데 대부분 몸을 비틀며 고통스러워하면서 두 다리를 뻗은 채 눈을 뜨고 옆으로 쓰러져 죽었습니다. 그런데 코리는 자는 듯 웅크리고 평화로운 모습으로 있더군요. 그래서 코리가 다른 세계로 새로운 모험을 떠나기 위해 그저 자기의 몸을 떠났다고 생각했습니다.

진정한 의미로 보면 두 암탉은 모두 살아났다고 생각합니다. 자연스러운 선택에 따른 각자의 방법으로 치유되었던 것이지요. 로빈은 이곳에 머물겠다는 선택을 분명히 했고, 몸의 상처에도 불구하고 그렇게 할 수 있는 힘이 있었습니다. 로빈은 그로부터 5년을 더 살았습니다. 그리고 열두 살이 되어 삶에서 천천히 철수하겠다는 선택을 했습니다.

반면 코리는 죽음에 저항하지 않고 몸부림치지 않고 떠나는 것을 선택했습니다. 나는 그 닭들이 각각 자신에게 어떤 것이 옳은 선택인지, 자신이 어디로 가고 싶어하는지를 알았다고 생각합니다. 왜냐하면 둘 모두 너무 평화로워 보였으니까요. 그리고 그 죽음이 너무 자연스러웠으니까요. 그래서 그 둘을 보내는 일이 내게 전혀 힘들지 않았습니다. 나도 저렇게 떠날 수 있었으면 좋겠다라는 생각을 했을 따름이지요. 지금 코리와 로빈은 하늘에서 벌레나 나뭇잎을 쪼며 재미있는 시간을 함께 보내고 있을 겁니다.

5

웨기를 보내며

- 웨기에게 찾아온 암
- 재발
- 동물과 대화하는 애니멀 커뮤니케이터
- 떠나야 할 시간
- 웨기가 준 선물 그리고 13개월 후

웨기를 보내며

웨기에게 찾아온 암

사람들은 다른 사람의 죽음을 통해 삶과 죽음에 대해 많은 것을 배웁니다. 마찬가지로 나는 동물들에게 배웁니다. 특히 펄럭이는 귀가 멋졌던 블랙탄 강아지 웨기는 죽음의 가장 깊숙한 부분까지 인도해 준 스승입니다.

웨기의 교육 방법은 잔인하리만치 힘들었습니다. 나는 죽음에 대해 알아가는 것을 몇 번이나 포기하려고 했지만 안주하려는 나를 자꾸만 다그치는 웨기의 단호함은 치열했습니다. 웨기는 고통스러운 선택을 하도록 나를 밀어붙였고 반려인이라면 반려동물의 죽음까지 책임져야 함을 아프게 깨우쳐 주었습니다. 물론 그러는 동안에도 웨기는 동물 특유의 자상함과 부드러움, 따뜻한 사랑을 잊지 않았습니다.

웨기와 함께 보낸 마지막 해에는 우리가 함께한 고통과 기쁨, 나의 깨달음을 통해 서로 더 가까워짐을 느꼈습니다. 마치 우리의 영혼이 함께 녹아들어 가는 것 같았지요. 나는 고집스런 학생이었지만 웨기는 모든 인간과 동물을 통틀어 다른 어떤 존재보다 탁월한 스승이었

습니다. 통증으로 몸은 고통스럽고 죽음을 앞둔 혼란스러운 상황 속에서도 더욱 끈끈한 연대감을 맺어 가는 과정은 내게 큰 깨달음이었습니다.

생명을 위협하는 상황은 여럿이지만 그중에서도 암이 가장 공포스럽고 좌절감을 안겨 주며 상황을 복잡하게 만든다는 점에 동의하지 않을 사람이 있을까요? 암은 대다수의 사람들 마음에 절망, 낭떠러지, 처절한 고통, 죽음이라는 단어를 떠올리게 합니다. 그런 암이 웨기에게 찾아왔습니다.

웨기가 열두 살 때 암에 걸렸음을 알았습니다. 그때까지 두 차례 정도 있었던 사고 말고는 잔병치레 한 번 없이 건강했습니다. 사과 농장에서 놓은 쥐약을 먹고서도 살아났고, 강물에 떠 있는 막대기를 잡으러 뛰어들어 익사 직전까지 갔을 때도 살아난 웨기이기에 우리는 웨기의 명이 아주아주 길다고 굳게 믿고 살았습니다. 말도 안 되는 믿음이었지만 진짜로 우리 가족은 그렇게 믿었습니다. 웨기의 털은 언제나 윤기가 흘렀고 그 흔한 벼룩이 생기거나 귀 염증조차 앓은 적이 없었고 배앓이 한 번 없었으니까요. 그런 웨기에게 어떻게 갑자기 암이 생겼을까요?

암은 웨기의 오른쪽 잇몸을 따라 번졌습니다. 어려운 수술이었지만 페트리지 선생님은 수술이 끝난 후 종양을 전부 제거했다고 했습니다. 물론 보장할 수 있는 일은 아니지만요. 우리는 수술을 마친 웨기를 집으로 데려와 그때부터 유동식 식사와 항생제, 비타민을 비롯한 병원 처방과 더불어 따뜻한 담요, 많은 양의 사랑과 용기를 곁들인 우리 집 처방을 버무려서 요양을 시작했습니다.

웨기가 돌아온 첫날밤을 지금도 기억합니다. 웨기를 데리고 온 남편과 아이들은 마치 모든 것이 정상으로 돌아온 듯 피자를 먹으며 비디오를 보았습니다. 그때 그 모습이 얼마나 미웠는지 모릅니다. 아니, 미움을 넘어서 분노를 느낄 정도였습니다. 웨기에 대한 걱정이 컸던 나로서는 아무리 수술이 잘됐다고 해도 혹시 있을지도 모를 재발에 마음이 쓰여 정신이 멍한데 그들은 그렇지 않은 것 같았으니까요. 12년이나 같이 살고 있는 개가 그 지경에 처했는데 어쩜 그렇게 무심할 수 있는지 이해할 수 없었습니다. 물론 남편과 아이들도 웨기를 각별히 사랑한다는 것은 잘 압니다. 그런데 그 모습이 너무 싫었습니다. 아마도 남편과 아이들은 웨기가 암에 걸렸다는 게 실감이 나지 않아서 그랬을 것이고, 나는 너무나 실감나게 느껴져서 그랬을지도 모릅니다.

하지만 나와 달리 웨기는 이런 가족들의 반응에 대해 어떤 불평도 하지 않았습니다. 자기연민도 없었고, 가족들의 관심을 요구하지도 않았습니다. 누워서 나의 보살핌을 받을 때면 답례로 손이나 얼굴을 핥아 주었을 뿐입니다. 남편과 아이들이 자기 일을 하다가 가끔 보러 오면 웨기는 그 손도 핥아 주었습니다. 웨기에게는 내가 가족에게 가졌던 서운함과 분노가 없었습니다.

나만 왜 유독 화나고 슬펐을까요? 아마 재발 가능성을 염두에 두고 있어서 아직 맞서 싸워야 할 것이 많다고 느꼈기 때문일 것입니다. 그런데 왜 웨기는 나와 같은 입장일 뿐만 아니라 거기에다가 수술 후 고통도 견뎌내고 있었는데 어째서 화를 내지도 않고 우울해하지도 않았을까요? 그것이 내게는 늘 의문이었습니다. 나는 싸웠고, 웨기는 평화로웠으니까요.

웨기는 빠르게 회복되었습니다. 집에 오고 며칠 후에는 숲으로 산책을 나가 다람쥐도 쫓고 예전에 숨겨 놓은 뼈다귀도 찾아내고 즐거웠습니다. 먹을 때는 왼쪽으로만 씹었지만 구운 닭고기, 달걀 요리, 비스킷 등 여러 음식을 맛있게 먹었습니다. 청개구리, 수선화와 튤립, 나무의 새순, 울새와 벌새의 귀환 등 봄의 전령사들을 웨기와 함께 다시 맞을 수 있다는 것이 너무나 기뻤습니다.

재발

그러나 6월 말 매주 있는 정기검진 때 새로운 종양이 발견되었습니다. 종양 덩어리는 작았지만 왼쪽까지 잇몸을 따라 급속히 번지고 있었습니다.

"암이라는 게 재발할 때 이렇게 악랄하게 오는 경우도 있습니다. 내가 웨기를 위해 할 수 있는 일이 아무것도 없군요."

착잡해진 페트리지 선생님이 말했습니다. 우리는 웨기를 위해 어떤 선택을 할 수 있을지 예상되는 증상과 삶의 질에 대해 상의했습니다. 하지만 그 어느 것도 좋은 선택이 아니었습니다. 일단 완치는 어렵다는 것을 전제로 적어도 9월까지는 고통을 느끼지 않고 편히 지낼 수 있을 테니 그때까지 판단을 유보하기로 했습니다.

나는 내 손으로 웨기의 고통을 끝내 줘야 하는 최악의 순간이 오리라는 것을 항상 염두에 두고 살아야 했습니다. 암이 웨기의 목숨을 빼앗아가기 훨씬 전부터 고통이 더 심해질 테니까요.

웨기와 함께 집으로 돌아오는 차 안에서 웨기를 지켜주지 못했다는 미안함과 피해의식에 북받쳐 내내 울었습니다. 다 내 잘못인 것 같았습니다. 외줄을 타는 듯 불안했지만 그래도 수술이 잘 되었으니 완치되었다고 생각했는데…….

다음 날 웨기와 산책을 나섰습니다. 웨기는 어제와 다름없이 다람쥐를 쫓고 이리저리 뛰어다녔습니다. 그런 웨기를 보며 나는 어떤 방법을 써서든 완치시키고야 말겠다고 결심했습니다.

'그래, 기적이라는 게 있잖아. 자연적인 방법으로 말기 암을 이겨내는 사람도 있는데 그런 기적이 웨기에게 일어나지 말란 법이 어디 있어. 그래 한 번 시작해 보자.'

나는 기적을 바랐고 웨기는 죽지 않을 것이라고 확고하게 믿게 되었습니다. 그 후 몇 개월 동안 나는 기(氣)치료, 기도, 허브, 비타민 요법 등 할 수 있는 모든 자연적 치료법을 총동원했습니다. 친구들은 특정 암세포를 완전히 치유한다고 알려진 '에시악(Essiac)' 이라는 허브 제품을 소개해 주었는데 웨기는 그 맛을 좋아하지 않으면서도 하루에 세 번씩 내가 내미는 숟가락을 핥아 먹었습니다. 나는 그 마음이 너무 고마웠습니다. 웨기가 허브를 먹는 이유는 딱 하나였습니다. 웨기가 그것을 먹으면 내가 기뻐하니까. 웨기는 나를 기쁘게 하기 위해 억지로 허브를 먹은 것입니다. 우리 동물 가족들은 어쩜 이다지도 착한지.

친구들에게서 웨기의 회복을 바라는 카드가 오거나 안부 전화가 오면 나는 그 메시지를 웨기에게 모두 들려주었습니다. 웨기를 많이 안아 주었고, 치유 효과가 있다는 노래 테이프를 들려주고 직접 노래를 불러 주기도 했습니다.

"웨기야, 우리 암을 이기고 함께 오래 살자. 웨기는 꼭 그럴 수 있을 거야."

냥이

산타가 준 선물처럼
크리스마스 다음 날 아빠 품에 안겨
우리 집에 온 고양이.
식당 굴뚝에서 지내던
고양이여서인지 꼬질꼬질했던 천사.
아빠가 닭 모이를 줄 때면
닭들 못 나가게 닭장 문 앞에
떡 앉아 있던 녀석.
그래서 아빠의 사랑 1순위였던
냥이.

웨기는 이런 나의 말도 언제나 열심히 들어주었습니다. 나는 웨기를 집어삼키려는 괴물 같은 암을 꼭 이기고 싶었습니다. 암을 증오하면서 쫓아내려고 애쓰다가 그 방법보다는 평화로운 방법이 나을지도 모른다는 생각에 머릿속으로 암을 녹여 버리는 빛을 상상하기도 했습니다.

하지만 아무것도 효과가 없었습니다. 암은 계속 번졌고 9월 초에는 입의 오른쪽으로 종양 덩어리가 불거져 나왔습니다. 생전 처음 보는 처참한 모습이었습니다. 괴사된 피부에서는 심한 악취가 났습니다.

그런데 고통스러울 것이 분명한데도 웨기는 단 한 번도 내색하지 않았습니다. 웨기는 여전히 산책을 즐기고, 다람쥐를 쫓고, 고양이를 핥고, 기분 좋게 꼬리를 흔들며 밥을 먹었습니다. 가족들은 물론 손님이 올 때도 빠짐없이 다가와 반갑게 꼬리를 흔들었습니다. 30킬로그램이나 나가는 대형견에게 열두 살은 꽤 많은 나이임에도 불구하고 웨기는 여전히 활기찼습니다.

그러는 사이에도 나는 계속 자기연민과 분노에 차 있었습니다. 이렇게 많은 방법을 썼는데 왜 암은 전혀 줄어들지 않을까? 나는 암이라는 적과 싸워서 완전히 진 것 같았습니다. 그리고 그때 아직 쓰지 않은 한 가지 방법이 생각났습니다. 나는 망설이고 있었던 마지막 선택에 모든 희망과 신념을 걸고 효과가 있기만 바랐습니다.

동물과 대화하는 애니멀 커뮤니케이터

아픈 동물을 낫게 한다는 애니멀 커뮤니케이터에 대해 들은 것은 웨기가 암 진단을 받기 얼마 전이었습니다. 친구와 수다를 떨던 중 뉴잉글랜드에 사는 애니멀 커뮤니케이터가 동물의 병 치료에 뛰어난 능력이 있다는 이야기를 들었습니다. 그녀는 아픈 동물과 대화를 통해 동종요법(대체의학의 한 종류로, 병을 일으킨 원인 물질로 그 병을 고치는 자연적인 치료법-옮긴이)으로 치료를 한다고 했습니다. 그리고 무엇보다 어떤 병에 걸린 동물이든 치유할 수 있다고 자신을 소개한다고 했습니다.

하지만 그때는 이야기를 듣고 그냥 흘려보냈습니다. 애니멀 커뮤니케이터는 동물과의 대화를 통해 치료에 도움을 줄 수는 있지만 불치병을 고칠 수 있는 기적의 치료사는 아니니까요. 그런데 웨기의 암이 재발하자 잊었던 그 이야기가 떠올랐습니다. 성공적이라고 생각했던 수술 후의 재발, 여러 가지 자연적인 치료법으로 보살폈는데도 자꾸만 나빠지는 웨기……. 내가 선택할 수 있는 치료법이 동이 난 그해 9월 그 애니멀 커뮤니케이터가 생각났습니다.

그녀에게 전화를 걸어 우리는 긴 이야기를 나누었습니다. 그녀가 웨기와 대화를 나눈 후 내게 전해 준 것은 웨기가 아직 죽을 준비가 되어 있지 않다는 것, 죽고 싶어하지 않는다는 것이었고 그녀는 제게 특별한 동종요법을 추천했습니다. 그 방법만으로도 쉽게 치료될 수 있다는 말에 나는 바로 그녀가 추천한 회사에서 필요한 물품을 주문했고 초조하게 도착하기를 기다렸습니다. 당시 웨기의 상태가 거의 최악이어서 나는 그녀의 말에 매달리고 있었습니다.

얼마 후 그녀가 애니멀 커뮤니케이션 워크숍 참석차 버지니아에 오기로 했다는 말을 듣고 나는 신에게 감사했습니다. 우리 집을 방문해서 웨기를 직접 만나기로 약속했으니 이제는 그녀가 웨기를 치

해리와 머루

모녀가 함께 있어서 외롭지 않지?
그렇게 부지런히 떠나지 않아도 좋았잖아.
따뜻한 아랫목에서 지지기를 좋아하던 모녀.
혜화동 할머니의 돈까스가 먹고 싶어질 때 꿈에라도 나타나 줘.

료해 줄 일만 남았다고 생각했던 것이지요.

그런데 이런 희망은 그녀를 직접 만나자 점점 의심으로 바뀌었습니다. 그녀와 만나 대화를 시작하자마자 직감적으로 그녀가 사기를 치고 있다는 느낌이 들었습니다. 그러나 웨기를 치료할 수 있는 마지막 희망이라는 나의 과도한 욕망은 직감을 무시하게 만들었고 일단 조금 더 두고 보기로 했습니다.

그런데 나보다 먼저 그녀를 거부한 녀석이 있었습니다. 바로 샘입니다. 허스키셰퍼드 샘은 13년을 우리 가족으로 살면서 스스로를 나의 개인 보호자라고 자처했던 녀석으로, 누군가 집에 오면 먼저 탐색을 한 다음 그 결과를 나에게 알렸는데 나중에 보면 그것이 굉장히 정확했습니다. 아마도 이런 경험을 한 반려인들이 많을 겁니다.

샘은 우리에게 오기 전에 힘든 과거를 보냈습니다. 매일 야만적으로 구타하고 폭력을 가하는 남자와 살았거든요. 그래서 낯선 남자에게는 마음을 늦게 열고 여자에게는 호의적인 편입니다. 하지만 샘은 애니멀 커뮤니케이터가 여자임에도 불구하고 잠시 탐색하더니 확실하게 거부 반응을 보였습니다. 그런데 그런 느낌은 상호적인가 봅니다. 애니멀 커뮤니케이터 역시 샘을 좋아하지 않았고 샘을 다른 방으로 데려가 달라고 요구했습니다. 샘은 점점 더 난폭해졌고 흥분해서 짖고 으르렁거렸고, 아주 혼란스런 하루였습니다. 샘처럼 영리하고 착한 녀석이 유능한 치료사라고 자처하는 사람을 만나자마자 경계심부터 보이는 모습을 보고 나는 웨기를 치료하겠다는 소망에도 불구하고 어느새 그 애니멀 커뮤니케이터를 주시하게 되었습니다.

애니멀 커뮤니케이터가 버지니아에 머무는 동안 나는 그녀와 세 차례 상담을 했고, 나와 같은 처지의 많은 사람들이 그녀에게 의지했다가 상처 입은 것을 알게 되었습니다. 심지어 그녀는 상담료와 치료 비용으로 엄청난 비용을 청구해 나를 비롯한 많은 사람들을 격분시켰습니다. 그러나 다시 생각해 보면 절박한 사람의 마음을 교묘하게 이용해 돈을 버는 사람들은 어디에나 있고, 헛된 희망에 제대로 판단하지 못한 내 잘못이 더 크다고 생각합니다. 실패한 것은 바로 나인 셈이지요. 나의 좌절감과 절망은 점점 커져 갔습니다. 내게는 더 이상 웨기를 치유할 수 있는 능력이 없음을 인정해야 했습니다.

그런데 나에게 상처를 주었던 그 뉴잉글랜드의 애니멀 커뮤니케이터는 이례적인 경우입니다. 웨기의 죽음 이후 나는 종종 유능한 애니멀 커뮤니케이터*에게 도움을 청했고 그들은 예외 없이 나와 동물들에게 많은 도움을 주었습니다. 그들의 연민은 돈벌이보다는 동물과 그들의 보호자인 사람을 더 중요시 여긴다는 점에서 앞서 말한 애니멀 커뮤니케이터와는 다릅니다.

그들은 동물과의 대화를 통해 우리가 몰랐던 동물들의 감정에 대해 알려 줍니다. 나는 그 일을 하는 그들의 마음을 알기에 마음 깊이 존경합니다. 사람과 동물 사이의 '이종(異種) 간의 대화'는 인간과 동물 모두에게 큰 도움이 됩니다. 대화를 통해 얻는 통찰력은 동물들의 지능과 지혜를 우리에게 보여 주고 모든 종들이 서로 도움을 주고 서로를 존중할 수 있는 새로운 기회의 장을 열어 주기 때문이지요.

---

*추천하는 애니멀 커뮤니케이터

리디아 히비 www.lydiahiby.com 760-796-4304
기기 캐스트 gigikast@cybermesa.com 505-852-1111
케이트 레일리 803-644-6666
잔 스피어스 crittertalk@mac.com
패티 서머스 www.psanimal.com summers@psanimal.com
테라 토머스 hummingbirdfarm@mindspring.com 919-545-0686

떠나야 할 시간

10월의 어느 날 거짓말처럼 웨기가 내게 말을 걸었습니다. 어쩌면 웨기는 그동안 내내 내게 말을 했는지도 모릅니다. 웨기는 그날 내게 자기를 보내 달라고 명확하게 말했습니다. 웨기는 자신이 육체적으로 회복할 수 없음을 알고 있다고 했습니다. 웨기는 자신의 임박한 죽음과 현재 벌어지고 있는 모든 상황을 완벽하게 이해하고 있었고 세상의 모든 일은 정해진 대로 흘러간다는 것을 내게 알려 주려고 애쓰고 있었습니다.

각각의 삶은 배움과 가르침, 성장과 확장, 깨달음을 통해 진화하는 거대한 흐름의 일부입니다. 인간의 삶도 마찬가지입니다. 개들의 삶도 마찬가지이고요. 웨기에게 암은 깨달음을 얻는 도구였던 모양입니다. 웨기는 죽음을 전적으로 받아들였고 죽음 자체는 큰 문제가 아니었습니다. 이제는 내 차례였습니다.

한동안 두려움과 절망 그리고 개인적인 실패라는 감정에 사로잡혀 있었지만 웨기가 내게 말을 건 이후 깨달음을 얻었고 싸움을 포기했습니다. 형이상학자들은 '세상의 소유물이 되지 말고 그 안에 존재하라.' 고 말하지만 세상은 내가 숨이 막혀 항복할 때까지 무자비하게 붙들고 놓아 주지 않기도 합니다. 결국 지치고 상처 입은 나는 준비가 되었다면 떠나라고 인사를 하고 내 전쟁에서 웨기를 해방시켜 주었습니다. 이번에는 내가 떠나보냈습니다. 웨기의 떠남을 받아들인 것이지요. 웨기가 원하는 대로 됐으니 웨기와 나는 좋은 파트너가 된 셈입니다. 나는 그 후에 벌어지는 일들을 모두 마음을 열고 받아들였습니다.

그 다음으로 내가 배워야 할 것은 '언제' 웨기를 보내야 하는지 정하는 것이었습니다. 10월과 11월 내내 나는 고통을 끝내 줄 시간이 언제인지 고민하며 보냈습니다. 웨기는 여전히 잘 먹었지만 속도가 많이 느려졌고, 여전히 산책을 좋아했지만 지나치는 다람쥐를 더러는 그냥 보내 주었습니다. 쉬는 시간이 더 많아졌고, 낮잠을 자다가 깨어날 때 점점 더 힘겨운 소리를 냈습니다.

그리고 더 이상 바닥을 쓸다시피 꼬리를 흔드는 모습도 보여 주지 않았습니다. 웨기(waggy)라는 이름을 갖게 한 그 사랑스러운 모습이 더 이상 보이지 않자 나는 웨기가 죽음을 맞이할 준비를 하고 있음을 알았습니다. 나는 웨기에게 준비가 되면 분명하게 알려 달라고 여러 차례 부탁했습니다. 그것이 내가 웨기에게 해줄 수 있는 최선이었으니까요. 내가 슬픔에 젖어 있는 동안에도 웨기는 때로는 명랑했고, 때로는 고요했으며, 그토록 많은 사람들이 자신에게 보여 주는 사랑을 만끽했습니다.

추수감사절을 앞둔 화요일 아침에 눈을 떴을 때 웨기를 보내야 할 때가 됐음을 알았습니다. 그러자 그 순간 지난 몇 개월 동안 안절부절못하며 고민했던 모든 순간이 기적처럼 사라지고 평화가 찾아왔습니다. 죽음을 그저 변화로 받아들이기로, 여름이 지나면 가을이 오듯이 변화로 받아들이기로 했습니다.

웨기는 자기가 가장 좋아하는 아래층 의자에 누워 자고 있었습니다. 내가 다가가자 웨기가 고개를 들었습니다. 나는 낮은 목소리로 말했습니다.

"알아. 이제 갈 시간이 된 거지."

늦은 아침 웨기는 평소처럼 나와 함께 헛간으로 갔지만 전날과는

누렁이

구토와 똥오줌을 지리며 누워 있는 너.
그걸 묵묵히 닦아 주면서 솔직히 도망가고 싶었다.
더러워서가 아니라 서서히 다가오는 너의 죽음을
지켜보는 게 두려웠기 때문이지.
두렵고 도망치고 싶지만 네가 마지막 숨을 내뱉는
순간까지 지켜봐 주어야 한다.
그게 내가 너에게 할 수 있는 유일한 일이고 의무.
마지막 순간까지 열심히 살고 있는 너.
누가 뭐래도 넌 나에게 최고의 개야.

다른 모습이었습니다. 구석구석을 탐색하지 않고 바로 건초 더미 위로 가서 눕더니 나를 쳐다보았습니다. 내가 빨래를 널러 나가면서 뒤를 돌아보니 웨기가 천천히 내 쪽으로 오고 있었습니다. 고개를 조금 숙인 채 꼬리를 넓고 높이 흔들고 있었습니다. 나는 웨기 앞에 주저앉아 울부짖었습니다.

"웨기야, 괜찮다고 말하려는 거지?"

그러자 웨기의 꼬리가 빠르게 움직였습니다.

죽음을 향해 가는 웨기를 데리고 또다시 아프턴 산을 올랐지만 이번에는 경이로웠습니다. 보통 때라면 뒷자리에 앉아 창문 밖을 내다보고 있었을 웨기였지만 옆 좌석에 기댄 채 나를 쳐다보고 있었습니다. 나는 이 모든 상황을 웨기가 이해하고 있음을 알기에 웨기에게 용감하다고, 너한테서 정말 많은 것을 배웠다고, 정말 많이 보고 싶을 거라고 말해 주었습니다.

"웨기야, 엄마는 웨기가 죽고 난 다음에 떠나는 그곳으로의 여행이 즐거운 여행이 되면 좋겠어. 신나는 모험이 되었으면 좋겠고. 음, 또, 나중에 엄마가 그곳에 가면 웨기를 찾을 거야. 그때 꼭 엄마에게 와주어야 해……. 천국에서 엄마를 알아볼 수 있겠니? 아니, 만약에 웨기가 다시 이 세상으로 돌아오고 싶다면 그렇게 해. 엄마가 꼭 찾을게. 어떤 모습으로 오든 엄마가 분명 알아볼 수 있을 거야. 약속해, 웨기야."

동물병원 입구에 도착하자 웨기가 갑자기 바닥을 긁고 몸을 심하게 떨며 격렬하게 짖기 시작했습니다. 웨기에게 조용하게 말했습니다.

"내가 할 수 있다면 너도 할 수 있어. 걱정 마, 웨기야. 우리 함께 하자. 수호천사가 나타날 때까지 내가 끝까지 네 손을 잡고 있을 테니 두려워하지 마. 엄마가 끝까지 네 곁에 있을 거야."

나는 30킬로그램의 웨기를 안고 건물 안으로 데려가 진료대 위에 내려놓았습니다. 함께 페트리지 선생님을 기다리는 동안 웨기는 다시 몸을 떨기 시작했고 두 눈을 부릅뜨고 겁에 질려 있었습니다. 불안해한다는 걸 느낄 수 있었습니다. 나는 웨기를 바짝 끌어안고 떠나는 것에 대해, 펼쳐질 삶에 대해, 암과 싸웠던 지난 기간 동안 웨기가 내게 가르쳐 준 모든 것들을 기억하라고 말해 주었습니다. 그리고 이렇게 상기시켜 주었습니다.

"네가 가는 곳은 정말 아름다운 곳이야. 그곳에서는 아프지도 힘들지도 않을 거야."

나는 웨기의 몸을 마사지하기 시작했습니다. 내 호흡을 웨기의 호흡에 맞추고 숨결에 따라 움직이는 웨기의 몸을 내 손가락으로 느끼면서 손을 움직였습니다. 내 손의 감각에만 집중하면서 복잡한 마음을 떨쳐 버리자 웨기도 금방 편안하게 호흡하기 시작했고 근육도 이완되었으며 두 눈이 맑아지고 다시 평온해졌습니다. 나는 끝까지 최선을 다해 웨기가 나에게 얼마나 중요한 존재인지를 느끼게 해주고 싶었습니다. 그리고 주사를 맞고 마지막 순간이 오자 웨기는 내 두 팔에 머리를 대고 평화롭게 자기 몸을 떠났습니다.

웨기가 준 선물 그리고 13개월 후

그날 이후 나는 웨기가 그토록 인내심 있게 가르쳐 준 많은 교훈을 자주 생각합니다. 나는 웨기가 죽어 가는 과정을 통해 나의 분노와 두려움에 대해, 그것들이 얼마나 파괴적일 수 있는지에 대해 알게 되었습니다. 죽음에 맞서지 않고 받아들이는 법을 배웠습니다. 그리고 죽음을 받아들이는 것이 삶을 포기하는 것이 아님도 알았습니다. 삶은 무지개다리 건너에서도 계속 이어지니까요. 죽음을 삶과 단절된 것으로 보는 것이 가장 나쁜 것이라는 것도 알았습니다.

또한 치료에 온힘을 쏟아야 할 때와 보내 주어야 할 때가 언제인지에 대해서도 더 많이 알게 되었습니다. 또한 내 직감을 신뢰하지 않은 채 흔들리는 마음을 혹하게 하는 사람들에게 의지하는 것은 효과가 전혀 없음도 알게 되었습니다.

웨기는 병에 걸렸거나 병에 걸린 누군가를 돌보는 그 상황이 '나쁜' 것이 아니며 그런 자신을 피해자라고 생각해서도 안 된다는 것을 보여 주었습니다. 삶은 물론 마지막 순간까지 항상 곁에서 함께 해주는 존재가 있다는 것이 얼마나 중요한지도 알려 주었습니다.

질병은 자신의 진정한 본질을 알 수 있는 수단이 될 때도 있는 것 같습니다. 병으로 인해 감정적 · 정신적 · 영적으로 지친 정신을 극복하는 치유는 육체적인 고통으로부터 치료되는 것만큼이나 중요하고 가치가 있는 일입니다. 웨기는 치유와 치료가 다른 것임을 내게 보여 주었습니다.

떠나야 하는 때를 알고 품위있고 우아하게 가는 것도 지혜이고 용기입니다. 물론 아무리 용감한 누구라도 때로는 강력한 두려움이 그 용기를 눌러 버릴 수 있겠지만 그 또한 '나쁜' 것이 아님을 확신시켜 주었습니다. 누군들 알지 못하는 죽음 너머가 두렵지 않겠습니까? 두려움은 구체적인 형태로 이 세상에 존재하지요. 그러나 죽음을 향해 가고 있을 때 그 과정을 도와줄 다른 누군가와 함께 한다면 두려움은 분명히 줄어듭니다. 그래서 마지막을 함께하는 동반자의 책임이 막중합니다.

마지막에 내가 웨기를 안고 울었던 것은 죽음이 두려워서가 아닙니다. 13년간 살을 부비고 살았던 털북숭이 친구와 잠시지만 헤어지는 것이 서러워서 울었습니다. 언제라도 헤어짐은 서럽습니다.

폭풍 같았던 1년 동안 웨기는 많은 선물을 주고 떠났습니다. 슬픔 속에서도 잊지 못할 행복한 순간을 내게 주었고, 삶과 죽음을 바라볼 수 있는 통찰력도 주었으며, 사랑이라는 보물과 눈에 보이지 않는 것들도 이해할 수 있는 능력을 주었습니다. 미래에 올 일 때문에 힘들어하지 말고 '지금 행복하라'는 것도 배웠습니다. 물론 순간순간 행복해야 하는 게 중요하지만 순간은 영원하지 않다는 뼈아픈 진실도 함께 깨우쳤지요.

그리고 무엇보다 웨기의 모습을 통해 나는 죽음 직전과 죽는 동안에 어떤 일이 벌어지는지, 그 후에는 어떤 일이 펼쳐지는지에 대해 공부를 해야겠다고 결심했습니다. 이것이 웨기가 나에게 주고 간 가장 큰 선물입니다.

웨기는 세상을 떠난 뒤 13개월 후 내게 한 가지 선물을 더 주었습니다. 어쩌면 그것이 모든 것 중 가장 특별한 선물일지도 모릅니다.

12월의 어느 날 아침 해가 뜨기 직전이었습니다. 주방에서 아침밥을 기다리는 바지런한 고양이들 외에는 다들 잠을 잘 시간이었습니다. 주방으로 가려고 어두운 거실을 지나 계단 쪽으로 가고 있을 때, 웨기가 있었습니다.

웨기는 나무의자 바로 뒤에 무심히 앉아 빛을 발하고 있었습니다. 그 모습이 얼마나 예뻤는지! 검은 털에는 윤기가 흘렀고, 두 귀는 살아 있을 때처럼 반쯤 접혀 있었습니다. 완벽하게 건강하고 즐거워 보이는 웨기는 나를 빤히 쳐다보고 있었습니다. 순간적이었지요. 찰나였어요. 내게 몇 마디 말을 남기고 웨기는 사라졌습니다.

"엄마, 저예요. 항상 지금처럼 잘 지내요. 죽음 뒤에 삶이 있다고 내가 말했잖아요. 나는 엄마를 떠난 적이 없어요. 앞으로도 절대 떠나지 않을 거예요. 사랑해요. 힘내세요. 또 올게요."

이 상황이 웨기가 죽은 직후에 일어났다면 내 슬픔 때문이라거나 슬픔을 딛고 내면의 평화를 이루려는 내 노력 때문에 환영을 본 것이라고 할 수 있습니다. 그러나 웨기가 죽은 후 13개월이나 지난 뒤였고 나는 마음의 평정을 찾고 일상을 보내고 있을 때였습니다.

웨기는 분명히 왔던 겁니다. 나는 항상 웨기만이 아니라 우리 가족과 함께 살다가 떠나간 동물들을 다시 볼 수 있기를 바라고 또 바랐습니다. 그 바람을 웨기가 이뤄 준 것이지요. 웨기는 무지개다리 너머에 있는 동물과 사람을 대신해 내게 온 것이라고 믿습니다. 물론 이 엄마가 보고 싶었고 걱정되어서 온 그 착한 마음도 압니다.

나는 이제 사람들에게 웨기 이야기를 들려줍니다. 죽음을 앞둔 동물 때문에 내게 도움을 청하는 모든 사람에게 웨기 이야기를 들려주는 것이지요. 웨기 이야기를 들은 사람들은 감사했으며 위안을 받았습니다. 웨기가 그 먼 곳으로부터 나를 찾아오는 노고를 마다하지 않은 이유가 바로 그 때문이라고 생각합니다. 물론 아직도 죽음 너머 영혼의 세계를 믿지 않는 사람들이 있기 때문에 항상 시작은 이렇게 하지요.

"저를 미쳤다고 생각하실지도 모르겠지만 제게는 웨기라는……."

6

새디의 죽음

- 죽음의 과정은 치유의 시간
- 죽음과 영혼의 해방
- 안녕, 새디!

새디의 죽음

죽음의 과정은 치유의 시간

세상을 떠난 지 1년이 훨씬 넘은 뒤에 나타난 웨기를 본 이후 나는 동물에게 영혼이 있다는 확신이 생겼습니다. 물론 이전에도 모든 생명체는 육체가 죽어도 영혼은 살아 있다고 믿었지만 그건 단지 믿음일 뿐이었습니다. 하지만 웨기의 출현을 계기로 확신을 갖게 되었습니다. 나는 더 이상 내 동물 친구들에게 사후 세계가 있는지에 대해 의구심을 갖지 않게 되었습니다. 대신 이런 질문이 생겼습니다.

"육체를 벗어난 영혼은 어디로 향하는 걸까? 그 영혼이 되도록 고통을 덜 안고 떠날 수 있도록 내가 도울 수 있는 방법이 무엇일까? 뒤에 남을 우리는 그 영혼을 볼 수 있을까?"

영혼을 보았다는 사람들이 더러 있습니다. 그런데 나는 왜 웨기 말고는 보지 못하는 걸까요? 세상을 떠난 지 얼마 안 된 동물에 대해 그토록 큰 사랑을 그러잡고 있는데 말이죠. 그러나 시간이 흐르면서 나의 스승이 되어 준 동물들을 통해 하나씩하나씩 그 해답이 보이기 시작했습니다.

웨기가 돌아온 것을 보기 전에도 나는 거의 모든 동물의 죽음에서, 육체적으로는 생명이 멈추지만 한편으로는 훨씬 더 확장된 단계로 새롭게 이동함을 느끼고 있었습니다. 하지만 때로는 아무것도 느끼지 못했습니다. 그럴 때면 나는 아득한 절망 속으로 한없이 빠져들었습니다. 죽음 후에 존재하는 삶에 대해 내가 잘못 생각하고 있는 것은 아닐까 한없이 의심했지요. 하지만 내가 영혼의 증거를 찾으려고 애쓸 때마다 영혼을 보고 듣고 느끼는 것은 점점 더 힘들어졌습니다.

그 의심을 떨쳐 버리는 데 6개월이 걸렸고 다시 이해를 향한 조심스러운 움직임이 시작되었습니다. 문득문득 사람에게 찾아오는 이런 회의는 믿음을 돌아보고 재정립할 수 있는 계기가 되곤 했습니다. 반복적으로 찾아오는 동물의 죽음 그리고 그 너머의 신비는 나를 점점 더 겸손하게 만들었습니다.

예를 들어 2장에서 이야기했던 아기 새의 죽음의 경우, 내가 야생겨자 꽃을 좋아하는데 헛간 뒤로 그 아기 새를 옮겼던 그날 예기치 않게 그 꽃이 거기 피어 있었습니다. 야생겨자 꽃이 진 지 꽤 오래 지난 후였는데도 말이죠. 한 마리의 고통받는 작은 새에게 최후의 치유를 베풀기 위해 누군가가 힘을 썼던 것일까요? 실체는 모르지만 어떤 거대한 존재든 세상의 모든 에너지든 누군가의 의도임에는 분명합니다.

그날 이후 나는 더글러스 보이드의 『구르는 천둥』을 읽기 시작했습니다. 그 책에는 내가 알고 싶어 했던 내용이 있었습니다.

'약초들은 종종 그것을 필요로 하는 곳에 나타난다.'

돌이켜 보면 작은 새가 떠나던 그날 일어났던 모든 일은 순조로운 리듬으로 짜인 각본처럼 자연스럽게 펼쳐졌습니다. 그리고 죽음이 라는 과정은 죽음을 맞는 대상이나 그 대상을 지켜보는 모두에게 치유를 가져다 줄 수 있는 시간임을 다시 한 번 깨닫게 했습니다. 돌아가신 부모님을 잊지 못하는 자녀에게 부모의 환영이 보이고, 한 편의 시, 그림, 글을 통해 막 떠나간 반려동물의 모습을 떠올리며 눈물짓는 과정 또한 마찬가지로 치유의 과정입니다.

나는 내 자신에게 이런 질문을 하곤 합니다.

"이런 것들이 다 우연의 일치거나 환상일까? 아니면 웨기가 그랬던 것처럼 또 다른 영역에서 삶이 계속된다고 알려 주는 메시지일까?"

나는 영혼은 에너지이고 죽음은 현세와 천상을 연결하는 신비의 다리를 넘는 영혼의 여행이라고 믿습니다. 죽음의 문턱에 갔다가 돌아온 사람들은 하나같이 "그곳은 빛이 만발하고 시간과 공간이 없으며 우리들이 결코 경험해 본 적이 없는 소리와 색, 빛으로 가득 차 있다."고 말합니다. 그래서 대체로 그런 경험을 한 사람들은 죽음에 대해 더 이상 두려워하지 않지요. 물론 우린 그런 경험이 없지만 많은 동물 친구들이 알려 준 가르침을 토대로 생각해 보면 죽음과 죽음의 과정은 두려움이나 절망으로 맞이해서는 안 되는 여행임이 명확합니다. 그러니 그들을 보낼 때 절망과 두려움 속에서 보내면 안 되는 것입니다.

죽음과 영혼의 해방

내가 죽음의 과정과 영혼의 해방에 대해 좀 더 많은 이해를 할 수 있도록 도와준 반려동물은 새디라는 개입니다. 새디가 우리 식구가 된 것은 마이클이 태어나기 2주 전이었습니다. 첫아이 출산을 코앞에 두고 무슨 생각으로 6주 된 새끼 강아지를 입양했는지 지금 생각해도 잘 모르겠습니다. 충동은 언제나 나의 추진력이었으니 그 덕이겠지만 아마도 운명이거나 인연이거나 그랬을 겁니다.

그렇게 우리 가족이 된 새디는 두 아들의 유모가 되었습니다. 또한 남편 더그가 건축 사고로 한 쪽 눈을 잃었을 때도, 그래서 2년 동안 돈을 벌어 오지 못할 때도 우리 곁에 머무르며 가족들에게 여유와 웃음을 주었습니다. 힘든 2년이 지나고 우리 가족은 뉴잉글랜드를 떠났지요. 새디는 이사를 한 뒤에도 우리를 찾아온 여러 종류의 집 잃은 동물을 챙기며 도움이 필요한 그들에게 우리의 사랑과 관심을 알아서 척척, 그러나 자상하게 나누어 주었습니다. 새디는 모든 생명에게 조건 없는 사랑이 무엇인지 보여 준 녀석입니다.

그런 새디에게 죽음이 찾아왔습니다. 열일곱 살짜리 노견에게 찾아온 죽음은 어찌 보면 자연스러운 일이지만 여러 번의 힘든 시기를 함께 넘긴 이 특별한 친구와의 돈독한 관계 때문에 떠나보내는 것이 그 어느 때보다 힘들었습니다. 나이가 많았기 때문에 다시 회복될 수 없었는데도 나는 도저히 아무렇지도 않게 작별 인사를 할 수가 없었습니다.

"안녕, 잘 가, 새디!"

이 말 한 마디가 입 밖으로 나오지 못하고 입가에 맴돌다가 온몸으로 흡수되어 버렸습니다. 나의 절친한 친구 새디는 이미 쇠약해진 몸과 지친 마음에서 벗어날 준비가 되어 있었는데도 말이지요. 나는 새디가 어디로 가는지 확실히 알고 있었지만 떠나보내고 싶지 않았

습니다. 어떻게 떠나보낼 수 있겠습니까? 삶과 죽음에 대한 모든 철학적 판단을 떠나 결국 나는 온기를 잃고 굳어진 새디의 몸뚱이와 함께 이 세상에 남겨질 텐데요. 새디가 세상을 떠나는 순간에는 어떤 믿음도 아무 의미가 없었습니다.

새디의 영혼이 떠난 몸뚱아리를 붙잡고 울던 나는 머릿속에서 한동안 새디를 떨치지 못했습니다. 수명을 다 하고 떠난 것이고 우리는 충분히 사랑했기에 지난 시간에 대한 미련이나 후회는 없었지만 그저 헤어짐이 서러웠습니다. 멍한 나날이 계속되었죠.

하지만 언제까지 그렇게 시간을 보낼 수는 없었습니다. 이제는 마음을 다잡아야 한다고 스스로를 추스렸습니다. 앞으로 우리 보호소의 많은 다른 식구가 새디의 길을 따를 텐데 그때마다 이렇게 보낼 수는 없으니까요.

새디의 죽음을 계기로 나는 무지개다리를 건너는 죽음의 과정에 대해 한층 더 깊은 이해가 필요하다는 생각을 했습니다. 죽음과 영혼의 해방에 대해 좀 더 명확한 이해가 필요했습니다.

그래서 에너지 치료 분야의 책들을 읽기 시작했습니다. 책에서는 우주의 '에너지 장(場)'에 대해 이야기합니다. 인도에서는 '프라나(Prana)', 중국에서는 '기(氣)'라고 칭하는 이 에너지는 생물체건 무생물체건 모든 것에 내재되어 있으며 모든 대상을 서로 연결합니다. 또한 우주의 에너지 장은 별개의 힘이 동시에 작용하면 각각의 효과를 더한 것보다 총체적으로 더 큰 힘을 갖게 된다고 말합니다.

우주의 에너지 장에 대한 이런 해석은 세상을 떠난 나의 동물 친구와 나의 에너지가 합해져서 영원한 결합을 이룰 수 있게 해준다고 해석할 수 있습니다. 또 때로는 그런 결합이 있기에 내가 떠난 그들과 대화도 할 수 있는 것이겠지요. 여러 책을 통해 죽음 뒤의 생명이 에너지로 계속 존재한다는 사실을 믿게 되었습니다. 그렇다면 새디와 나의 영혼이 섞여 하나보다 더 큰 무엇이 될 수 있을 테니까요.

나는 집중과 명상 등을 통해 모든 현상에 대해 가능한 한 마음의 문을 활짝 열었습니다. 고요하게 내 안으로 집중함으로써 위안, 용기, 힘을 제공해 주는 지혜에 닿기 위해 노력했습니다. 이러한 내면 공부는 삶에 대한 나의 관점을 많이 확장시켜 주었습니다.

안녕, 새디!

죽음은 끝을 의미하지 않습니다. 죽음은 이번 생의 끝이지 사랑했던 관계의 끝이 아닙니다. 그리고 죽음을 겁낼 필요도 없습니다. 삶의 모든 것이 그렇듯이 죽음과 그 후의 상황을 대하는 태도에 따라 그것의 의미는 달라집니다. 죽음은 단순히 에너지의 이동입니다. 물이 얼음이 되고, 증기나 기체가 되는 것처럼 존재라는 형태에서 다른 새로운 형태로의 이동일 뿐입니다.

그렇다면 그 새로운 형태는 무엇일까요? 그것은 우리가 익히 알고 있는 그들의 이전 모습, 육체적인 몸의 형태는 아닙니다. 내가 의자 뒤에 있는 웨기의 모습을 확실히 봤다 해도 말입니다. 그동안 우리가 나눈 사랑과 믿음, 존경심이 새로운 형태의 에너지를 만들어 냈겠지요. 그렇기에 죽음은 '끝'이 아니므로 세상을 떠난 어느 누구도 '잃었다.' 고 생각해서는 안 됩니다.

새디와 내가 나눈 사랑과 믿음은 우리 둘이 만나서 더 커졌을 겁니다. 우리가 만나지 않고 각자 있었다면 그것은 참 보잘것없는 것이었겠죠. 이렇게 느끼고 나자 내 생각, 내 말, 내 행동이 더 조심스러워졌습니다. 만물은 그렇게 서로 영향을 끼치고 주고받는 것이니까요. 새디를 만나지 못했다면 그 죽음의 순간에 함께하지 못했다면 나는 아마 이런 진실을 끝까지 몰랐을 것입니다.

새디를 보내는 순간 마음속에서 이런 소리가 들렸습니다.

'새디는 당신에게 인사를 하고 떠날 것입니다. 그러니 먼저 새디를 떠나보내야 해요. 새디가 떠난다는 것을 인정하세요. 당신이 그렇게 할 때까지 새디는 이 세상을 떠나지 못합니다. 그러면 새디에게 더 큰 고통을 줄 것입니다.'

나는 알고 있었지만 여전히 새디를 부둥켜안고 망설이며 안절부절 못하고 있었습니다.

"나는 새디를 사랑해요. 도저히 작별인사를 할 수가 없어요."

그러자 다시 마음속의 내가 대답했습니다.

'당연합니다. 그러나 보내는 것이 완전히 헤어지는 것은 아닙니다. 새디가 여행을 계속하려면 몸이 영혼에서 분리되어야 합니다. 새디는 떠나게 해달라고 부탁하고 있어요. 새디가 정말 어디론가 가는 것은 아닙니다. 아직은 아니에요. 한동안은 당신 곁에 있을 거예요.'

나는 알고 있었지만 확신이 부족했습니다. 나는 여전히 새디를 방해하고 있을 뿐이었습니다. 우리가 함께 사는 동안 어떤 일이든 새디가 나를 방해했던 적이 있었던가? 새디가 나의 길을 막은 적이 있었던가? 없었습니다. 새디는 내가 새로운 길을 떠나려 망설일 때 언제나 조용히 격려하고 응원했습니다. 그리고 지켜보았지요. 새디처럼 이제 나도 새디의 길을 막을 것이 아니라 축복의 말을 전해야 했

동이

추운 겨울날
'키우고 싶은 분 데려가세요.'라는 쪽지와 함께
버스정류장에 버려졌던 아이.
그래서 이름이冬.
순하디 순한 녀석이라
눈감을 때마저 조용했던 우리 아들.
차갑게 식어 가며 이 못난 엄마를 얼마나 원망했을까?
엄마랑 다시 만나는 날 그땐 등돌리지 말고
전처럼 우리 아들 배에 얼굴 한 번 묻어 보자.
너무 고마웠고 사랑했다.
정말 사랑해, 보고 싶다 아들.

습니다.

"잘 가, 새디. 미안해. 사랑해. 고마워. 엄마는 괜찮을 거야."

드디어 내가 감출 수 없는 눈물을 흘리며 말했습니다. 그러자 곧바로 새디의 심장박동이 느려지고 숨이 가벼워지면서 멈추더니 몸이 평화롭게 가라앉았습니다. 그리고 새디는 떠났습니다.

"이제 됐나요? 내가 잘 한 건가요?"

나는 지친 마음에 스스로에게 짜증을 내고 있었습니다. 그러자 마음속에서 다시 소리가 들렸습니다.

'안녕. 안녕이라고 말해 주세요!'

나는 내 안에서 들려오는 상냥한 이 소리에 새디를 안고 또 엉엉 울었습니다. 나도 사실 이렇게 평화롭게 새디를 보내고 싶었던 것입니다. 그렇게 힘들어하지 않고 그렇게 아파하지 않고 새디가 떠나는 길을 축복해 주고 싶었던 것입니다.

"안녕, 새디! 안녕. 잘 가."

내 인사와 함께 새디가 자유로워졌음이 느껴졌습니다. 새디가 더 이상 아프지 않음을 알았습니다. 그리고 영원히 살 것임을 알았습니다. 새디와 나는 예전의 어느 때보다도 훨씬 더 강력하게 하나가 되었음이 느껴졌습니다. 새디의 죽음으로 배우게 된 이 진실은 언제나 저와 함께 있습니다.

7

그리 정상이 아닌 개, 코키

- 미물이라 불리는 생명
- 내면의 평화의 장소
- 코키와 제프리
- 여전히 죽음의 과정은 슬프지만……

그리 정상이 아닌 개, 코키

미물이라 불리는 생명

매년 10월 말이 되면 수백 마리에 이르는 무당벌레가 다가오는 겨울을 지낼 피난처를 찾아 버지니아로 옵니다. 이 작은 생명체 무리는 창문에 모여 있거나 개나 고양이 몸에 붙어 집 안으로 들어오거나 작은 틈새를 따라 기어올라 천장에서 떼를 지어 동면을 합니다. 많은 사람들이 무당벌레를 꺼리지만 나는 공격적이지 않은 그들에게 별 불만이 없습니다. 간혹 그들이 물거나 소파를 갉는다고 하는데 아직까지 우리 집에서는 그런 일이 한 번도 없었거든요.

내가 굳이 무당벌레가 싫은 이유를 든다면 그들이 마룻바닥을 기어 다닐 때 밟지 않으려고 조심스럽게 걸어야 한다거나 설거지물에 빠져 있는 그들을 건져내야 하거나 호기심 많은 고양이들에게 밟히기 전에 구해야 하는 번거로움 때문입니다. 연약한 생물인 무당벌레는 위기의식이 없는지 위험요소에 상관없이 그저 위를 향해 기어오르기만 합니다.

그러다 보니 그들의 죽음에 대해서도 생각하게 되었습니다. 무당

벌레는 수가 많은 만큼 사망률도 꽤 높기 때문에 삶의 마지막에 임하는 그들의 마음가짐도 살아 있을 때처럼 그렇게 태연하고 유쾌했으면 좋겠다고 생각하게 되었지요.

대체로 무당벌레의 죽음은 의도적인 것이 아니라 그냥 벌어지는 일이라는 생각이 듭니다. 무당벌레는 그들의 자그마한 다리를 껍데기 안으로 모으고 후회 없다는 듯, 아무런 걱정 없다는 듯 죽습니다. 그야말로 그냥 떠납니다. 적어도 내게는 그렇게 보입니다. 내 앞에서 죽을 때면 나는 멈춰 서서 애도를 표하고 행복한 여행이 되기를, 밝은 빛이 되기를 기원하면서 화분으로 옮깁니다. '보잘것없는' 곤충에게 너무나 대단한 수고를 한다고 생각할지 모르지만 이는 사랑과 연민이라는 공감에서 나오는 행동입니다.

하지만 떠나는 모든 생명과 감정을 공유하려면 죽음에 대한 내 자신의 이해가 확고해야 합니다. 특히 죽음의 순간에 도움을 필요로 하는 동물을 돕는 일을 두려움이나 혼란, 슬픔을 갖고 한다면 그것은 오히려 떠나는 동물들에게 동요를 일으키고 소외감마저 느끼게 할 수 있습니다. 내가 무지개다리 너머의 세상에 대한 확신이 없고 죽음을 평화롭게 생각하지 못한다면 떠나는 동물과 그 평화로움을 나눌 수 없는 것이니까요.

내면의 평화의 장소

삶과 죽음의 문제에 관해 처음으로 고민하기 시작했을 때 나는 다섯 살짜리 어린아이였습니다. 부모님은 이혼하셨고 텍사스에서 살던 어머니와 우리 자매는 코네티컷에 있는 외할머니 댁으로 이사를

도도

여행길에 오르기 이틀 전,
마치 병이 다 나은 것처럼 밥도 잘 먹고
귀가하는 나를 맞으러 현관까지 나왔습니다.
이런 고양이를 어떻게 잊을 수 있을까요?
욕심에 데려온 아가인데 욕심껏 사랑해 주지 못해
한이 남습니다. 녀석은 제 사랑을 욕심껏 받았을까요?
도도는 그냥 고양이가 아니에요.
여행을 떠난 뒤로도 꿈에 나타나 그 보드라운 털과
따뜻한 온기를 느끼게 해준 나의 반려묘입니다.

갔습니다. 다섯 살짜리 어린아이는 아버지와 헤어져야 하는 이유를 이해하기 힘들어 불안했습니다. 어머니가 우리를 앉혀놓고 “이제 아버지는 우리와 함께 살지 않을 거야.”라고 말씀하셨을 때 언니 실비아는 울음을 터뜨렸지만 나는 봉제 인형을 갖고 놀며 외로움과 상실감을 묻으려 애썼습니다.

이사 간 할머니네 집 이웃에는 내 또래 아이들이 없었기 때문에 동물과 꽃, 나무, 상상 속 존재가 나의 친구였습니다. 특히 집 앞에 있던 미송은 나의 가장 친한 친구였습니다. 소나무는 비나 눈이 올 때에는 피신처였고, 인디언 놀이를 할 때에는 감시병이 되어 주었습니다. 그 시절 나무는 나에게 가장 친절한 친구였고 내게 기꺼이 기쁨을 주고 싶어하는 가족이었습니다.

코네티컷에서의 첫 번째 여름, 어느 날 갑자기 할머니께서 소나무를 베는 게 좋겠다고 말씀하셨습니다. 내가 애원하고 떼를 썼는데도 집사인 월터 아저씨는 나무를 베어 뒤뜰에 있는 땔감 더미로 옮겼습니다. 할머니와 월터 아저씨가 내 우정을 잔인하게 조각내어 버린 것이죠. 내가 그 작은 팔로 나무 그루터기를 끌어안고 흐느껴 울었지만 소용없는 일이었습니다. 솔직히 아버지를 잃었을 때보다 나무를 잃었을 때가 더 슬펐습니다. 헤어짐은 죽음과 같은 의미니까요.

어떤 면에서 내게는 아버지도 죽은 거나 마찬가지였습니다. 어떤 설명이나 이해의 과정도 없이 어느 날 갑자기 내 인생에서 사라져 버렸으니까요. 그때 다섯 살짜리 꼬마 아이는 너무 소중한 어떤 존재가 한 순간에 사라져 버린 혼란을 이해하려고 애쓰고 있었습니다. 비록 꼬마 아이였지만 그토록 무정하게 떠나 버린 것은 나라는 존재에 대한 명백한 무시라고 생각하니 화가 사라지지 않았습니다.

세월이 흐른 후 할머니는 나무를 벤 이유를 자세히 설명해 주셨습니다. 동네 주정뱅이들이 우리 집 앞에서 자는 일이 많아서 할머니는 우리가 집으로 들어올 때 누군가가 나무 뒤에 숨어 있다가 해코지를 할지도 모른다고 생각해서 그런 결정을 했다고 말씀하셨습니다. 그 말씀을 듣고 나니 할머니의 마음도 이해가 갔습니다. 이제 나는 나의 좋은 친구였던 할머니에게 감사하는 마음과 더불어 삶과 죽음, 우정과 현실이라는 문제, 지혜와 연민에 대해 내 시야를 넓힐 수 있게 해준 내 소중한 소나무 친구에게도 감사합니다.

물론 여전히 의문은 남았습니다. 주정뱅이 문제를 해결할 다른 방법은 없었을까? 나의 소나무 친구는 이른 죽음을 용서했을까? 어른들에게 아이가 느낄 고통과 혼란은 안중에도 없었던 것일까? 나무와 내가 나누었던 것은 무엇이었을까?'

이런 의문은 내 삶의 철학과 윤리의 기반을 형성하는 데 도움이 되었습니다. 또한 내가 던진 질문은 모든 존재가 공유하는 평화에 대한 질문이기도 했습니다.

나는 명상을 통해 종종 과거로 돌아갑니다. 그런 경험을 통해 현재의 내 모습만이 '나 자신'이 아님을 압니다. 과거와 현재와 미래의 내 모습이 목적과 의미를 갖고 혼합되어 내가 누구인지를 말해 주니까요.

과거 나의 친구였던 나무와 동물과의 관계를 통해 나는 모든 존재가 다 똑같이 영혼을 가진 존재임을 알았고 그들도 나처럼 내면에 평화의 장소가 있는 존재임을 알았습니다. 그래서 모든 생명을 전체적으로 볼 수 있게 되었습니다. 현재의 겉모습만으로 판단하지 않고 그들의 과거와 미래의 모습을 떠올리며 내면까지 더해진 전체적인 모습을 파악하려고 노력하게 된 것이지요.

물론 그것을 아는 것과 느끼는 것은 다릅니다. 사랑하는 동물이 고통을 받거나 죽음에 임박해 있을 때는 동물의 물리적인 겉모습을 넘어 그들의 전체를 보기가 정말 힘들 때가 많습니다. 그러나 두려움이나 슬픔, 좌절보다는 동물에 대해 느끼는 사랑과 연민에 초점을 맞춘다면 모든 존재가 하나가 되는 평화의 장소를 발견할 수 있습니다.

코키와 제프리

모든 생명의 마음에 평화가 존재한다는 것을 가장 절실하게 느낄 때는 죽음을 앞둔 동물을 도울 때입니다. 나와 함께 오랜 세월을 함께 한 웨기가 세상을 떠날 때 나는 그 모든 과정을 지켜보았습니다. 그 과정을 통해 나와 웨기는 분명 각각의 몸으로 존재하는 분리된 객체이지만 웨기의 죽음의 과정과 나의 도움의 과정이 합해지면서 순간 평화의 공간이 생기는 것을 느꼈습니다. 사랑과 친절과 연민이 우리를 하나로 만든 것이지요. 보호를 베푸는 쪽과 필요로 하는 쪽 모두 사랑이라는 심오한 선물을 주고받으면서 우리 모두는 치유의 기회를 얻는 것입니다.

내가 이런 생각을 갖게 된 것은 코키와 제프리 때문입니다. 코키와 나의 관계는 처음부터 특별했습니다. 내가 '특별' 이라는 단어를 쓴 이유는 코키의 몸에 '특별한 장애' 가 있기 때문은 절대 아닙니다. 코키는 태어날 때부터 심각한 두뇌 손상이 있었습니다. 그래서 이른바 정상인 개에게는 쉬운 일이 코키에게는 매번 대단한 도전이었습니다. 계단을 오르내리는 것, 가구에 부딪치지 않고 왔다갔다하는 것,

코를 물에 담그지 않고 물을 마시는 것, 짖을 대상이 있는 쪽을 향해 보면서 짖는 것 등이 코키에게는 너무나 어려운 일이었지요. 코키는 물이나 밥이 가득 담긴 그릇 앞에 앉아 물이나 밥을 절실하게 기다리고는 했습니다. 자기가 원하는 것이 바로 아래 있음을 전혀 모르는 것이지요.

하지만 그런 사소한 불편함 말고는 코키는 사는 데 전혀 문제가 없었습니다. 오히려 왕성한 신체 활동이 자랑이었을 정도였습니다. 언젠가 코키가 입원했을 때 페트리지 선생님은 코키가 벌써 병원 밥그릇을 3개나 물어뜯어 못쓰게 만들었다고 불평을 하더군요. 사실 그 밥그릇이 모두 스테인리스 그릇이었거든요. 그래서 코키를 아는 사람들은 코키는 열성적인 신체 활동을 통해 지혜를 얻는 개라고 말하곤 했습니다.

코키가 가진 지혜가 어떤 것이냐고요? 이런 종류의 지혜는 말이나 글로 정확하게 전달될 수 있는 것이 아니랍니다. 코키와 같은 존재를 안다거나 보호할 수 있는 특권이 생기면 저절로 알게 될 겁니다. 그 맑은 영혼이 들려주는 지혜를요. 그러니 장애가 있는 동물과 함께 살면서 돌보는 일이 힘들고 불편하겠지만 또한 특권이라고 생각해 주세요.

코키는 우리 집에서 태어나 15년 동안 내 삶을 빛내 준 반려견입니다. 장애가 있는 개와 보내는 15년이 고되고 힘들었을 거라는 짐작은 거두어 주세요. 코키와 보낸 15년은 너무 짧아서 아쉬웠을 뿐이니까요. 코키는 열다섯 번째 생일 다음 날 내 품에서 편안하게 세상을 떠났습니다. 코키를 보내며 나는 죽음의 과정이 떠나는 존재와 보내는 존재 모두에게 평화로울 수 있음을 배웠습니다.

코키를 만나기 몇 해 전 나는 제프리라는 소년을 알게 되었습니다. 제프리는 여덟 살로 퇴행성 질환을 앓고 있었는데 엄마가 일하러 나가면 내가 제프리를 돌봐 주었습니다. 제프리는 당시 의학적으로 선고된 수명보다 2년을 더 살고 있었습니다. 우리가 처음 만났을 때 제프리는 앞을 보지 못했고 언어를 통한 의사표현도 못했습니다. 제프리 엄마가 처음 우리 집으로 제프리를 데리고 왔을 때 나는 살짝 겁이 났습니다. 나이에 비해 몸집이 크고 머리와 두 손은 기형적으로 뒤틀려 있었거든요. 제프리는 몸을 앞뒤로 심하게 흔들면서 큰 소리로 말을 했지만 내가 알아들은 유일한 말은 제프리가 자주 되풀이했던 "안녕!"이라는 말뿐이었습니다.

하지만 일주일이 지나자 나는 제프리에게서 거리낌 없고 두려움 없이 흐르는 강력한 사랑의 에너지를 느낄 수 있었습니다. 나는 제프리와 시간을 보내면서 정이 들었고 그렇게 1년의 시간이 흘러갔습니다. 제프리를 무릎에 눕히면 제프리는 기분이 좋은지 함박웃음을 터뜨렸고 그렇게 우리는 함께 웃었습니다.

나와 함께 하는 동안 제프리가 정확하게 발음하게 된 단어가 하나 더 있습니다. 바로 "사랑해."라는 말입니다. 내가 일부러 가르친 것도 아닌데 제프리는 그 말을 스스로 익혔고 "사랑해."라고 말한 후에는 뒤이어 언제나 "안녕!"이라고 말했습니다. 그렇게 말할 때 제프리의 얼굴은 천사였습니다. 그런 제프리에게서 나는 생애 최고의 평화를 만났습니다.

20년이 지난 지금까지 제프리는 내게 삶과 죽음에 대해 가르쳐 준 스승으로, 사랑스런 친구로 남아 있습니다. 제프리는 내게 웃음과 기쁨, 운명에 도전하는 용기, 평화라는 지혜를 가르쳐 주었습니다.

제프리를 만나고 몇 년이 지나 코키를 만났습니다. 코키는 내게 너무나 소중하고 내 인생에서 없어서는 안 될 소중한 한 부분이 되었지만 처음에는 당황하고 혼란스럽고 힘들고 갈팡질팡했습니다. 코키는 분명 너무나 특별한 가족임에 틀림없었지만 코키를 처음 만나는 사람들에게 나는 변명조로 코키가 뇌에 문제가 있다는 설명을 하곤 했습니다. 코키가 창피해서였을까요? 나의 이런 태도를 바꿔 준 사람은 바로 동물병원의 수의간호사인 바브입니다. 어느 날 그녀는 진료탁자 위에 앉아 있는 코키를 조금 뒤로 물러서서 다정한 눈길로 바라보며 말했습니다.

"저는 가끔 우리가 지적으로 장애가 있다고 생각하는 존재들이 '정상' 일지도 모른다고 생각해요. 정상이라고 생각하는 우리야말로 '진정한' 세상을 잃어버린 존재가 아닐까요? 아이고, 예뻐라, 코키!"

그녀는 내가 제프리, 코키와 만나서 느낀 것들을 그대로 말하고 있었습니다. 제프리와 코키는 내게 진정한 세상에는 정상, 비정상 따위의 우열이 없음을, 물리적인 모습에 대한 환상을 넘어 본질을 볼 수 있어야 함을 알려 주었으니까요. 그러니 본질을 보지 못하고 비난하거나 무시하는 사람들 때문에 기분이 좌지우지될 필요는 없습니다. 이 세상의 모든 제프리와 코키는 사람들에게 영혼의 본질을 보는 법을 알려 주려고 여기에 온 것이니까요.

정확한 표현은 아니지만 '그리 정상이 아닌' 한 어린아이와 개가 각기 그들의 방식대로 내 영혼에 말로 정의할 수 없는 사랑을 불어넣어 주었습니다. 그들은 내 시야를 가리는 겉모습을 걷어 내고 진정으로 보는 법을, 그들의 말이 정확하게 들리지 않는다 해도 그들이 하는 말을 듣는 법을, 그들이 주는 사랑을 비판 없이 그저 받아들

딸기
(1995. 5. 24. ~ 2008. 12. 1.)

학교 주변을 떠돌며
아이들이 던져 주는 빵,
과자로 살던 아이.
집에 데리고 오자마자
배변판에 볼일을 보고,
다른 아이들과
자연스럽게 융화되던
아이. 딸기와의 3년은
정말 따뜻하고
행복했습니다. 간암 진단과
합병증인 녹내장으로
안구적출. 그러나
살고자 하는 딸기의
의지가 너무도 강해
엄마인 저는 딸기를
결코 놓을 수
없었습니다.
마지막까지 최선을
다해 싸우고, 사랑만
남기고 간 우리 착한 딸.
엄마도 최선을 다해
남은 아가들을 사랑으로
감싸겠다고 딸기에게
늘 약속합니다.

이는 법을 가르쳐 주었습니다. 고맙다, 코키야! 고맙다, 제프리!

여전히 죽음의 과정은 슬프지만……

많은 사람들이 육체는 단지 육체일 뿐 영원한 영혼의 세계는 따로 있음을 압니다. 그러나 아직도 죽음의 과정을 지켜볼 때 그 진리를 잊고는 합니다. 육체에서 영혼이 분리되는 그 순간이 단지 고통으로만 다가오니까요. 그래서 누군가 죽으면 여전히 슬픕니다. 나는 아직도 영혼이 세속적인 형태인 몸을 떠나는 것이 아프고 고통스럽습니다.

하지만 내 스스로는 물론이고 동물과 다른 사람을 도우려면 완벽한 내면의 본질로 돌아가야 한다는 것 또한 알고 있습니다. 그것이 코키와 제프리가 내게 가르쳐 준 것이거든요. 죽음과 변화에 대처하려면 집중하고 차분해져야 합니다. 그래서 그 놀라운 평화를 다른 존재와 함께 나눠야 합니다.

시간이 흐르고 많은 경험을 하면서 내 어린 시절 친구였던 소나무에 대한 존경심과 연민의 감정을 이후에 만난 코키, 제프리, 10월 달의 무당벌레와 많은 동물 가족과 사람들에게 나누어 주었습니다. 주방 구석에 있는 거미에서부터 열일곱 살짜리 염소에 이르기까지 내가 만나는 모든 생물에게서 진정한 본질을 보려고 기꺼이 마음을 엽니다. 그것이 내가 죽음에 잘 대처하는 방법입니다.

그런데도 불구하고 죽음의 과정에 익숙해지는 것은 참으로 어렵습니다. 아니 익숙해짐 자체를 마음속에서 밀어냅니다. 하지만 이 일에 지름길 따위는 없음을 압니다. 내면의 소리에 끝없이 귀 기울이며 연민을 갖고 죽음의 과정에 임할 수밖에 없습니다.

하지만 어느 순간 죽음의 과정 중에서 평화의 시공간을 만나고, 내가 다른 존재를 만나고 도울 수 있음을 경험했을 때 나는 마침내 내가 누구인지, 왜 이 세상에 있는지, 고통받는 존재를 위해 내가 할 수 있는 것이 무엇인지 이해하게 됩니다. 그래서 무지개다리를 건너는 반려동물의 여행에 동참하는 일이 힘들지만 결코 후회되는 일은 아님을 알게 된 것입니다.

난이

(2006. 12. 16. ~ 2007. 12. 16.)

알로에 박스에 담겨 고양이에 대해 무지한
우리에게 와서 1년 만에 멀리 가버린 난이.
나의 첫 고양이이자 영원히 내 마음 속의 1등 고양이인
우리 난이. 더는 볼 수 없는 우리 못난이.

8 치유를 위한 기도

- 가장 아름다운 죽음
- 치유를 위한 기도

치유를 위한 기도

가장 아름다운 죽음

죽음을 앞둔 동물을 돕겠다는 나의 희망은 현실이 되었습니다. 우리와 함께 살던 동물 친구를 보내는 일은 물론이고, 죽음을 앞둔 동물들이 우리 집으로 보내졌고, 반려동물을 잃은 사람들의 아픔도 어루만져야 했으니 이제 이 일은 일상이 되었습니다.

그러나 죽음을 앞둔 동물을 보낼 때 가장 힘든 것 중 하나는 도와주는 사람 하나 없이 혼자서 하고 있다는 느낌이 들 때입니다. 아들 마이클과 팀은 크면서 집에 있는 시간이 점점 줄어들었고, 남편 더그도 일 때문에 집에 있는 시간이 거의 없기 때문에 동물들을 돌보는 일은 전적으로 내 책임이 되어 갔습니다. 동물들이 떠날 때도 마찬가지였죠.

바트는 깃털이 회색과 갈색인 멋진 카키캠벨종 오리였는데 열두 살이 될 때까지 새끼오리처럼 보였던 동안의 소유자입니다. 게다가 생명력도 뛰어나서 족제비나 개에게 공격을 당하고도 깃털 하나 뜯기지 않고 살아남았을 정도였지요. 바트와 그의 여자 친구 수전은

잔디밭을 유유히 거닐며 벌레를 잡고 그들 전용 연못에서 헤엄을 치고 그늘에서 낮잠을 자며 즐거운 나날을 보냈습니다. 그들은 잠시도 서로 떨어지지 않았지요.

바트가 나이가 들어가자 건강이 걱정이 되는 것은 물론이고 수전도 걱정이 되었습니다. 평생 동안 한 마리만 짝으로 삼는 오리의 습성을 아는 지라 바트가 떠나고 수전이 빠질 슬픔의 깊이가 어마어마할 것임을 알고 있었으니까요. 나로서는 바트와 수전을 한꺼번에 잃는다는 것을 생각만 해도 견딜 수 없었습니다.

12월의 어느 날 바트가 비틀거리며 축사로 올라가는 모습이 보였습니다. 배가 고플 때가 아니었고 왠지 방향감각을 잃은 것 같다는 생각이 들어 다음 날 바로 동물병원을 찾았고 페트리지 선생님은 바트가 골수암이라고 말했습니다. 청천벽력 같은 이야기를 듣고 바트와 나는 사랑하는 수전이 있는 집으로 돌아왔습니다.

치료를 받으며 바트의 적혈구는 늘어났지만 그것은 가라앉는 배를 일시적으로 수습하는 방편일 뿐이었습니다. 바트와 수전, 두 오리와 함께 앉아서 회의라도 하고 싶은 심정이었습니다. 그런데 그 순간 정말로 회의가 시작되었습니다.

"바트, 남은 시간 동안 하고 싶은 게 뭐야? 말하면 엄마가 노력해 볼게. 그리고 네가 만약 떠날 때가 되면 먼저 신호를 보내 줘. 부탁이야."

나는 바트에게 부탁했습니다. 바트는 떠나는 선택을 이미 했을지도 모르지만 그 과정을 함께 노력해 보자고 부탁했습니다. 그리고 수전에게 다소 단호하게 말했습니다.

"수전, 네가 엄마한테 얼마나 중요한지 알지? 그러니 바트가 세상을 떠나면 그립겠지만 그렇다고 너까지 엄마를 떠나면 안 돼. 알았지? 바트가 떠나도 우리가 가족이 되어 주고 친구가 되어 주고 너를 보호해 줄 거야. 언제나 함께할 거라고."

나는 수전이 내게 얼마나 중요한지 계속 이야기했습니다. 바트와 함께 떠나면 안 된다는 것을 수전이 알아주기를 바랐습니다. 바트가 떠나도 절대 수전 혼자 외롭게 놔두지 않을 것이라고 약속했습니다.

그리고 바트의 죽음을 내가 잘 도울 수 있도록 내게 용기와 힘을, 명석함과 마음의 평화를, 지혜를 달라고 기도했습니다. 바트와 수전에게 간식용 옥수수와 포도를 나누어 주고 회의를 마쳤습니다.

'회의'라는 이름을 붙였지만 이 시간은 사실상 기도와 대화의 시간이었습니다. 내가 진정으로 마음에서 우러난 말을 할 때마다 내 안에서 나오는 빛과 평화가 내 말을 둘에게 전달하고 있었습니다. 평화로운 방법으로 말을 하면 내가 평화 그 자체가 되는 것을 느꼈습니다. 이렇게 사람은 마음가짐과 말하는 방법에 따라 스스로 평화가 되기도 하고 분노가 되기도 합니다.

래리 도시와 버니 시겔 박사는 그들의 책에서 생각과 말은 기도와 같은 방식으로 밖으로 표출되었을 때 긍정적인 힘이 되고자 하는 이들에게 강력한 도구가 된다고 했습니다. 그래서 나는 동물과 살다가 특별한 상황에 맞닥뜨리면 기도를 하는 것과 같은 마음으로 말을 하곤 합니다. 입 밖으로 나온 말은 동물과 나 사이에 다리를 놓아 대화가 흐를 수 있게 하니까요.

바트의 상태는 점점 더 악화되어 동물병원에 치료를 받으러 가기로 예정돼 있던 2월의 어느 날까지 버티기가 힘들어졌고, 바트는 자신은 세상을 떠날 준비가 되어 있다고 내게 분명히 알려 주었습니다.

쁘니

우리 아기를
지켜주고 떠난
사랑스런
내 딸 쁘니.
우리 아기와 함께
자라 주기를
바랐는데…….
너무 보고 싶다.
사랑하는 마음이
하늘까지
닿기를…….

바트는 회의 때마다 내가 반복해서 한 말을 정확하게 기억하고 있었던 것이지요. 사실 암 선고를 받고 그 몇 주 동안 나는 우왕좌왕하지 않고 그들과 매일 '회의'를 했거든요. 그래서 내가 바트의 신호를 더 잘 들을 수 있었습니다. 언제나 들을 준비가 되어 있었으니까요.

나의 이성은 어떤 방법이 최선인지 계속 묻고 있었습니다. 집에 계속 데리고 있으면 불필요한 고통이 길어지는 건 아닐까? 바트는 수전과 다른 가족들이 있는 집에서 눈을 감기를 원할까? 아니면 동물병원에 데려가 안락사를 시켜야 하는 것일까? 혼란스러운 상황을 정리하느라 정신이 없을 때면 언제나 그러는 것처럼 몇 차례 깊은 숨을 쉬고 머리를 비우고 명상을 했습니다. 바트의 대답을 들어야 했고, 만약 떠난다면 바트를 편안하게 데려다 줄 수호천사가 필요하니 그들에게도 부탁을 해야 하니까요.

그리고 결정을 내렸습니다. 나는 동물병원으로 데려가려고 바트를 넣었던 이동장 안에서 바트를 꺼내 앞뜰의 양지바른 곳에 편안하게 내려놓았습니다. 그리고 깃털 옷을 입은 내 친구가 외부와의 소통을 끊고 자신 안으로 침잠해 들어가는 모습을 지켜보았습니다. 바트는 몸에서 영혼이 빠져나가면서 느끼는 고통과 작은 싸움을 벌이고 있었습니다. 다른 존재의 고통을 지켜본다는 것은 언제나 힘든 일입니다. 그래서 나는 바트가 가는 길을 편안하게 해달라고 계속 기도했습니다.

몇 분 후 바트의 두 눈이 맑아지면서 고통이 흩어졌습니다. 동시에 바트는 목을 쭉 빼들고 두 날개를 최대한 활짝 펼치면서 부리를 높이 쳐들었습니다. 그리고 꼬리를 펼치고 몇 초 동안 그 자세로 있더군요. 나는 바트의 아름다운 동작을 보면서 숨도 제대로 쉴 수 없었습니다. 이어서 바트는 아주 천천히 균형을 잡으면서 꼬리깃과 두 날개를 접고 고개를 편안하게 바닥으로 떨구었습니다. 바트는 그렇게 떠났습니다.

바트의 영혼은 지금 고통도 아픔도 없는 어디에선가 춤을 추고 있을 겁니다. 떠날 때의 그 아름다운 모습으로. 바트의 죽음은 내가 경험한 가장 아름다운 죽음이었습니다.

바트를 보낼 때 곁에 함께 있어 준 친구 엘렌도 큰 도움이 되었습니다. 바트가 떠난 후에 우리는 바트의 어릴 적 이야기, 떠날 때의 모습, 바트와 함께한 날들을 함께 나누었습니다. 바트 덕분에 우리 삶이 얼마나 풍요로워졌는지 함께 이야기하다 보니 바트를 잃은 슬픔보다는 바트와 함께 살았던 기쁨에 더 고마웠습니다. 반려동물을 보내고 남은 이들끼리 대화하는 것이 얼마나 큰 치유가 되는지 알

수 있었습니다.

나는 그 이후에도 수전과 회의를 계속 이어갔습니다. 나는 스테피와 꼬마 에디의 일을 기억하면서 수전이 과연 머물러 줄지 의심했습니다. 내가 이기적인지 모르지만 우리 가족과 그녀를 정말 사랑하는 동물 친구들과 함께 있어 달라고 부탁했습니다. 수전은 우리와 함께 머물지 바트를 따라갈지 고민했지만 수전을 곁에 두고 싶어하는 우리의 바람을 반복해서 들어서인지 바트가 떠난 지 4년이 지난 지금까지 우리와 함께 있습니다. 그동안 바트와 사랑하며 삶의 의미를 찾았다면 착한 수전은 지금은 남은 우리들에게 사랑을 나눠 주며 살고 있습니다. 나는 바트가 그리 멀지 않은 곳에서 사랑하는 수전을 지켜보고 있을 거라고 믿습니다.

치유를 위한 기도

내가 동물 친구의 죽음을 궁극적인 축복이라고 생각하든 그렇게 생각하지 않든 죽음을 맞이하는 동물 친구를 곁에서 지켜보며 편안하게 해주는 것은 굉장한 용기가 필요합니다. 나의 행동과 생각과 기도가 모든 생명 깊숙이 울려 퍼진다는 믿음이 있기에 이 일을 할 수 있는 것입니다. 또한 우리의 생각과 기도가 오감을 넘어 몸과 마음과 가슴, 영혼에 닿는다는 믿음이 없으면 힘든 일입니다.

그래서 나는 떠나는 동물 친구의 털이나 깃털을 쓰다듬을 때 치료가 아니라 치유를 위해 기도합니다. 바트를 비롯해 죽음을 맞이하는 대부분의 동물들에게 들려주는 나의 기도는 이런 것입니다.

'바트에게 필요한 치유를 주세요. 평화롭고 편안하게 두려움이나

고통 없이 온전히 깨어날 수 있게 도와주세요.'

'제가 이 일을 할 수 있는 내면의 힘을 찾을 수 있도록 도와주세요. 제가 치유의 도구임을 깨우쳐 주세요.'

'바트가 치유되어 삶의 풍요를 누릴 수 있도록 그렇지 않다면 영혼의 빛이 되게 해주세요. 죽음이 최후의 치유라면 고통 없이 그것에 이르게 해주세요. 바트가 죽음과 그 너머를 지날 때 편안할 수 있도록 바트에게 위안이 될 수 있도록 해주세요.'

이렇게 기도를 하면서 밝은 빛에 안겨 보호받고 안내를 받는 나 자신과 동물을 상상합니다. 기도가 우리를 도울 수 있도록 하는 것이지요.

모든 치유법이 그렇듯이 나는 기도가 길어야 한다거나 복잡한 의식이 필요하다고 생각지 않습니다. 또한 종교적 장소에서 기도해야 한다고도 생각지 않습니다. 그래서 나는 동물을 보내야 하는 사람들에게 마음에서 우러나오는 대로 자신만의 기도를 만들라고 권합니다. 두려움이나 혼란을 말하는 기도보다는 영감과 사랑에서 나오는 즉흥적인 기도가 보내는 동물을 위해 할 수 있는 가장 친절한 기도이니까요.

나에게는 여러 상황에서 하는 세 가지 기도가 있습니다. 그중 첫 번째 기도는 '성 프란체스코의 기도'를 조금 변형시킨 것으로 '보병궁 성서'(기독교의 기본 경전인 구약성서와 신약성서 외에 기독교 진리를 전하는 제3의 경전-옮긴이)라고 이름 붙였습니다. 이 기도는 자기의 기도로 쉽게 바꿀 수 있고 규칙적으로 읊으면 힘과 치유를 위한 강력한 훈련이 되기도 합니다. 이 기도는 어떤 특정한 신을 향한 것이 아니라 내 안의 진정한 본질을 향한 기도입니다. 거대한 힘을 가진 존재

마르

(1993. 9. 1. ~ 2007. 9. 28.)

착한 우리 마르. 가족들 마음 아프지 말라고
1년 동안 준비할 시간도 주고
평소에는 품에 잘 들어오지도 않던 녀석이
마지막 순간 제 품 안에 들어와 그렇게 떠났습니다.
가기 직전 자고 있는 가족들에게 집 안 곳곳 돌아다니며
인사까지 다 하고 그렇게 떠났습니다.
가족들 곁에 오랫동안 건강하게 머물러 주고
편안하게 떠나 준 것에 감사합니다.

에게 하는 기도가 아니라 내가 더 용감해지기 위해 스스로에게 읊는 기도인 것이지요.

보병궁 성서

당신이 내게 올 때
당신을 존중과 감사와 사랑으로 환영합니다.

내게 분노를 가져오면 나는 당신에게 사랑을 줄 것입니다.
두려움을 가져오면 용기를 줄 것입니다.
슬픔을 가져오면 기쁨을 줄 것이며
불확실과 의심을 가져오면 평화를 줄 것입니다.
당신이 기꺼이 받기 위해 내게 온다면 당신에게 나의 모든 것을
줄 것입니다.

당신이 내게로 오면 나는 당신을 맞이할 것입니다.
우리 사이에 흐르는 모든 치유가
지금으로부터 영원히
당신과 나와 모든 생명의 끝없는 사랑에서 시작되기를 기원합니다.

나마스테(네팔, 인도 등에서 인사말로 쓰이지만 산스크리트어로 '우리가 하나 되는 당신의 내면을 존중한다.'는 뜻으로 모든 사람 안에 신이 있음을 담고 있다.-옮긴이)

다른 모든 존재처럼 나 또한 다른 존재에게 사랑과 용기, 기쁨, 존중, 평화를 줄 수 있는 능력이 있음을 알고 분노나 두려움, 슬픔, 의심보다는 긍정적인 것만 주겠다는 의지의 기도문입니다. 또한 떠나보내는 동물을 위한 기도문도 있습니다.

빛의 존재, 나의 진실한 친구여

모든 번거로움과 방해를 날려 버리고
거룩한 빛 안에서 완벽하게 존재하기를 기도할게.
지금 이 순간부터
너의 정신, 몸, 마음, 영혼이 편안하기를 기도할게.

너의 친구로
내가 너의 여행을, 너의 선택을 도와줄 거야.
너에게 용기와 힘, 평화, 사랑을 줄게.
그것이 너를 치유하고, 힘을 주어서
너의 본질인 신성한 빛으로 돌아가기를 기도할게.
이 순간부터 영원히.

나마스테.

기도를 할 때 여럿이 함께하면 효과가 큽니다. 그래서 나는 우리 집 동물 중 누군가에게 긴급한 상황이 발생할 때마다 곧바로 몇몇 친구에게 연락을 해 기도를 부탁합니다. 그렇게 그들이 과정의 일부를 맡아 준다고 생각하면 심정적으로 위안이 되고 실제적으로도 도움이 된다고 믿습니다. 실제로 기도의 힘은 크며 그런 기도의 힘이 모이면 분명 좋은 에너지를 발휘합니다.

소개하는 마지막 기도도 내가 좋아하는 것입니다. 떠나는 반려동물에게 보내는 기도로 평화와 고요한 마음이 배어 나오는 멋진 주문입니다.

죽음을 준비하는 친구를 위한 기도

사랑하는 친구야,
아무 방해도 받지 않고
평화롭게 이 순간을 축복하고 싶어.

우리는 언제나 하나이고
사랑으로 우리의 영혼은 이어져 있어.
이제 우리는 자유롭단다.

나마스테.

9

떠나는 동물과의 대화

- 샘에게 배운 좋은 대화법
- 놓아주기
- 베니와의 마지막 1년
- 깨어 있는 마음
- 매 순간 존재했던 한나

떠나는 동물과의 대화

샘에게 배운 좋은 대화법

나와 나의 내면, 나와 동물의 대화는 일상적인 걱정거리를 떨쳐 버리고 마음을 조용하게 비우고 있을 때 이루어집니다. 하지만 사람이 마음을 고요히 비운다는 것이 쉬운 일은 아닙니다. 사람들의 머리는 수만 가지 상념으로 가득하니까요. 특히 피곤할 때는 더욱 그렇습니다.

또한 끊임없이 말을 하는 경향이 있는 우리들은 다음에 어떤 말을 할지 생각하느라 상대의 말에 귀 기울이지 않습니다. 그리고 사람들은 소리로 의사를 전달하기 때문에 종종 동물도 우리가 하는 말에 반응하기를 기대합니다. 하지만 동물들은 대화를 대부분 마음을 통해 하고 몸짓과 소리는 부가적인 기능입니다. 그들의 마음을 통한 의사소통은 우리가 흔히 텔레파시라고 하는 것과 비슷한데 신속하고 섬세하여 보통 사람들에게는 대개 감지되지 않습니다. 동물들은 보통 생각과 이미지 등을 통해 응답하기 때문입니다. 내가 생각과 말을 자제하고 고요함을 유지하고 있을 때라야 그런 동물들의 말을 들을 수 있지 몸과 마음이 번잡하면 대답은 절대 들을 수 없습니다.

마음을 고요히 하려면 '하나의 생각이 멈추고 다른 생각이 형성되기 전에 공백이 있는데 그 공백이 너무 짧아서 놓치기 쉽다.' 라는 것을 늘 기억하고 있어야 합니다. 그 공백이 마음이 고요해지는 시간인데 너무 짧기 때문에 사람들은 대부분 그 공백을 찾기가 힘듭니다.

나는 고요한 정원을 상상하는 것으로 고요해지는 연습을 합니다. 정원의 모습처럼 고요해지려고 노력하다 보면 어느새 동물들의 대답이 내게 흘러들어 옵니다.

나와 함께 사는 동물 중에는 샘이 내 말을 가장 정확하게 알아듣습니다. 샘은 내 생각과 말을 꿰뚫어 보면서 내 생각을 자기가 들었고 이해했음을 끊임없이 알립니다. 물론 그렇다고 샘이 항상 내 바람대로 행동하는 것은 아닙니다. 엄마의 말을 알아듣는다고 세상의 모든 자식들이 엄마 말대로 행동하지 않는 것처럼요. 때때로 사람들은 동물이 로봇이 아니라 자율성을 가진 생명체임을 잊어버립니다.

우리가 샘을 처음 만난 것은 샘이 태어난 지 5개월쯤 된 강아지였을 때입니다. 샘은 우리 집 뒤쪽의 덤불 속 쓰레기를 뒤지고 있었는데 버려진 커다란 플라스틱 통 속에 머리를 넣었다가 빼지 못하고 울고 있었습니다. 개 우는 소리에 놀라 뛰어나간 우리는 통 속에 머리가 낀 채 울고 있는 강아지를 발견했습니다. 아들 팀이 웃으며 공포에 질린 강아지의 머리에서 통을 빼 울타리 근처에 놓아주었습니다. 그런데 자기 집 쪽으로 달려갈 거라 생각했던 강아지는 이상하게 움츠린 채 겁에 질린 눈으로 우리를 쳐다보고 있었습니다. 이웃들에게 전화를 걸어 물어보니 그 강아지는 우리 집에서 그리 멀지 않은 곳에 사는데 주인이 심하게 학대를 한다고 했습니다. 주인은 그 어린 강아지를 자주 때리고 발로 차서 이웃들이 다 알 정도라고 하더군요. 우리는 그 강아지에게 샘이라는 이름을 붙여 주고 그의 전 집으로 다시 돌려보내지 않았습니다.

13년 동안 샘은 우리 가족의 당당한 식구로 살고 있습니다. 이제 샘은 학대 대신 존경을 받으며 살고 있죠. 샘은 우리 집 개들의 대장입니다. 물론 샘이 군기를 잡을 때 잘 쓰는 공격적인 방법에는 동의하지 않지만 샘은 그것이 최선이라고 믿고 있습니다.

샘은 두 살이 될 때까지 어린 시절의 학대 때문에 두려움과 불안감에 떨었습니다. 그런데 그때 나는 일 때문에 하루에 몇 시간씩 집을 비워야 했지요. 샘은 혼자 두면 공황상태에 빠졌습니다. 집에 돌아와 보면 소파나 의자 쿠션은 너덜너덜해졌고, 주방 찬장 문은 활짝 열린 채 음식물이 여기저기 쏟아져 있고, 책과 잡지는 갈기갈기 찢겨져 있었습니다. 피곤한 나는 충동적으로 화가 났지만 샘의 상태를 이해할 수 있기에 나무랄 수가 없었습니다. 샘은 내가 나가서 돌아오지 않을까 봐 두려워하고 있었으니까요.

나는 샘을 타이르기 시작했습니다. 매일 아침 집을 나서기 전에 샘 옆에 앉아서 지금 나가지만 저녁이 되면 돌아온다고 말해 주었습니다. 그러면서 현관문을 열고 들어오는 나의 모습을 머리에 떠올려 마음속으로 샘에게 보내 주었습니다. 그리고 때로는 그에게 일거리를 던져 주기도 했습니다. 샘에게 주부가 되어 달라고 했지요. 청소기를 돌릴 필요는 없지만 모든 것이 제자리에 있다는 것을 보여 주면 주부의 대우를 해주겠다고 말했습니다. 샘의 경우에는 집에 혼자 있어도 안전하고 저녁이 되면 내가 반드시 돌아온다는 것을 확신시켜 줄 필요가 있었거든요. 남들이 들으면 웃을지 모르지만 이렇게

소소

2008년 8월 15일에 나를 만나 2008년 10월 27일에 눈을 감다.
까만 봉지에 손발이 묶인 채 버려진 너무 작은 아이.
2개월이 조금 넘었을 때 처음으로 나에게 골골송을 들려주었는데…….
그 골골송이 '나는 당신이 마음에 들어요.'란 뜻임을 알고 있었는데…….
싸늘하게 식어 버린 몸과 달리 눈빛은 어느 하늘의 별보다 빛이 나던 아이.
너를 영원히 기억할게. 다음 생이 있다면 다시 내 곁에 와줘.
또 만나. 우리 언젠가 다시 만나. 어디에선가 꼭 만나.
사랑해 소소.

내가 샘과 대화를 시작한 후로 샘은 집 안의 그 어느 것도 어지럽히지 않았습니다.

나는 말로 하건 마음으로 하건 모든 종류의 대화는 내가 표현하는 메시지와 그 의도에 책임을 져야 한다는 것을 동물들을 통해 되새깁니다. 나는 언제나 이해와 사랑, 존중이 바탕이 된 대화를 하려고 신중을 기합니다. 그래야 내 의사가 정확하게 전달되기 때문인데 이런 진심을 담은 대화법은 이후 사람들과의 대화에도 큰 도움을 주었습니다.

그런데 샘에게 문제가 생겼습니다. 얼마 되지 않아 샘은 현관문만 열면 담장을 뛰어넘어 나가기 시작했습니다. 우리 집은 도로에 인접해 있었기 때문에 자칫 차 사고로 이어질 수 있어서 울타리 안쪽에서만 놀라고 말해도 소용이 없었습니다. 특히 내가 도로 반대편에 있을 때는 어김없이 울타리를 뛰어넘었기 때문에 더 위험했지요.

어느 날 아침 현관문을 나서는 샘을 보고 붙잡으려고 했는데 샘이 잽싸게 내 손을 빠져나가 멀찍하게 떨어진 마당 저편에서 나를 바라보고 앉았습니다. 나도 샘을 보고 앉았지요. 샘은 내가 화가 났음을 알았습니다. 나는 앉아서 생각했습니다.

'샘은 왜 내가 하지 말라고 하는데 계속 뛰어 나갈까?'

그때 순간적으로 스치듯 이런 말이 들렸습니다.

'같이 있고 싶으니까요.'

자기한테는 신경도 쓰지 않고 내가 내 일만 하는 것보다 자기가 뛰쳐나갈 때마다 내가 잡으러 뛰어가는 게 좋았던 것일까요? 정말 단순하면서도 타당하고 명확한 이유였습니다.

그래서 나는 샘에게 거래를 제안했습니다. 이른 아침 마당에서 여러 동물에게 먹이를 주는 동안 샘이 울타리 안쪽에 있으면 함께 밖으로 나갈 수 있다는 조건이었습니다. 그러나 샘에게서는 어떤 답변도 들리지 않았고 나는 샘이 내 제안을 거절했다고 생각했습니다. 그런데 다음 날 샘은 울타리를 넘지 않았고 그 후 10년 동안 한 번도 울타리를 넘지 않았습니다. 그러니 전날의 침묵은 거절이라기보다는 무언의 동의인 셈이었지요.

사람들과 대화하다 가는 어느 순간 말이 안 통해 숨이 턱 막힐 때가 있습니다. 그럴 때면 동물과의 대화를 떠올리며 내 말에 진심을 담아 말의 의미를 전달하려고 애씁니다. 그래서 때로는 같은 언어를 사용하는 사람들과의 대화보다 동물과의 대화가 더 편할 때도 있습니다.

놓아주기

내 경험에 따르면 동물들은 사람의 말보다는 생각과 마음을 읽습니다. 따라서 내가 어떤 말을 하면서 다른 생각을 하면 동물은 말이 아니라 생각을 진심이라고 받아들입니다.

따라서 죽음을 앞둔 동물도 내 말보다는 내 감정에 따라 반응하려고 합니다.

"아가, 이제 가도 돼. 떠나고 나면 아프지 않을 거야."

많은 사람들은 제 수명을 다 한 나이 많은 개에게 이제는 가도 좋다고 말합니다. 하지만 마음속으로는 떠나는 것이 슬퍼서 죽지 않기를 바라는 경우가 많지요. 그러면 개는 사람의 말보다 마음을 진심이라 여기기 때문에 가능한 한 버티려고 합니다. 그래서 개의 죽음을 앞둔 사람의 혼란은 개에게 더 많은 고통과 아픔을 안겨 줍니다.

나는 죽음에 임박한 동물과 대화를 할 때 내가 느끼는 두려움, 슬픔, 좌절 때문에 떠나는 동물이 영향을 받지 않도록 항상 애씁니다. 그래서 말로 하지 않고 마음으로만 대화를 하려고 노력하기도 하지요. 그래야 떠나는 녀석들이 혼란을 덜 느낄 테니까요.

반려동물이 떠나기 위해 고통스럽게 준비를 하고 있을 때, 그 모습을 지켜보면서 동물이 죽지 않기를 바라거나 왜 내 반려동물이 이런 고통을 당해야 하는지 운명을 탓해서는 안 됩니다. 떠나는 아이에게 필요한 무엇인가를 해주려는 노력도 필요하지 않습니다. 이때 필요한 것은 오로지 '놓아주는 것' 입니다.

죽음에 임박한 생명을 놓아 주는 것은 그에 대한 사랑이고 감사이며 존중입니다. 내가 해야 할 일은 아무것도 없습니다. 나는 한 쪽에 물러서서 죽음을 맞이하는 존재와 거리를 유지하고 그 존재의 선택에 귀 기울이고 그 모습을 지켜보며 그 선택을 존중해야 합니다. 죽음이 없는 삶은 없습니다. 삶은 함께하고 사랑하기 위해서도 존재하지만 떠나기 위해서도 존재합니다.

물론 동물을 언제 놓아주어야 할지를 알기란 쉽지 않습니다. 죽음이 눈에 보이는 단계에 맞춰 진행되는 것도 아니고 또한 어느 순간이 놓아주어야 하는 단계인지도 알아채기 어렵습니다. 또한 수의사가 이른바 '말기' 라는 진단을 내렸다고 해도 그것이 서둘러 안락사를 해야 한다는 의미는 아닙니다. 수의사의 진단과 상관없이 동물이 남아 있기를 원할 수도 있으니까요. 물론 이것을 명확하게 아는 일은 어렵지만 동물들은 스스로 떠날 시간이 되면 죽음을 택할 것이고 이를 분명히 가족에게 알립니다.

웨기의 경우가 그랬습니다. 암의 발병과 완치, 재발 등으로 웨기가 세상을 떠나기 전 몇 개월은 정말 힘든 시간이었습니다. 나는 웨기가 세상을 떠난 뒤에 지독하게 그리워할 것임을 알기에 죽지 않기를 바라면서도 그 시간이 너무 힘들어 어차피 정해진 이별이라면 모든 일이 빨리 끝나 버렸으면 좋겠다는 생각도 했습니다. 나도 힘들었지만 웨기의 고통을 생각하면 더 힘들었습니다. 어느 누구도 고통을 붙들고 있을 필요는 없다는 생각이 들었으니까요.

"웨기야, 엄마는 항상 네 말에 귀 기울이고 있으니까 때가 되면 알려 줘야 해."

웨기에게 끊임없이 부탁했습니다. 그리고 추수감사절 전 화요일 아침에 웨기가 떠날 준비가 되었음을 확실하게 알려 주었고 나는 주저하지 않았습니다. 웨기의 선택을 존중했으니까요.

베니와의 마지막 1년

동물과의 대화의 기술에 대해 가르쳐 준 또 다른 나의 스승은 내가 '권투선수 베니' 라고 불렀던 까칠한 작은 토끼입니다. 아들 마이클과 팀이 토끼를 입양해 온 것이 우리 가족과 토끼의 첫 만남이었습니다. 시간이 지나면서 그들이 새끼를 몇 마리 더 낳아 꽤 대가족을 이루고 행복하게 살았습니다. 모든 무리에는 대장이 있게 마련이고 그 무리의 대장은 베니였습니다. 베니는 온종일 토끼장에 있는 다른 토끼들을 구석으로 몰아넣고 꼼짝 못하게 할 정도로 대장 노릇을 톡톡히 했습니다.

수박이

고마워 수박아.
내가 네게 준 것보다
너에게서 받은 게
훨씬 많아.
내게 와줘서 고마워.
이제 더 이상
아프지 말고
먼저 간 아이들과
함께 편히 지내렴.
사랑해, 수박아.

그러던 어느 날 토끼장 옆쪽 바닥에 베니가 납작 엎드려 있는 것이 보였습니다. 왕진을 온 페트리지 선생님은 베니가 토끼가 잘 걸리는 중이염에 걸렸으며 증상이 심해 고개가 옆으로 젖혀진 사경증상을 지닌 채 남은 생을 살아야 하고 그 기간도 그리 길지 않을 것이라고 했습니다. 이 말은 베니가 더 이상 토끼장 안에서 스스로 살아갈 수 없다는 뜻이었습니다.

베니는 집 안으로 옮겨졌습니다. 베니의 철장우리는 환기가 잘되고 볕이 잘 드는 곳에 놓였고 바닥에는 부드러운 수건을 깔아 베니의 옆얼굴이 바닥에 바로 닿지 않도록 해주었습니다. 하루에 세 차례 수건을 갈아 주어야 했고 먹거나 마실 때 머리를 들어주어야 했습니다. 물론 힘든 생활이었지만 베니는 토끼가 좋아하는 당근, 상추, 민트 등 최고로 맛있는 식단을 제공받으며 씩씩하게 살아 주었습니다.

페트리지 선생님은 베니의 중이염이 심각한 단계여서 오래 살지 못할 거라고 했지만 베니는 새로운 환경에 잘 적응하면서 별탈없이 자랐습니다. 처음에는 달라진 자신의 처지를 비관해 스스로에게 화가 나는지 우리에게도 적대감을 보였는데 마음을 빠르게 바꾸어 나갔습니다. 동물들은 받아들이는 방법을 아는 것 같습니다. 삶에는 내가 어쩌지 못하는 일들이 숱하게 일어나고 그것을 받아들이는 것은 포기와는 다른 말이니까요. 그리고 받아들임에는 평화가 있습니다.

가족들은 그런 베니를 더 자주 쓰다듬어 주었고 더 많이 안아 주었으며 베니의 인내력을 많이 칭찬해 주었지요. 곧 베니는 우리가 쓰다듬을 때마다 철장에 바짝 달라붙어서 우리 손을 핥곤 했습니다. 그래서 베니는 '권투선수 베니'라는 이름을 버리고 새로운 이름을 얻었습니다. 착한 베니.

그리고 나는 베니에게 늘 이렇게 말했습니다.

"이곳을 떠날 때가 되면 꼭 나한테 말해 줘야 해, 착한 베니."

아니다 다를까 발병한 지 일 년쯤 된 4월의 어느 날 아침 베니는 자기가 이곳을 떠나 새로운 여행을 할 때가 왔다고 내게 알려 주었습니다. 그 신호는 바로 이것이었습니다. 베니가 고개를 들어 나를 쳐다보더군요. 병이 시작되고는 불가능했던 일이었습니다. 나는 베니를 우리에서 꺼내 부드러운 수건으로 감싸안고 다정하게 마지막으로 한 번 더 베니에게 용기를 주었습니다.

"세상에서 제일 용감한 토끼 착한 베니야, 대장 베니야. 너는 잘할 수 있을 거야. 내가 늘 네 곁에 함께 있을게."

베니는 짧은 생을 살면서 많은 일들을 경험했습니다. 그리고 마지막 한 해 동안 가장 어려운 시기를 거쳤는데 놀랄 만큼 월등한 성적으로 졸업하게 된 것이지요. 불치병이라는 진단을 처음 받았을 때 안락사를 시켰더라면 어떻게 되었을까요? 권투선수 베니가 착한 베니가 되는 과정을 보지 못했겠죠. 그리고 스스로 죽음을 선택하는 용감한 베니의 모습도 보지 못했겠죠. 안락사를 미루고 베니가 떠날 때를 스스로 말해 주기를 기다렸기에 우리 가족은 베니와 아름다운 1년을 더 보내는 기쁨을 누릴 수 있었습니다.

깨어 있는 마음

깨어 있는 마음(mindfulness)은 불교에서 자주 사용하는 용어로 현재 순간을 온전하게 깨닫는 상태를 일컫습니다. 나는 마음이 분주해서 설거지를 하거나 축사 청소를 하면서도 여러 생각을 합니다. 앞으로 일어날지 모를 상황에 대한 괜한 걱정, 지나간 일에 대한 후회 등으로 항상 복잡하지요. 과거와 미래에 대한 걱정에 현재를 빼앗겨 버리고 사는 것이지요.

그러나 설거지를 할 때 손에 닿는 물의 느낌이나 그릇이 부딪치는 소리, 축사 청소할 때 들리는 새와 곤충의 노랫소리, 개나 고양이가 내 팔에 코를 갖다 대고 킁킁거리며 냄새를 맡는 감촉에 내 복잡한

쌔미

중2 때 우리 집으로
온 허스키 아가.
함께 산책도 하고,
함께 놀고,
여덟 마리의
귀여운 새끼도
낳았는데…….
꿈속에서라도
보고 싶다, 쌔미야.

마음은 현재로 돌아옵니다. 깨어 있는 마음으로 돌아오는 것이지요.

나는 동물들과 함께 있을 때도 그들을 보낼 때도 몰입의 중요성을 깨닫습니다. 그래서 몰입의 방법으로 주로 명상을 이용합니다. 명상을 통해 한 가지 일에 몰입하고 누군가가 전하는 마음의 소리에 귀 기울이는 훈련은 동물이 생사를 넘나드는 위기의 상황에서 진가를 발휘합니다. 그 순간에는 어떤 것에도 방해받지 않고 침착해야 하는 것이 아주 중요한데 평상시에 훈련을 하지 않으면 그러기란 절대 불가능합니다. 특히 반려동물을 떠나보낼 때 가지기 쉬운 무력감, 두려움, 좌절, 슬픔 등 부정적 감정에 사로잡히지 않기 위해 항상 훈련을 해야 합니다.

마음을 가다듬고 집중하는 데 효과가 있는 또 다른 방법은 내 호흡을 느끼는 것입니다. 두려움이나 좌절이 밀려올 때 되도록 마음을 편히 갖고 숨을 깊이 들이마신 다음 숨이 나가는 느낌에 집중하면서 완전히 내뱉습니다. 심호흡을 하는 것이지요. 들이마시는 숨은 순수한 빛, 내뱉는 숨은 불행과 고통 등 부정적인 것이라 상상하세요. 호흡은 지구상의 모든 생명이 함께 나누는 에너지임을 되새깁니다. 이렇게 함으로써 안정을 찾고 부정적인 상황에서 헤어나 긍정적인 사고로 일을 계속할 수 있는 자신감을 갖게 될 것입니다.

집중을 하고 불안한 마음을 안정시킬 수 있는 또 다른 강력한 방법은 나에게 영감을 주는 어떤 사진이나 형상을 가까이 두는 것입니다. 예를 들어 나는 두 팔을 벌리고 손바닥을 편 모습으로 빛을 발하고 있는 예수 그리스도의 발치에 모든 종류의 동물이 모여 있고 한쪽 어깨 위에는 다람쥐가 다른 쪽에는 작은 새 한 마리가 앉아 있는 〈다정한 예수 그리스도〉 그림을 갖고 있으며 어머니께서 수십 년 동안 가까이 두고 계셨던 불상(佛像)도 갖고 있습니다.

물론 이것이 내게 닥친 불행을 감추거나 외면하고 무조건 긍정적으로 살라는 말은 아닙니다. 부정적인 감정을 느낄 때 너무 그 안에 매몰되지 말고 위의 방법을 이용하여 가능한 한 멀리 떨어져서 그것들을 차분히 지켜보라는 것입니다. 그러면 오래지 않아 부정적인 것은 스스로 사라지기 때문입니다. 그런 감정은 상념일 뿐이거든요. 너무 감정에만 매달리지 말고 때로는 관찰자로 객관화시켜 보십시오. 감정은 호흡과 마찬가지여서 자연스럽게 이루어지는 것이지만 거기에 매달리거나 빠질 필요는 없습니다.

나는 화가 나고 두렵고 좌절감을 느낄 때 인간이라면 그런 감정을 갖는 것이 당연하다고 차분하게 되새깁니다. 때로 느끼는 분노의 감정 또한 '나쁜 것' 이 아니고 그것을 느끼는 내가 '나쁜 사람' 도 아닙니다. 모든 감정은 자신의 발전과 깨달음에 중요한 역할을 하니까요. 사람들은 여러 가지 감정을 통해 자신의 본질을 파악하기도 합니다. 따라서 부정적인 감정이 생길 때면 "화가 나.", "두려워." 하며 말하기보다는 조금 떨어져서 그런 감정을 지켜보도록 노력하세요. 화나고 두려워하는 내 모습에 연민이 느껴지기도 하고 부끄러움도 생깁니다. 그러다 어느 순간 그런 감정들이 증기처럼 사라져 버릴 때면 정말 놀랍습니다. 이것이 바로 깨어 있는 마음입니다.

매 순간 존재했던 한나

다리가 길고 날씬했던 개 한나는 삶이 영원하지 않기에 우리는 매 순간 존재해야 한다는 것, 매 순간 행복해야 한다는 것의 중요성을 가르쳐 준 동물입니다. 한나는 먹는 것과 빠르고 맹렬하게 달리는 것을 정말 좋아했습니다. 그런 한나를 지켜보는 우리도 즐거웠지요. 그런데 그런 한나가 열한 살이 될 무렵 퇴행성 척수장애 진단을 받았습니다. 조만간 등의 가운뎃부분부터 꼬리까지의 근육, 신경, 다리를 사용할 수 없게 될 것이라고 했습니다. 다른 누구보다도 한나이기에 그 진단은 비극이었습니다.

'한나가 다시 달릴 수 있을까?'

한나에게 병의 증상이 서서히 나타나기 시작하면서 나는 한나가 다시 달릴 수 있게 되기를 간절히 기도했습니다. 달리는 한나를 떠올리며 달릴 수 없는 한나의 모습을 받아들일 수 없었던 것이지요. 그런데 정작 한나는 점점 불편해지는 몸의 변화에 적응해 나갈 뿐 아무 불평도 하지 않았습니다. 한나는 자기연민 없이 자신의 상태를

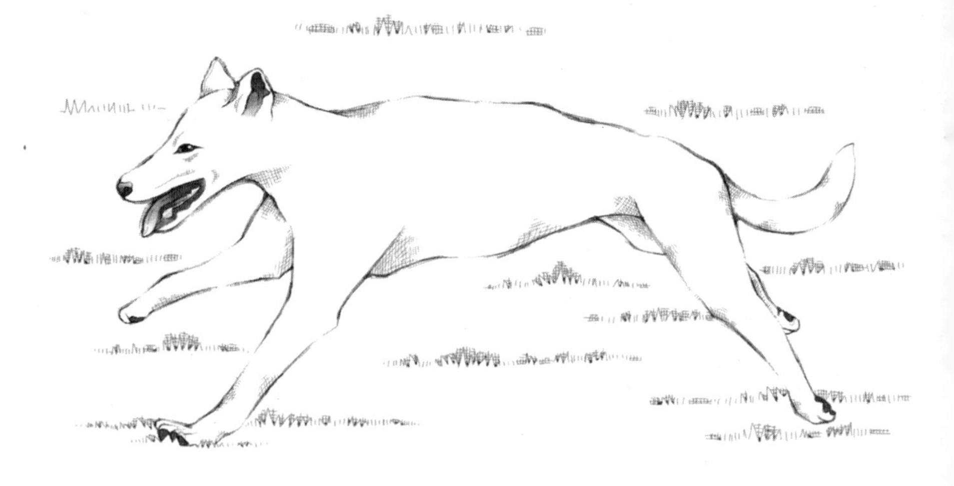

받아들이며 내게 삶의 매 단계를 어떻게 살아야 하는지 가르쳐 주기 시작했습니다. 동물들은 어찌 이리도 착하고 지혜로울까요.

마음을 비운 나는 한나의 변화에 따라 내가 어떻게 도와야 하는지 집중하기 시작했습니다. 몇 개월이 지나 네 다리로 뛸 수 없게 되자 한나는 앞발만 움직여 앞으로 나아가기 시작했습니다. 그때 나는 한나의 뒷몸통과 꼬리를 잡고 함께 앞으로 나아가야 했습니다. 이런 방식으로 우리는 매일 숲속을 걷거나 달리며 옛날과 다름없이 모험을 즐겼습니다.

다시 또 수개월이 지나자 한나는 앞으로 나아가는 것에 대해 흥미를 잃었습니다. 나는 한나를 밖으로 데리고 나가 잔디에 편안히 앉혀 펼쳐진 들판과 숲을 바라볼 수 있도록 해 주었습니다. 그러다가 날씨가 추워져 외출이 힘들어지자 이번에는 난로 옆에 놓인 특별 침대로 옮겼습니다. 한나는 그곳에서도 여전히 우리 가족과 동물 친구들을 바라보거나 함께 놀며 즐거운 시간을 보냈습니다.

몇 개월을 그런 상태로 있다 보니 한나는 무지개다리를 건널 것처럼 보이지 않았습니다. 더 이상 달리지도 못하고 땅을 파지도 못하지만 여전히 한나의 몸에서는 생명력과 평화의 빛이 빛나고 있었으니까요. 나는 한나 옆에서 부드러운 갈색 털을 매만지는 것만으로도 풍요로웠고 한나는 육체가 허락하는 한 불평 없이 조화를 찾고 삶을 여행했습니다.

한나는 페트리지 선생님이 예견한 수명보다 1년을 넘겨 살고 있었습니다. 40킬로그램에 달하는 대형견으로 열두 살이면 노견이지만 감각이 무뎌진다거나 잠이 느는 등의 증상을 거의 보이지 않았습니다. 한나는 자신만의 속도로 늙어 가고 있었습니다.

빠루

프레리독 왕자님 빠루.
빠루는 떠났지만 전 아직도 빠루와 함께라고 믿고 있어요.
영혼으로 존재한다면 항상 제 곁에 있을 것이고,
환생한다면 또다시 만나겠죠. 하지만 이렇게 생각하다 가도
가끔씩 주체할 수 없이 눈물이 쏟아지는 건 어쩔 수 없네요.
사랑하는 빠루야, 엄마는 너로 인해 행복했고
앞으로도 빠루를 생각하면 행복해질 거야. 내 곁에 있어 줘서 고마워.

하지만 세상에 영원한 것은 없음을 알리듯 11월의 어느 맑은 날 한나는 자기가 떠날 때가 되었음을 알렸습니다. 한나는 밤새 뒤척였고 계속 짖었으며 자기 이불을 물어뜯었습니다. 나는 한나가 불편해 한다는 것을 알았지만 아침밥을 정상적으로 먹는 것을 보고 내게 남길 말이 있는지 기다렸습니다. 내 다리에 한나의 머리를 누이고는 물었습니다.

"한나, 이제 떠나고 싶니?"

곧바로 한나는 꼬리를 흔들었습니다. 베니가 머리를 들었던 것처럼요. 한나의 장애를 생각한다면 꼬리를 흔드는 것은 불가능한 일이었는데도 말이지요. 그리고 마치 자신의 의사를 강조하듯이 고개를 들어 코를 나에게 문질렀습니다. 나는 한나의 말을 정확히 알아들었고 페트리지 선생님에게 도움을 청했습니다. 한나가 주사를 맞고 너무나 편안하게 떠나는 모습을 보면서 나는 한나가 내게 코를 문지른 것이 어떤 의미인지 알았습니다.

"네, 엄마. 내 말을 알아들었군요. 정확하게(on the nose) 맞혔어요!"

집중과 명상을 통해 깨어 있는 순간 나는 나의 몸으로 태어나서 내 반려동물과 함께, 내 가족, 친구와 함께, 이 상황에서, 이 땅에서 살고 있음을 항상 감사합니다. 그리고 내가 어떤 일을 하면서 살아야 하는지, 동물들이 내게 어떤 도움을 청하는지 항상 귀와 마음을 열어 놓고 삽니다. 살아 있는 동물 친구 혹은 죽음을 앞둔 동물 친구에게서 내가 받은 최고의 교훈은 살면서 매 순간 깨어 있고, 매 순간 감사하고, 매 순간 행복하라는 것입니다.

10

붙잡아야 할 손, 놓아주어야 할 영혼

- 하니와 함께 떠난 이사벨
- 양파의 껍질을 벗겨 내는 것
- 엄마가 떠나는 순간
- 동물들을 위한 호스피스

붙잡아야 할 손,
놓아주어야 할 영혼

하니와 함께 떠난 이사벨

1997년 봄에 엄마가 다시 편찮아지셨고, 엄마를 간호하기 위해 언니 실비아가 오면서 노견인 하니를 데리고 왔습니다. 하니는 나이가 많기도 했지만 몸 상태가 거의 죽음을 앞둔 상태였는데 언니는 아직도 시간이 많다고 믿고 싶어했지요. 결국 일주일 후 하니는 우리 곁을 떠났습니다.

그날 언니와 나는 삶과 죽음, 나이 들어감과 고통에 대해 많은 이야기를 나눴습니다. 그때 열여섯 살 된 염소 이사벨도 떠날 준비를 하고 있었으니까요. 이사벨은 이제 떠나도 좋을 나이기 때문에 나는 그리 충격이 크지 않을 것 같다고 말했습니다. 그러며 엄마를 생각했습니다. 엄마는 84세였고 오래 전부터 눈을 감기를 원하고 계셨습니다.

나는 힘들어하는 이사벨을 이제는 놓아주어야겠다는 생각을 했습니다. 수의사의 도움을 받기 위해 병원으로 가기로 했고 화장해서

함께 보내기 위해 하니를 동행하기로 했습니다. 언니와 나는 이사벨을 뒷자리에 태우고 하니의 시신을 앞자리에 놓았습니다. 언니는 하니의 시신을 작은 나뭇가지로 만든 오래된 빨래 바구니에 넣고 꽃과 허브로 채운 다음 예쁜 담요로 덮었습니다. 산을 넘어 동물병원으로 가는 동안 안개비가 내렸습니다.

수의사의 도움으로 이사벨은 새로운 여행을 편안하게 떠났습니다. 그리고 그 옆에 우리는 물론 하니가 함께 있었습니다. 먼저 떠난 하니의 영혼은 이사벨의 여행에 큰 용기를 주는 좋은 동행이 되었을 것입니다. 떠나는 이사벨 옆에 하니가 조용히 누워 있는 모습이 슬퍼 보일지 모르지만 두 녀석에게는 든든한 일이었을 거라고 믿습니다.

집에 돌아와 나는 축사에 앉아 슬피 울고 있는 에밀리를 위로해 주었습니다. 에밀리는 이사벨의 자매이자 우리 집에 남은 마지막 염소입니다. 며칠 후 언니가 돌아가고 나는 언니가 없었더라면 이사벨을 떠나보내기가 얼마나 힘들었을까 생각했습니다. 이야기를 함께 나누고 이해해 줄 수 있는 사람이 곁에 있다는 것은 큰 축복입니다. 동물들과 함께하며 느끼는 기쁨과 즐거움 그리고 보낼 때의 아픔을 함께 나눌 수 있는 사람은 꼭 필요합니다.

그래서 죽음에 임박한 반려동물과 함께 있을 때 기꺼이 나와 함께 해주는 이들에게 항상 감사합니다. 그들은 내게 따뜻한 커피나 차를 만들어 주기도 하고 나와 함께 기도도 해줍니다. 같이 울어 주고 아무런 비판 없이 내 걱정이나 두려움에 귀 기울여 주고 내가 붙잡을 수 있는 손을 내밀어 주고 나를 안아 줍니다. 중요한 순간에 내 마음을 평안하게 해주는 사람이 있다는 것은 정말 중요한 일이죠. 그래서 나는 여러 해 동안 떠나는 동물과 그 가족들을 위한 호스피스 프

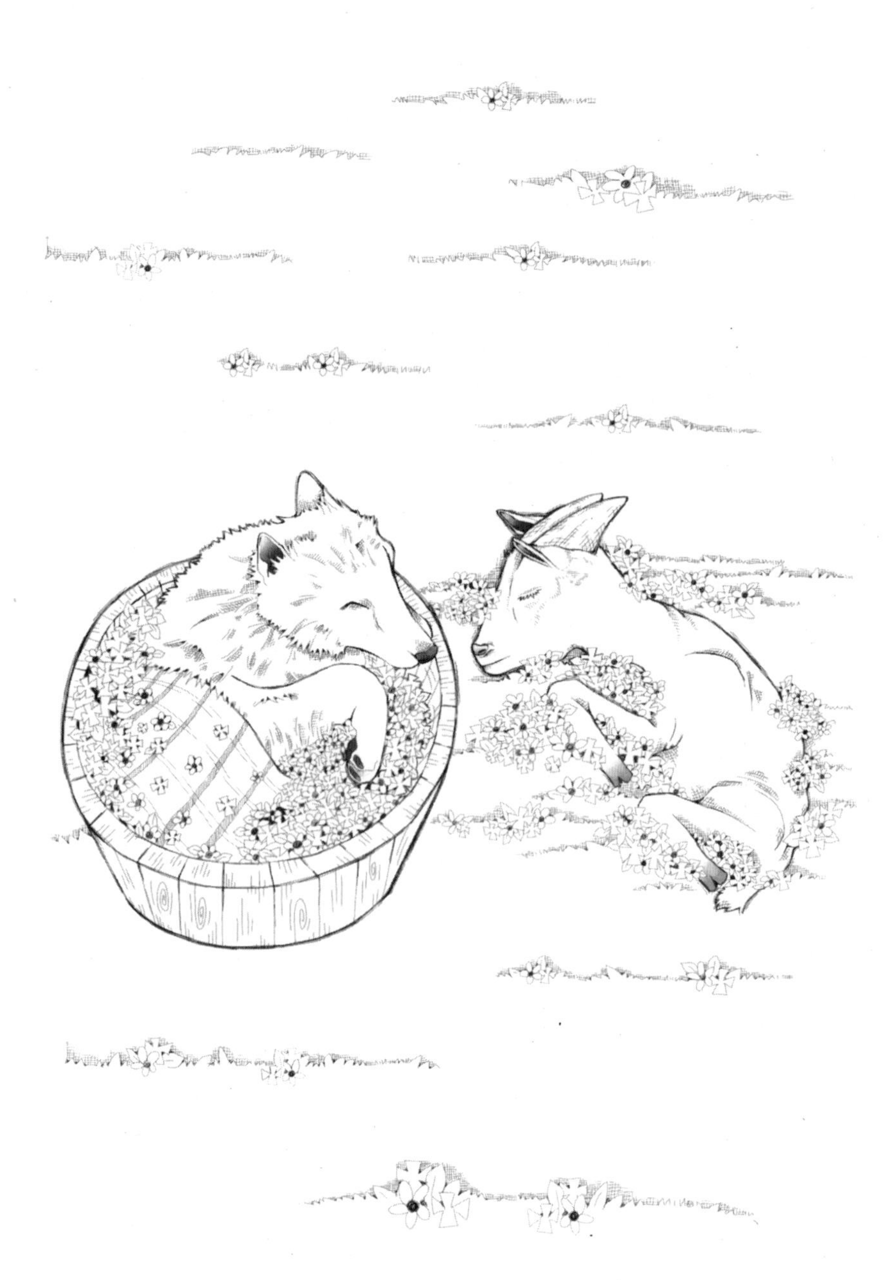

로그램을 만들고 싶어했습니다. 이러던 중 1998년 가을 나에게 일어난 사건은 죽음의 또 다른 면을 깨닫게 해주었고 동물을 위한 호스피스 프로그램이 필요함을 확실히 인식시켜 주었습니다.

양파의 껍질을 벗겨 내는 것

동물 호스피스 프로그램을 만들고 일하는 것에 대해 확신을 가진 계기 중 하나는 바로 엄마의 죽음입니다. 엄마는 우리 집에 온 날부터 몇 개월 동안 현저히 약해져 가는 모습을 보였는데 그중 나를 가장 속상하게 한 것은 의사가 사용한 '치매' 라는 단어였습니다.

나는 처음부터 직감적으로 엄마가 세상을 떠나기 위해 우리 집에 왔다고 느꼈습니다. 엄마는 4년 전 뇌졸중에 이어 심근경색, 허리 통증, 시력 상실을 겪었고 더 이상 자신이 쓸모없는 사람이라고 느껴 이제는 세상을 떠나고 싶다고 말하곤 했습니다.

거동을 하지 못하는 엄마를 매일 아침 침대에서 일으켜 밖으로 데리고 나가는 일은 엄마나 우리 가족 모두에게 고문이나 다름없었지만 의사의 지시니 하루도 빼놓지 않았습니다. 이런 일들이 건강을 되찾는 데 작은 희망이라도 되기를 바랐던 것이지요. 또 밤마다 고통스런 시간이 이어졌습니다. 엄마는 악몽을 꾸는지 소리 지르며 몸부림치다가 통증을 호소하기도 했고 열이 올랐다 걷잡을 수 없이 내려가기도 했으며 호흡곤란을 겪기도 했습니다. 엄마를 돌보는 일은 점점 힘들어졌습니다. 하지만 힘든 이유는 따로 있었습니다. 엄마는 종종 내게 험한 말을 하기도 하고 베개나 약병 등을 집어던지기도 했는데 내가 알고 있는 엄마의 모습이 아니어서 믿기 힘들었습니다.

크리스마스를 넘기지 못할 것 같던 엄마는 다음해 1월 호스피스 병원에 입원하게 되었습니다. 나는 엄마가 정말 떠나는 것인지 실감이 나지 않았지만 호스피스 병원 직원들의 도움을 받을 수 있다는 생각에 두려움이 줄어들었습니다.

그동안 동물 곁에서 그들의 많은 죽음을 지켜본 나는 처음으로 사람의 죽음을 앞두고 있었습니다. 물론 이전에도 이런저런 죽음을 맞았지만 가족의 죽음을 맞는 것은 처음이라 나는 그 과정을 잘 견딜 수 있을지 자신이 없었습니다. 그런 나의 두려움이 느껴졌는지 호스피스 병동의 간호사인 아난다는 엄마에게 일어나고 있는 일에 대해 내가 잘 이해할 수 있도록 도와주었습니다.

그녀는 엄마가 현재 가장 아름답고 중요한 과정을 거치고 있다고 말해 주었습니다. 엄마를 평생 동안 괴롭혔던 잠재의식 속의 짐을 떨쳐버리고 있을 뿐만 아니라 죽고 나면 가게 될 '다른 곳' 을 경험하고 있는 중이라고 설명해 주었습니다.

"양파의 껍질을 벗겨 내는 것과 같아요."

아난다는 엄마의 모습을 이렇게 정의했습니다. 현실의 껍질을 벗고 점점 본질에 가까워지고 있다고 했습니다.

함께 집에 있었던 때부터 엄마는 '비정상적' 행동과 '정상적' 행동 사이를 오가는 치매의 사이클을 보이기 시작했습니다. 그럴 때 엄마는 다른 세상, 다른 차원에 있는 것처럼 보였죠. 엄마는 아직 나와 함께 살고 있지만 나와 함께 있는 게 아니었습니다.

의사는 항정신병 약을 투여하고 싶어했지만 나는 의사의 처방을 거부했습니다. 엄마가 정상으로 돌아오는 시간에 나를 알아보지 못할까 봐 두려웠습니다. 가끔 보이는 엄마의 '비정상적' 시간에는 엄

아롱이

아롱아, 우리 아가.
지금은 아프지 않아서
너무 좋지?
엄마랑 아롱이는
잠시 헤어져 있는 거야.
다시 만날 때는
우리 아롱이의 건강한
모습을 볼 수 있기를
바라…….

마가 점점 이 세상 너머의 그쪽 삶에 익숙해져 가고 있는 것 같아 불안했습니다.

'엄마, 벌써 그곳이 더 편한 거야?'

엄마의 '비정상적' 행동이 점점 더 기이하고 예측 불가능해진다고 해도 방해하지 말아야 한다는 것을 본능적으로 느꼈습니다. 이제 이곳보다 그곳에 익숙해져야 하니까요.

이렇게 시간이 지나던 어느 날 엄마가 정상과 비정상을 넘나드는 사이클이 정확하게 15초 간격으로 오는 것을 알게 되었습니다. 엄마는 머리를 사방으로 뒤틀었고 왼쪽 팔을 허공으로 휘저으며 과거의 일과 친숙한 사람에 대해 중얼거렸습니다. 나와 언니는 엄마의 두 손을 붙잡고 사랑한다고 말했습니다.

"엄마, 무서워하지 마세요. 누가 엄마를 괴롭혀요? 엄마는 다 이겨낼 수 있을 거야."

우리는 엄마를 안심시키려고 계속 말했습니다. 그러자 엄마는 일순 조용해지더니 있는 힘을 다해 "그래."라고 말하고 15초 동안 '진짜 잠' 속으로 빠져들었습니다. 엄마의 이런 잠을 '진짜 잠'이라고 표현한 이유는 그 시간에는 엄마가 정말로 자신의 몸을 떠나 있다고 느꼈기 때문입니다.

엄마가 떠나는 순간

병원에 머무는 시간이 일주일이 되어 가자 엄마는 고통스러워한다거나 반쯤 깨어 있는 상태보다 잠들어 있는 시간이 더 많아졌습니다. 그런데 이 시기에 엄마는 뇌졸중 이후 생긴 얼굴의 깊은 주름이 부드러워져서 더 밝고 젊어 보이기 시작했습니다. 그래서 나는 엄마의 모습이 참 아름답다고 느꼈습니다.

물론 고통의 시간도 종종 찾아왔습니다. 언니와 나는 그때마다 엄마 옆에 우리가 함께 있다는 것과 사랑한다는 것을 알려 주기 위해 끝없이 쓰다듬으며 조용히 말했고 가끔 노래도 불렀으며, 시도 읽어 드렸습니다. 또한 우리 걱정으로 떠나지 못할 엄마를 안심시키기 위해 둘이 함께 있으니 괜찮을 거라고 서로 돌보며 잘 살겠다고 약속했습니다. 그러면 엄마는 또다시 편안한 잠 속으로 빠져 들었습니다.

마침내 엄마는 마지막 숨을 내쉬었고 그것은 은혜와 자비가 가득한 해방이었습니다. 한 번의 크고 편안한 숨 뒤에 숨이 완전히 멎었으니까요. 엄마의 얼굴은 평온했고 평화로웠습니다. 죽음의 순간 엄마 옆에 서 있던 우리들은 엄마의 자유를 느꼈습니다.

호스피스 병동에서 길고 긴 밤을 보내는 동안 동물을 보살피는 일에 관해 간호사들과 많은 이야기를 나눴습니다. 간호사들은 인간이 아닌 동물도 내가 본 엄마의 죽음과 똑같은 과정을 거친다는 데 동의했습니다.

예를 들어 특히 개들이 심한데 동물들은 나이가 들면서 신경질적이 되고 심지어 물기도 합니다. 이전과 다른 행동을 많이 하는데 그런데 안타깝게도 노견과 사는 사람들이 이런 이유 때문에 쉽게 안락사를 결정합니다. 또한 그게 특별한 병을 앓거나 나이 들어 여기저기 아픈 개에게는 더 좋은 선택일지도 모른다고 말합니다. 하지만 그건 자기들이 위협을 느끼거나 힘들어져서 하는 말이지 동물을 생각해서 하는 말이 아닙니다. 동물을 떠나보낼 때도 사람을 떠나보낼

미미와 포니

미미야, 우리 할머니. 너 보내는 것도 힘들었는데
오늘은 네 딸을 보낸다. 네 딸 쓸쓸하지 않게
꼭 마중 나와 주렴.

포니야, 잘해 주지도 못했는데 이렇게 널 보내는구나.
한번 더 안아줄걸, 한번 더 뽀뽀해 줄걸.
사랑한다, 우리 딸들.

때와 똑같은 마음으로 고민해야 합니다.

엄마가 처음으로 내게 베개를 던진 그날 나는 언제나 부드럽고 자상하게 나를 아껴 주었던 엄마에 대한 엄청난 배반감 때문에 힘들었습니다. 하지만 곧 제정신이 돌아온 엄마가 슬픔에 젖어 나를 얼마나 사랑하는지 이야기하는 것을 보고 엄마의 성품을 내가 너무 잘 알기에 곧 마음을 바꾸었습니다.

지금 되돌아보면 아마도 엄마는 그런 방법을 통해 자신에게 소중한 사람과 헤어지는 고통스러운 과정을 밟고 있었다는 생각이 듭니다. 아마도 그것이 엄마가 아는 유일한 이별 방법이었을지도 모르지요. 그게 만약 치매 때문이었다면 그렇게 금방 정신을 차리고 나에 대해 진심어린 사과와 애정을 표현하지 못했을 테니까요. 사랑하는 딸과 헤어지는 아픈 이별의 방법이었던 거지요.

마지막 3일 동안 엄마 몸속에서 진행되는 고통의 순간을 보면서 어떤 방법으로든 멈추게 해주고 싶었습니다. 아마도 내가 돌보는 동물이었다면 안락사를 생각했겠지요. 하지만 사람에게 그건 가능한 일이 아니었고 묵묵히 지켜보는 방법밖에 없었습니다. 하지만 지금 나는 그 힘든 과정을 함께했던 것을 감사하게 생각합니다.

엄마의 고통은 모르핀과 같은 강한 진통제 그리고 딸들과 간호사들의 헌신적인 도움으로 안정되면서 순간순간을 넘기고 있었습니다. 그리고 그 고통스러운 순간이 지날 때마다 엄마는 조금씩 평화로운 경지로 향하고 있었습니다. 힘들었지만 그래도 이런 도움으로 엄마는 마지막 길을 무사히 통과해 떠날 수 있었습니다. 엄마는 자유롭고 편안한 영혼이 되어 날아올랐습니다. 지켜보는 우리도 함께 평화를 얻을 수 있었지요. 그래서 나는 동물들도 이런 과정을 통해 무지개다리를 건너는 것이 가장 이상적이라고 생각하게 되었습니다. 가능하다면 그들의 힘으로 죽음의 다리를 건널 수 있게 하는 것이 최선일 테니까요.

동물들을 위한 호스피스

인간뿐 아니라 모든 생명이 존중받아야 한다는 생각이 세계적으로 조금씩 퍼져 가고 있습니다. 나는 이와 더불어 모든 살아 있는 존재의 영혼에 대해서도 마음을 열어야 한다고 생각합니다. 이제 이런 말은 더 이상 해서는 안 된다고 생각하거든요.

"우리 개는 나이가 많아서 노화현상을 보여요. 점점 더 심술을 부리고 하반신 마비증세도 있어요. 삶의 질이 떨어지고 있지요. 안락사를 시켜야겠어요."

우리는 우리의 삶을 행복하게 해준 이 소중한 존재의 몸뚱이만 사랑한 걸까요? 사람과 마찬가지로 동물도 육체가 전부는 아닙니다. 우리에게 영혼이 있다고 믿는 것처럼 동물에게도 영혼이 있습니다. 그렇기 때문에 동물도 죽음이 가까이 왔을 때 그들의 영혼이 충분히 준비한 후 평화롭고 영원한 여행을 떠날 수 있도록 기꺼이 도와주어야 합니다.

동물들에게 영혼이 있음을 믿고 그들의 죽음의 과정을 돕겠다고 생각했다면 이제는 그들이 죽음의 과정을 겪을 때 거리를 두고 지켜보며 초연해지고 정신을 집중하여 그들이 원하는 것을 들어줄 수 있어야 합니다. 물론 힘이 듭니다. 하지만 그게 평생을 나만 바라보며 사랑을 준 반려동물에 대한 마지막 의무이자 책임입니다.

물론 동물들이 떠나는 모습은 다 다릅니다. 그 모든 상황이 다 특별하기에 각기 다른 방법이 필요하기도 하지요. 암으로 떠나는 동물과 신장질환으로 떠나는 동물의 상황이 다르고, 자동차 사고 등 갑자기 사고로 떠날 때의 상황이 다릅니다. 특히 사고로 떠날 때는 그들을 도울 넉넉한 시간이 없습니다. 그래서 이런 상황에서는 안락사 등의 다른 방법도 고려해야 합니다.

물론 이런 나의 생각이 동물들이 고통과 두려움으로 힘들어함에도 불구하고 보내고 난 후의 외로움이 두려워 반려동물의 생명줄을 붙잡고 의미 없는 시간을 연장시키는 사람들을 옹호하는 것은 결코 아닙니다. 안락사는 고통에 몸부림치는 동물들에게 분명히 축복이 될 수 있습니다.

하지만 떠나는 동물에게 사랑과 책임을 지닌 반려인이라면 그들의 신호를 들을 수 있을 겁니다. 그 신호를 듣고서 자연적으로 그들을 보낼 수 있다면 이보다 좋은 방법은 없습니다. 왜냐하면 어떤 생명이나 이곳을 떠나 새로운 곳으로 떠나는 죽음의 과정 또한 중요하기 때문입니다. 죽음은 또 다른 시작이라서 마음을 단단히 먹고 새로운 시작점에 설 수 있어야 하니까요. 그 과정 동안 동물들은 자기가 가게 될 그곳과 천천히 친숙해지면서 이곳과 작별을 하게 될 것입니다. 우리가 잘 돕는다면 동물들은 적절한 투약으로 고통을 줄이면서 사랑했던 사람들과 그만의 방법으로 인사하며 평화롭게 이곳을 떠날 수 있습니다.

나는 언니와 호스피스 병동의 간호사들과 봉사자들이 없었더라면 엄마를 그렇게 편하게 보내지 못했을 것이고 엄마도 그렇듯 편안하게 떠나지 못했을 것입니다. 또한 언니와 하니, 수의사의 도움이 없었다면 염소 이사벨이 편안하게 떠날 수 없었을 것이고 나 또한 이사벨을 잃은 슬픔을 쉽게 진정시킬 수 없었을 것입니다. 이것이 바로 팀워크입니다.

동물 호스피스 프로그램은 죽음을 앞둔 동물과 그 가족을 위한 프로그램입니다. 그들은 죽어 가는 동물 곁에서 다정한 얼굴로 위안과 용기를 줄 뿐만 아니라 가족들의 말을 기꺼이 들어주는 귀와 내어줄 수 있는 든든한 팔이 있어서 그들이 어떤 결정을 하든 기꺼이 도울 것입니다. 그리고 반려동물을 떠나보낸 후에 피할 수 없는 슬픔과 죄책감과 자책감으로 반려인이 힘들어할 때에도 한없는 위안을 줄 것입니다.

미국에서는 집에 와서 죽음을 앞둔 반려동물을 보살펴 주는 홈 호스피스 활동도 이제 막 시작되었습니다. 최근에 한 친구가 자기가 기르는 말 중에 한 마리의 상태가 좋지 않다며 이렇게 말했습니다.

"지금 막 호스피스를 시작했어."

멋진 일들이 다가올 징조입니다.

문갑이

밤 늦게 쓰레기더미에서 강아지 우는 소리가 들려,
버려진 문갑의 닫힌 서랍장을 열어보니
어미개와 새끼들이 들어 있었다. 새끼들은 입양이 되고
어미개는 문갑이란 이름으로 구조해 주신
동물병원 원장님 병원의 가족이 되었다.
구조해 주신 원장님을 너무나 사모했던 문갑이.
그렇게 문갑이는 나이가 들었고 아파서 3일간 입원실에
누웠다가 무지개다리를 건넜다.
착한 문갑이, 하늘에서 편하고 따뜻하게 있다가
다음 생에도 네가 그리도 사랑했던 원장님의
그 무엇으로 태어나거라.

11

떠나는 발걸음을 가볍게 하는 방법들

- 스노스타의 담요
- 색에 담겨진 의미
- 치유를 위한 음악과 명상
- 플라워에센스

떠나는 발걸음을 가볍게 하는 방법들

스노스타의 담요

스노스타는 내가 돌보던 염소 무리 중에서 점잖은 거인으로 통했습니다. 흰색과 회색이 섞인 털옷을 입고 누비아종의 낮게 달린 귀를 가진 조용하고 부드러운 자태 때문에 모든 사람들이 스노스타를 좋아했습니다. 스노스타는 체구가 커서 다른 암컷과 나란히 서면 30센티미터 정도 더 크지만 암컷은 물론 다른 수컷에게도 공격성을 보인 적이 한 번도 없는 신사 중의 신사였지요.

거세한 숫염소들은 오래 살지 못하는 경향이 있는데 스노스타도 열 살이 되면서 문제가 나타나기 시작했습니다. 스노스타는 아픈 적이 없었는데 어느 날 먹이에 입도 대지 않더니 되새김질하는 횟수가 점점 줄어들었습니다. 나는 이런 증상이 염소에게는 나쁜 징조임을 알고 있었기 때문에 가슴이 덜컥 내려앉았습니다. 유심히 살펴보니 여러 개의 방으로 나뉜 위가 음식을 소화시킬 때 내는 꼴락꼴락 거리는 듣기 좋은 소리도 전혀 나지 않았습니다.

급하게 동물병원에 달려갔더니 댄 선생님은 소화계통에서 종양이 발견되었다고 했습니다. 열이 오르기 시작하면서 상태가 악화되었고 식욕을 잃어 갔습니다. 항생제도 효과가 없었습니다. 나는 스노스타가 죽음을 준비하고 있음을 직감적으로 느꼈고 가는 길에 도움을 줄 수 있는 방법을 총동원하기 시작했습니다.

나는 색깔과 빛을 이용하여 치유하는 방법에 대한 다양한 책을 읽은 후 각각의 색깔은 동물의 육체적, 감정적 상태 모두에 반드시 영향을 미친다는 사실을 알게 되었습니다. 그래서 우리 집 동물들에게 활용해 본 결과 많은 도움이 되었습니다.

예를 들어 빨간색과 노란색은 동물이 아프거나 허약할 때 신체 에너지를 활성화시키기 때문에 스노스타에게 노란색 담요를 덮어 주었습니다. 스노스타가 안정을 찾은 것은 담요로 아늑함을 느껴서일 수도 있지만 노란색도 영향을 끼쳤을 거라 생각합니다. 덮는 걸 싫어하는 동물에게는 담요를 둘둘 말아 등쪽에 기댈 수 있게 두기도 합니다. 남들이 들으면 웃을지 모르지만 아프거나 죽음의 길을 떠나는 동물들에게 아주 작은 것이라도 최선을 다해 돕는 것이 나중에 후회를 줄이는 방법이기에 나는 남들의 시선 따위는 신경 쓰지 않습니다. 단, 담요를 물어 끌고 가거나 먹어 버리는 염소를 주의하기를!

3일째 되던 날 스노스타의 귀가 축 늘어졌고 눈동자가 흐릿해졌습니다. 스노스타가 덮은 담요를 불편해하는 것 같아 나는 흰색 담요로 바꾸었습니다. 떨고 있었기 때문에 담요를 치울 수는 없었거든요. 흰색은 평화를 느끼게 하는 효과가 있는데 다행히 스노스타도 흰색 담요는 거부하지 않았습니다.

나는 늦은 밤까지 옆에 앉아서 스노스타가 앞으로 떠날 여행이 기분 좋은 여행일 거라는 것과 떠난 후에도 지금까지처럼 오래도록 사랑할 거라는 말을 해주었습니다.

"스노스타, 엄마는 잠시 눈을 붙이고 올 텐데 만약 그 사이 이곳을 떠나게 된다면 행복하고 평화로운 여행이 되길 바란다."

나는 수호천사들에게 그를 지켜봐 달라는 기도를 하고 잠자리에 들었고 새벽 2시에 깨어 가 보니 스노스타는 죽어 있었습니다. 마치 잠을 자는 것처럼 고개를 어깨를 따라 뒤로 젖힌 채 아주 편안하게 떠나 있었습니다. 떠날 때 함께 있어 주지 못해 미안했지만 그래도 마지막 인사를 한 후였기 때문에 많이 슬프지는 않았습니다. 그래서 아픈 동물과 지낼 때에는 매 순간 진심을 담아 작별 인사를 해두는 것이 필요합니다. 그리고 다른 염소들과 함께 있었으니 신사였던 스노스타의 가는 길을 분명히 함께 해주었을 것입니다.

나는 담요와 같은 색깔 있는 천들이 동물들의 마음을 편안하게 하는 데 도움이 된다고 믿기 때문에 동물 가족들이 떠날 때 애용합니다. 복잡하거나 번거롭지도 않으니 마다할 이유가 없지요. 노래나 성가, 기도 등의 의식도 마찬가지입니다. 길거나 복잡하지 않고 단순하면서 동물들에게 도움이 되는 것들이지요. 때로는 형식만으로도 위안을 받고 치유가 될 때가 있습니다.

물론 죽음을 맞이한 동물을 편안하게 해주기 위해 필요한 모든 것은 그 사람의 마음속에 있습니다. 마음을 열고 사랑과 평화를 주고자 하는 마음이 바로 그것이지요. 동물들이 떠나는 여행길에 용기를 주고 그 영혼의 해방을 돕기 위해 동물과 함께 있는 시간보다 더 중요한 것은 없으니까요.

또한 죽음의 과정은 물론이고 죽음 직후에 함께 있어 주는 노력도 중요합니다. 아직 그들은 우리 곁에 머물러 있으면서 몸을 떠나 있는 자신이 혼란스러울 것이며 뒤에 남은 사람을 걱정할 것입니다. 그래서 나는 스노스타가 죽은 후에도 그 옆에 앉아 한참 동안 흰색 담요를 덮어 주고 있었습니다. 스노스타가 완전히 떠나기 전까지 과거에도 그랬고 앞으로도 영원히 사랑할 것이라는 확신을 주고 싶었으니까요.

그렇게 죽은 후의 동물과 함께 있으면 동물의 영혼이 육체를 떠났더라도 영혼은 매우 생명력 있게 살아 있음을 느낄 수 있습니다. 실제로 스노스타가 죽었을 때도 나는 축사 안에 스노스타가 나와 함께 있음을 알 수 있었습니다. 마치 웨기가 죽은 뒤 1년 뒤에 다시 나타났을 때와 같은 느낌이었죠.

동물이 무지개다리를 건너갈 때 나는 색깔 있는 담요는 물론이고 음악, 소리, 플라워에센스 등도 이용합니다. 모두 자연을 상징하는 것으로 플라워에센스를 제외하고는 구입비용도 비싸지 않습니다. 번거롭지 않다면 동물이 가는 길에 이런 작은 수고도 좋을 것이라는 생각에 소개해 보겠습니다.

색에 담겨진 의미

내가 스노스타에게 했던 것처럼 색깔 있는 천은 동물에게 영향을 끼칠 수 있는 탁월한 방법입니다. 파란색, 흰색, 금색은 동물이 죽음의 초기 단계에 접어들었을 때 가장 유용합니다. 파란색은 내면의 평화와 고요와 비저항을, 흰색은 한 존재의 영적 측면에 용기를 주고 힘을 주며, 죽음에 임하는 경우에는 영혼에게 추가적인 힘을 줌으로써 새로운 세상으로의 이동을 도와줍니다. 금색도 영혼을 강하게 하고 용기를 주어 몸을 떠나는 것이 덜 힘들도록 도와줍니다. 되도록이면 어두운 색상보다는 선명하고 순수한 색깔을 이용하십시오. 금색은 노란색에서 황토색까지 다 가능합니다.

그래서 엄마가 돌아가실 때 언니와 나는 각기 파란색과 보라색 옷을 입었습니다. 그 색이 육체에서 엄마의 영혼이 떠나는 과정에서 엄마에게 힘을 주고 편안하게 해주었다고 믿습니다.

특히 내가 보라색 옷을 입은 이유는 엄마가 보라색을 좋아했기 때문입니다. 엄마는 내 옷을 보고 조금이라도 기분이 좋아지지 않았을까요?

때로 교통사고 등으로 갑자기 떠나보내거나 병원에서 안락사로 보낼 때 또는 여러 가지 이유로 반려동물이 급작스레 떠나 미처 색과 관련된 물품을 준비하지 못했을 때에는 가만히 눈을 감고 그에 알맞은 색을 떠올리세요. 생각도 실물과 똑같은 강력한 효과가 있음을 기억하세요. 죽음은 완벽한 준비 후에 찾아오는 것이 아니니까요. 어떤 경우에는 준비도 하지 못했는데 자비심도 없이 성큼성큼 다가오는 것이 운명이고 죽음이니까요.

치유를 위한 음악과 명상

치유를 위한 음악에 대한 연구는 많이 이루어졌는데 동물들에게도 대부분 적용될 수 있습니다. 음악의 효과에 대한 나의 믿음은 예기치 않은 작은 동물을 통해 우연찮게 이루어졌습니다.

내가 아무리 동물과 연대감을 느낀다 해도 적어도 집을 정상적으로 유지하기 위해 기둥이나 천장의 거미줄은 정기적으로 걷어 냅니다. 거미와 함께 살 수는 없으니까요. 그러나 예외는 있는 법. 주방 창문 구석에 자리를 잡고 매일 개미떼가 다니는 구멍 주변을 훑고 다니면서 매우 부지런히 개미를 통제해 주는 검은색 거미에게는 은신처를 허락해 주었고 사라라는 이름도 지어 주었습니다.

여름과 겨울을 지나는 동안 그 거미와 나는 서로 신경을 쓰지 않고 살았습니다. 이따금씩 아침 설거지를 하는 시간에 서로의 존재를 확인할 뿐이었죠. 그런데 추수감사절 날 나는 설거지를 하다가 찬장 위로 거미집만 먼지가 낀 채 덩그러니 있는 것을 보았습니다.

"사라가 죽었구나. 하긴 매년 이맘때면 거미들이 갈 때지."

나는 거미줄을 걷어 내야겠다고 마음먹었지만 깜빡 했고 거미줄은 바쁜 12월 휴가 때까지 그대로 방치되었습니다.

과자를 굽는 고소한 냄새와 예쁜 촛불, 크리스마스 캐럴이 있는 내가 가장 좋아하는 달이 왔습니다. 나는 설거지를 하면서 신나게 캐럴을 부르고 있었는데 내 눈에 두 다리를 거미줄에 건 채 마치 노래를 듣고 있는 듯 행복한 모습의 사라가 보였습니다.

"사라, 너 캐럴 소리에 부활한 거니? 노래 더 불러 줄까?"

나는 또다시 노래를 흥얼거리면서 사라의 반응을 살폈습니다. 마치 사라가 《뉴욕 타임즈》의 오페라 비평가라도 되는 냥 그의 반응을 살피면서 정말 열심히 노래를 불렀지요. 그러고는 서둘러 헨델의 '메시아' 테이프를 카세트플레이어에 밀어 넣고 '할렐루야' 화음을 목청껏 불렀습니다. 사라는 거미줄 가장자리에 자리 잡고 앉아 앞뒤로 몸을 흔들면서 런던 필하모닉 합창단과 나의 합동공연을 즐겼습니다(정말로 즐겼습니다!).

나는 사라가 음악에 고상한 취미가 있음을 발견했습니다. 내 아들의 로큰롤은 사라를 거미줄 구석으로 몰아넣었고 바흐나 베토벤은 사라를 거미줄 가장 높은 끝자락에 편안하게 매달려 있게 했습니다. 요한 파헬벨의 〈캐논 D장조〉와 조지 윈스턴의 피아노곡을 좋아하는 것은 나와 취향이 딱 맞았지요.

나는 설거지 시간을 기다리기 시작했습니다. 말을 하지는 못했지만 사라의 작은 눈은 고마움으로 반짝거렸고 우리는 서로를 매우 좋아하게 되었습니다. 그런데 크리스마스 날 사라가 사라져 버렸습니다. 사라의 거미줄은 내 마음처럼 텅 비어 있었죠.

'지난번처럼 며칠 지나면 돌아올 거야…….'

나는 매일 창틀을 살폈지만 거미줄은 비어 있었습니다. 집은 조용해져 갔지요. 나는 노래를 덜 부르게 됐고 설거지가 싫어졌습니다.

그 일 이후 나는 '감사해야 해.'라고 생각했습니다. 사라는 다른 거미보다 훨씬 더 오래 머물렀고 훌륭한 스승이었습니다. 이른바 동물을 사랑한다고 하면서 나는 거미줄을 아무 생각 없이 정기적으로 걷어 냈고 심지어 거미들이 위험하고 지저분하다고 생각했습니다. 그러나 사라는 모든 생명의 형태가 얼마나 소중한지를 네 쌍의 눈과 아주 작은 털북숭이 몸뚱이 안에도 영혼이라고 하는 빛이 살고 있음을 깨우쳐 주었습니다. 사람은 이다지도 어리석습니다. 떠나고 나야 소중함을 알게 되니까요.

'어떻게 될지 모르니까 일주일 동안은 거미줄을 그대로 두자…….'

나는 사라를 많이 그리워했습니다. 사라도 나를 그리워할지 궁금해하면서요.

1월의 두 번째 주 파헬벨 〈캐논 D장조〉가 조지 윈스턴의 섬세한 손가락을 타고 울리는 시간 주방으로 가던 내 눈에 천장을 기고 있는 시꺼먼 털북숭이 다리들이 보였습니다. 사라가 돌아온 것입니다. 그 이후에도 사라는 자주 사라졌다가 다시 나타나곤 했는데 사라가 집에 있을 때면 사라는 개미를 통제해 주었고 나는 설거지를 하면서 함께 음악을 들었습니다.

사라처럼 음악을 좋아하는 동물들이 있습니다. 특히 종교음악은 동물들에게 여러 상황에서 도움이 됩니다. 종교음악은 육체의 치료는 물론이고 마음의 치유를 위해 특별히 만들어진 반복적인 구절과 음절을 사용하기 때문에 본질 혹은 개개의 영혼에 쉽게 닿는 것 같습니다.

나는 동물을 먹이고 씻기고 털을 다듬을 때 종종 불교 경전을 읊습니다. 그렇게 중얼거리다 보면 내 마음은 잡념을 잊고 그 순간에 머무르게 됩니다. 먹이고 씻기고 털을 다듬는 일에 온전히 머무를 수 있어 내면의 평화와 만족감을 느낍니다. 동물들도 불교경전을 즐긴다고 느낀 것은 암소 크리스티나가 불교경전만 들려주면 매번 500킬로그램에 육박하는 육중한 몸을 내게 기대며 조는 것을 보았기 때문입니다.

나는 헨델과 파헬벨의 성가도 좋아하지만 불교경전 중에서 특히 〈반야심경〉을 좋아합니다. 반야심경은 죽음과 죽음을 준비하는 나의 일에 커다란 통찰력을 주며 이 경전에 나오는 구절인 '아제 아제 바라아제 바라승아제 모지 사바하.'는 '도달할 때, 도달할 때, 피안에 도달할 때, 피안에 완전히 도달할 때 깨달음이 있나니, 축복하소서.'라는 뜻입니다. 그래서 나와 언니는 염소 이사벨을 안락사로 보

아장이

아장이가 떠난 지 딱 1년이 되는 날 꿈에서 만났습니다.
넓은 잔디밭에서 많은 친구들과 신나게 놀며 나를 반겨 주더군요.
너무나 행복한 얼굴로. 아마도 그곳이 우리가 말하는 무지개동산이겠죠.
신나게 놀다가 같이 가자고 했더니 싫어하더군요.
그래서 또 오겠다고, 다음에 또 엄마 아들로 오라고 얘기해 줬어요.
우리 다시 만날 때까지 행복하게 지내라.
사랑해.

낼 때 옆에서 계속 이 구절을 읊었고 이런 우리의 행동이 이사벨이 평화롭고 무사히 무지개다리를 건너는 데 도움이 되었을 것입니다.

로제타는 14년 동안 우리 식구와 함께했던 닭 무리 중에서 마지막까지 남은 닭이었고 보호소의 모든 곳을 거리낌없이 활보하는 유쾌한 닭이었습니다. 로제타는 자기 이름을 알아듣는 것은 물론이고 애교가 점점 늘어 내가 안아서 무릎에 올려놓아도 가만히 있을 정도였지요.

1999년 부활절을 일주일 앞두고 로제타가 갑자기 피곤한 기색을 보이기 시작했습니다. 먹는 속도는 느려졌고 양도 줄었습니다. 가만히 있는 시간이 길어졌고 벌레를 잡으면서 돌아다니는 모습도 부쩍 줄었습니다. 싫었지만 나는 로제타가 다른 세계로 갈 준비를 하고 있음을 인정해야 했습니다.

부활절 이틀 전날 로제타는 더 이상 먹지 않았습니다. 로제타 앞에 시원하고 신선한 물을 넉넉히 놓아주고 나는 로제타가 떠나야 할 여행에 대해 이야기해 주기 시작했습니다. 그 여행은 멋질 것이며 이제는 힘들지 않고 자유로워질 것이라고 말해 주었습니다. 또 내 엄마를 비롯해서 로제타보다 먼저 떠난 모든 동물 친구에게 안부를 전해 달라고 부탁했습니다. 로제타는 자기가 좋아하는 장미 덤불 밑에서 쉬면서 시간을 보냈는데 매우 편안해 보였습니다. 로제타가 천천히 하늘나라로 가는 준비를 하고 있음이 분명했습니다.

부활절 늦은 저녁 축제 분위기가 가라앉았을 무렵 로제타는 세상을 떠날 마지막 준비를 하고 있었습니다. 나는 로제타를 안아 올려 가슴에 품었습니다. 그리고 마음을 안정시키려고 반야심경 구절을 읊기 시작했습니다. 그와 동시에 불교의 전통인 포와 수행(포와는 여러 세기에 걸쳐서 임박한 죽음을 돕고 죽음을 준비하기 위해 사용한 요가 수행과 명상법이다.－옮긴이)을 시작했는데 이는 죽음에 임박한 생명의 의식이 빛으로 혹은 그가 믿는 빛을 발하는 존재(예수 그리스도나 부처)로 옮겨지는 것입니다. 소걀 린포체는 《티베트인의 삶과 죽음을 바라보는 지혜》에서 포와 수행을 '죽음에 임박한 자를 돌봄에 있어서 내가 발견한 모든 수행 중 가장 유익하고 효과적인 것.' 이라고 언급합니다. 나는 예수 그리스도에게 로제타를 도와 달라고 청했습니다. 그리고 로제타에게 그 빛을 향해 두려워하지 말고 편안하게 가라고 말해 주었습니다. 나는 눈을 감고 로제타가 자기 몸을 떠나 빛을 향해 이동하는 모습을 상상했습니다.

그런 생각들을 하고 있는데 강력하고 환한 빛이 나의 감은 두 눈 바로 앞에서 번쩍였습니다. 그 빛은 아찔했지만 눈이 부실 정도는 아니었습니다. 순간적으로 나는 로제타의 영혼이 실제로 몸을 떠나 우리를 감싸고 있는 그 빛을 향해 서둘러 가고 있음을 느꼈습니다. 나는 그 빛에서 발산되는 기쁨과 사랑의 파동을 만끽하며 조용히 눈물을 흘렸습니다. 로제타는 떠나고 그곳에는 완성된, 완전한 평화만 남아 있었습니다.

나는 이 경험을 통해 너무나 많은 것을 배웠습니다. 이 경험을 통해 나는 내가 죽어 가는 생명을 위해 할 수 있는 일이 많음을 배웠습니다. 그들의 가는 길을 외롭지 않게 함께 해줄 수 있으며, 성가나 불경 등의 종교적 형식이 떠나는 이들의 평화에 도움을 주며, 누군가에게 도움을 청하면 답이 있다는 것도 배웠습니다. 잘 살기 위해서 많은 준비가 필요하듯 이런저런 준비를 한다면 잘 죽을 수 있다

몽이
(1996. 6. 16. ~ 2007. 4. 3.)

예전에는 몽이가 다시 태어나 내 곁에 온다면
알아볼 수 있도록 표시를 해달라고 기도했습니다.
그러나 이제는 안 와도 좋다고 얘기하고 싶고
가끔 꿈에서는 만나자고 얘기하고 싶습니다.
요즘 꿈에서도 볼 수 없어서 많이 궁금하네요.
천국에서 다른 친구들과 잘 지내고 있는지…….
게으른 엄마 만나서 고생했고, 미안했다.
나한테 보여 준 한 없는 사랑에 너무나 고맙고 고마웠어.

는 것도 알게 되었습니다.

나의 경험을 통해 동물들이 좋아하는 음악도 알게 되었습니다. 새와 곤충을 비롯한 많은 종류의 생물은 소리와 음색에 민감하며 뉴에이지 음악, 아메리칸 인디언의 피리 소리, 전 세계의 전통적인 자장가뿐만 아니라 종교음악에 긍정적인 반응을 보입니다. 음악은 동물에게 안정감과 평화로움을 선사합니다. 특히 〈그레고리오 성가〉는 모든 동물이 좋아하는데 특히 아플 때나 죽음을 준비할 때 많은 도움이 됩니다.

종교 음악가 로버트 가스의 듣기 편하게 편곡된 반야심경과 기독교 성가 등은 동물과 함께하는 나의 일상에 없어서는 안 될 도구이며 특히 개에게 도움이 됩니다. 학대, 버림받음, 상실 등으로 인한 과거의 상처를 치유하니까요. 그의 음악 중 내가 좋아하는 노래의 노랫말입니다.

> '햇빛이 당신을 오랫동안 비추어 주기를/당신을 감싸고 있는 모든 사랑과/당신 안의 순수한 빛이/당신이 집으로 향하는 길을 안내해 주기를 기원합니다.'
> '귀 기울여 주세요/내 마음의 노래에/절대로 당신을 잊지 않을 거예요./절대로 당신을 떠나지 않을 거예요.'

또한 명상도 도움이 됩니다. 명상은 죽음을 준비하는 동물을 위해서뿐만 아니라 버려지거나 학대를 당해 두려움과 슬픔이 가득한 동물에게도 긍정적인 영향을 끼칩니다. 명상은 집착하지 않을 수 있도록 용기를 주거든요.

치유를 위한 음악과 명상 등은 오랫동안 스트레스나 질병, 죽음을 접했을 때 고통과 슬픔을 줄이는 대체요법으로 여겨져 왔습니다. 동물들을 보낼 때 조금 더 의연하게 그들을 돕고 싶다면 이런 준비를 미리 해두는 것도 나쁘지 않습니다.

플라워에센스

꽃 요법인 플라워에센스 또한 치유와 죽음의 과정에서 상당히 효과가 좋습니다. 나는 죽음을 준비하는 동물은 물론 아프거나 스트레스를 받는 동물을 위해서도 플라워에센스를 이용합니다. 플라워에센스는 다양한 꽃의 꽃잎에서 얻는 추출물로 사용 원리는 동종요법과 유사해 하나의 생명을 정신적 · 감정적 · 육체적 · 영적인 통합 개체로 보는 것입니다.

플라워에센스는 통증이 없고 특정 질환만 치료하는 것이 아니라 감정적 · 정신적 면까지 치유하는 것을 볼 때 전인적(全人的) 치료법입니다. 플라워에센스를 널리 보급한 영국의 내과의사 에드워드 바흐는 모든 질병과 치유는 개인의 감정적 · 정신적 측면에 달려 있어서 모든 처치는 거기서부터 시작되어야 한다고 믿었습니다.

바흐 박사의 38가지 요법은 치유를 방해하는 두려움, 공포, 집착, 슬픔과 같은 부정적인 감정들을 경감시켜 주는데 바흐 박사는 죽음을 최후의 치유 형태라고 인식했습니다. 예를 들어 월넛(walnut)은 모든 변화의 상황, 특히 죽음의 과정에서 유용하며, 고스(gorse)는 절망의 상태에 빠져 있을 때 놀라운 효과를 주고, 치커리(chicory)는 긴장을 풀어 주고, 스클레란투스(scleranthus)는 균형을 찾고 불안한 마음을 안정시킬 수 있도록 도와주며, 엘름(elm)은 심적 부담을 느끼는 보호자들에게 좋습니다.

특히 바흐의 다섯 가지 구급 레미디(Rescue Remedy)는 가지고 있으면 유용합니다. 심한 충격을 입었을 때에는 베들레헴의 별(star of bethlehem), 공포감을 느끼거나 공황에 빠졌을 때에는 록로즈(rock rose), 정신적 스트레스와 긴장감에 시달릴 때에는 봉선화(impatiens), 절망감에 빠졌을 때에는 체리플럼(cherry plum), 현실에 관심이 없어지고 점점 집중하지 못할 때에는 클레마티스(clematis)가 좋습니다. 플라워에센스*는 동물은 물론 사람에게도 좋습니다. 나는 어디든 가지고 다니다가 다친 나비들이 기운을 차려 꽃으로 날아갈 수 있도록 도와준 적도 있고, 유리문에 부딪쳐 충격을 받은 새를 도와준 적도 있습니다. 또한 내가 다쳐서 놀랐을 때도 도움이 됐고 동물 가족을 데리고 동물병원에 갈 때도 사용합니다.

플라워에센스를 동물들에게 사용해 본 결과 효과가 빠르게 나타나고 부작용이 없습니다. 또한 처방약과 함께 사용해도 약 효과를 반감시킨다거나 방해하지 않는 것도 좋은 점입니다.

이 외에도 몇 가지 플라워에센스가 더 있습니다. 매카엘 스몰 라이트 박사가 만든 페렐란드라(perelandra) 플라워에센스는 십여 종류가 있는데 나는 죽음을 준비해야 하는 상황에는 가든 에센스(garden essences) 중에서 브로콜리(broccoli), 컴프리(comfrey), 옥수수(corn), 딜(dill), 샐비어(salvia), 애호박(summer squash), 토마토(tomato), 피망(sweet

---

*플라워에센스를 구입할 수 있는 곳
바흐 플라워에센스는 건강식품점에서 대부분 찾을 수 있다.
페렐란드라 에센스 540-937-2153
아나플로라 에센스 www.anaflora.com

bell pepper)의 도움을 받습니다.

우리집의 멋진 나귀 노리, 미소, 줄리아는 일 년에 몇 차례 발굽을 갈아 주어야 합니다. 그런데 이 일은 그리 쉬운 일이 아닙니다. 나귀들이 두려움을 느껴 내내 저항하기 때문에 발굽을 갈기도 전에 지치기 일쑤니까요. 나귀들에게 물리거나 채이지 않도록 조심하는 것도 힘듭니다. 특히 미소는 어렸을 때 상처를 입었기 때문에 발굽 갈기는 거의 사투에 가깝습니다.

나는 플라워에센스의 도움을 받기로 했습니다. 그래서 병에 샘물을 담고 플라워에센스 몇 가지와 허브, 익모초, 예민한 상황에 탁월한 효과를 보이는 성 요한초(St. John's Wort)를 희석해서 넣은 후 얇게 저민 사과에 이 혼합물 몇 티스푼을 섞어 주었더니 나귀들이 만족스럽게 먹었습니다. 그리고 한 시간 후 다시 발굽 갈기에 도전했을 때 그 변화는 놀라웠습니다. 더 이상 날뛰며 발길질을 해대거나 도망치지 않고 편안하게 서서 발을 들어 주었으니까요!

캘리포니아의 새런 칼라한은 전적으로 동물을 위한 아나플로라(Anaflora) 플라워에센스를 생산합니다. 이 플라워에센스가 특별한 것은 각 동물의 문제에 맞춰 플라워에센스를 제조해 준다는 점입니다. 그래서 돌보는 동물들이 각기 다른 문제를 갖고 있는 나 같은 경우에는 매우 유용합니다. 특히 버려지거나 학대받은 동물을 위한 기쁨으로의 귀환(Return to Joy)은 학대받은 동물에게 많은 도움이 됩니다.

이처럼 색깔과 음악, 플라워에센스 등의 방법은 치유가 무엇인지 그리고 삶과 죽음 너머가 어떤지에 대해 더 많이 이해할 수 있도록 도와줍니다.

아가

아마도 하나님께서 급히 천사가 필요했던 것 같아요.
예쁘고 사랑스런 천사가…….
1년도 채 살지 못하고 간 우리 아가.
그곳에선 언제까지나 행복하라고 늘 기도합니다.
언니가 무지개다리 건널 때 얼른 넘어오라고
냥냥 거릴 그날을 기약하며…….
사랑해.

12

죄책감을 떨쳐 버리고

- 죽기 직전에 구조된 새끼 쥐
- 죽어도 되는 생명은 없다
- 소아 당뇨 고양이 루크

죄책감을 떨쳐 버리고

죽기 직전에 구조된 새끼 쥐

맥스웰이 죽은 다음 날 맥스웰이 눈에 밟혀 아무 일도 아무 생각도 할 수 없었다.
맥스웰의 생은 짧았지만 그만큼 내게 영향력을 준 동물은 없었다.
맥스웰은 나의 훌륭한 친구이자 세상에서 가장 용감한 동물이었다.
– 1997년 8월 28일 일기

어느 목요일 오후 아들 마이클이 여자 친구 조니와 함께 새끼 쥐가 가득 들어 있는 상자를 가져왔고 맥스웰과 나의 인연은 그렇게 시작되었습니다. 쥐는 대형 상점의 창고에서 발견되었는데 창고에서 일하던 사람들은 쥐를 때려죽이거나 지게차로 치어 죽이자고 했답니다. 그래서 그곳에서 일하던 조니가 마이클의 도움을 받아 우리 집으로 데려왔습니다.

"모두 우리를 이상한 눈으로 봤지만 뭐, 전 신경 쓰지 않아요."

우리 집 아들다운 마이클의 대답이었습니다. 쥐는 모두 여섯 마리였는데 세 마리만 눈을 뜨고 있는 상태였고 어미 품을 떠나기에는 아직 너무 어렸습니다.

우리 셋은 상자 틈으로 안을 들여다보며 킥킥거렸습니다. 새끼 쥐들이 꼬리를 곧추세우고 새로운 환경을 탐색하느라 짧은 다리로 어설프게 이리저리 돌아다니는 모습이 재미있었으니까요. 새끼들은 3~4초마다 멈춰 서서 열심히 자기 얼굴과 수염을 닦았는데 그 모습을 보며 조니가 말했습니다.

"상점에서 일하는 사람들이 쥐가 병균을 퍼뜨린대요. 하지만 보세요. 이렇게 깨끗하잖아요!"

이 일이 있기 3년 전에 나는 말구유에서 발견된 엄마 잃은 야생 쥐 벳시와 보브를 직접 키운 적이 있습니다. 죽음의 문턱에 있던 녀석들을 구한 뒤 튼튼한 어른 쥐로 키워서 자연으로 돌려보낸 경험이 있어서 녀석들을 잘 돌볼 자신이 있었습니다. 우선 비어 있던 수조에 새끼 쥐들을 넣고 고양이로부터 보호하기 위해 철망 뚜껑을 달아 보금자리를 만들었습니다. 새끼들은 바닥에 깔아 준 짚 사이를 누비고 마분지 상자로 만든 집 위로 올라가고 넘어 다니고 들락날락하느라 분주했습니다. 그리고 분유와 꿀과 물을 섞은 우유도 잘 먹었는데 그중 몸집이 큰 녀석은 30밀리미터 젖병에 든 것을 거의 다 먹을 정도였습니다. 그 쥐가 바로 '맥스웰 마우스'가 된 녀석입니다.

처음 온 날 너무 어려서 밤새 살아남을 수 있을지 불확실했지만 다음 날 아침에 보니 모두 활기차게 돌아다니고 있었습니다. 하지만 이틀째 되는 날 가장 작았던 쥐가 수조 한 켠에 죽어 있는 것을 발견했습니다.

"오늘 한 마리가 죽었어. 그래서인지 쥐들이 다 죽을지도 모른다는 불길한 생각이 드는구나. 아기들이 모두 잘 먹기는 하는데 비틀거리고 점점 약해지는 것 같아."

쥐들이 잘 있는지 안부 전화를 한 마이클에게 말했습니다. 잘 돌볼 수 있겠다는 자신감은 하루 만에 사라지고 말았습니다. 그날밤에 세 마리가 더 죽어 이틀이 지나자 두 마리밖에 남지 않았습니다. 둘 중에 몸집이 더 크고 잘 버틴 새끼가 맥스웰 마우스였고 다른 한 마리는 마리였습니다. 나는 그때서야 좀 더 자세히 살펴보기 시작했고 문제의 원인을 찾아냈습니다. 바닥에 깔아 준 짚을 들추니 자그마한 진드기가 빼곡히 들어차 있었는데 얼마나 아기 쥐의 피를 많이 빨아 먹었는지 오동통 살이 올라 있었습니다. 새끼 쥐들은 그렇게 죽음에 이른 것입니다. 이런 일이 강아지나 아기 고양이들에게 발생할 수 있음을 알고 있었는데 왜 새끼 쥐들에게는 주의하지 않았을까요?

나는 더 이상 잃을 게 없다는 마음으로 목욕을 시켜 최대한 진드기를 없애야겠다고 결심했습니다. 사실 연약한 새끼 쥐를 씻긴다는 게 쉽게 결정할 일은 아니었지만 작은 대야에 비눗물을 채우고 조심스럽게 한 마리씩 물이 귀밑까지 올 정도로 담근 후에 비눗물로 머리와 턱밑을 문질렀습니다. 다행히 아기 쥐들은 따뜻한 물을 좋아하는 듯했고 헤어드라이어로 살살 말려 주는 동안에도 가만히 있었습니다. 진드기 유충을 제거하는 파우더도 발라 주었습니다. 그리고 귀리 가루 한 줌을 따뜻한 물에 개서 원래 주던 분유에 섞어 먹이고 플라워에센스도 활용했지요. 그러나 체력이 약했던 마리는 회복하지 못하고 그날 오후에 결국 죽었습니다.

맥스웰은 작은 발을 움직여 마리에게로 가서 마리의 사체에 고개

예삐

(2006. 6. 18. ~ 2008. 10. 30.)

공사중이던 폐건물에서 구조되어 유선종양, 슬개골탈구, 탈장 등의 증상을 갖고 있던 아이.
그때 이미 열 살이 넘었던 아이. 개에게 짧은 생이 허락된 건 그들의 짧은 생애를 통해
인간에게 삶과 죽음에 대해 가르쳐 주려는 건 아닐까. 내게 삶과 사랑을 가르쳐 주고 떠난 예삐에게
감사와 사랑을 전하고 싶다. 자살을 하면 예삐를 만날 수 없다는 말과 남은 아이들 때문에
하루하루를 버텨내고 있다. 예삐야, 나를 다시 만나면 못난 언니를 실컷 원망해 줘.
지구에서는 널 가장 사랑하는 사람이 나였단다. 우리 꼭 다시 만나자.

를 얹고 누웠습니다. 그 모습이 안쓰러웠지만 나는 마리의 사체를 조심스럽게 치우고 대신 작은 돼지인형으로 맥스웰의 머리를 받쳐 주었습니다. 그러자 맥스웰은 장난감 위로 기어 올라가 앞발과 머리를 돼지 코에 얹고서 두 눈을 꼭 감고 잠이 들었습니다.

귀리를 넣은 분유는 맥스웰에게 힘을 준 것 같았습니다. 그날 저녁 맥스웰은 바동거리며 젖병꼭지까지 기어올랐고 다시 직접 젖병을 빨기 시작했습니다. 맥스웰은 몇 걸음 뒤로 물러서서 마치 '흐음, 꽤 괜찮은걸. 좀 더 먹어야겠군.' 이라고 말하는 듯하더니 서둘러 돌아와 몇 번을 더 빨아 먹었습니다.

맥스웰은 기다란 두 뒷다리로 균형을 잡으며 두 손, 얼굴, 수염, 배를 정성스럽게 닦았습니다. 그런 다음 따뜻한 돼지인형의 코를 껴안고 있거나 돼지인형의 부드러운 귀 아래에 누웠습니다. 매번 맥스웰은 두 앞발로 젖병을 붙잡고 마지막 한 방울까지 다 빨아먹었고 곧 비틀거리지 않고 꼬리를 곧추세우고 다닐 수 있게 되었습니다. 맥스웰이 회복의 기미를 보이자 살아난다면 작은 흰 쥐를 데려다 주겠다고 약속했습니다.

하지만 그것도 잠시 맥스웰은 다시 기운을 잃기 시작했습니다. 분유도 내 성화에 못 이겨 겨우 한 번 정도 빨았고 돼지인형의 코를 껴안기보다는 그냥 기댈 뿐이었습니다. 나는 맥스웰에게 포기하지 말라고 부탁했습니다. 더 이상 진드기도 없는데 도대체 뭐가 문제였을까요? 삶은 왜 이다지도 위태로울까요? 나는 맥스웰이 떠날 준비를 하고 있음을 알았습니다. 내 절망은 극에 달했고 정원에 나가 활짝 핀 노란색 국화를 꺾어다 맥스웰 옆에 놓아주었습니다.

"맥스웰, 회복을 기원하는 선물이야. 여기 머물겠다고 약속해 줘."

맥스웰은 작은 코를 들어 올려 수염을 움직이며 향기를 맡았습니다. 나는 희망을 버리지 않았습니다. 하지만 내가 분유를 타서 다시 갔을 때 맥스웰은 수조 한 가운데에 옆으로 누워 있었습니다. 맥스웰은 꺼져 가고 있었습니다. 그런데도 내가 이름을 부르자 코와 수염을 찡긋거리며 고개를 들려고 하더군요.

죽어도 되는 생명은 없다

맥스웰을 밖으로 데리고 나가야 한다는 생각이 번쩍 들었습니다. 나는 맥스웰이 창고에서 태어나 우리 집 수조로 옮겨지고 아름다운 자연의 땅을 한 번도 밟은 적이 없음을 깨달았습니다. 벳시와 보브와는 달리 맥스웰은 들판을 자유롭게 달리거나 씨앗을 갉아먹거나 태양을 느낄 기회가 없을지도 모른다는 생각에 마음이 조급해졌습니다.

화창한 오후였습니다. 나는 맥스웰을 내 손바닥에 올려놓고 꽃밭으로 갔습니다. 그의 머리를 위로 향하게 하여 우리 주변의 아름다운 것들을 보고, 듣고, 냄새 맡고, 수염으로 느낄 수 있게 해주었습니다.

"맥스웰, 이건 접시꽃이야. 이건 나팔꽃이고, 저쪽에 피어 있는 것은 과꽃이란다……."

그리고 조심스럽게 그의 두 발이 부드러운 땅에, 풀밭에 닿을 수 있도록 해주었습니다.

"맥스웰, 네가 이 모든 것을 알고, 기억해 주었으면 좋겠구나. 그래서 네가 다시 돌아온다면 어디로 가서 살아야 하는지 알 수 있어야 해."

맥스웰은 있는 힘을 다해 수염을 실룩거리며 그 맑고 작은 까만 두 눈으로 나를 쳐다보았습니다. 나는 이제 곧 날아오를 자유로운 영혼 앞에 있음을 느꼈습니다.

"들어봐. 새가 노래하는 소리야. 그리고 정원 연못에 있는 작은 폭포와 귀뚜라미도 너를 위해 노래하고 있어. 맥스웰, 네가 다른 세상에 도착하면 나 대신 안부를 전해 주었으면 하는 친구들이 있단다. 그래 줄 수 있지?"

맥스웰의 코가 어렴풋이 실룩거렸습니다. 그가 내 말을 이해했음을 난 알았습니다.

"창고에서 함께 태어난 네 형과 누나들이 그곳에서 기다리고 있을 거야. 그리고 네 엄마도. 그리고 내 엄마도 찾아봐 줄래? 할머니께 네 여행을 도와달라고 부탁드렸어. 할머니는 참 좋은 분이시란다. 너도 할머니를 좋아하게 될 거야. 맥스웰, 너는 멋진 쥐였어."

그리고 맥스웰에게 죽음이 다가왔습니다. 다리에 경련이 일었고, 호흡이 가빠지면서 죽음의 신호를 보이고 있었습니다. 맥스웰은 안타깝게도 그 과정에 저항하고 있었습니다. 나는 조용하게 말했습니다.

"맥스웰, 무서워하지 말고 이제 몸을 떨쳐 버려. 내 걱정은 하지 마. 난 괜찮을 거야. 하지만 다시 내게로 와줄 거지?"

하지만 맥스웰은 벌써 멀리 가고 있었고 나의 마지막 부탁을 못 들었을지도 모른다는 생각이 들었습니다. 중요한 부탁인데……. 나는 맥스웰이 내 얘기를 들었기를 바랐습니다. 맥스웰은 숨을 한 번 토해 냈고 맥스웰의 몸은 조용히 부드럽게 내 손 안에서 가라앉았습니다. 나는 많이 울었습니다.

장미

오늘 장미가 내게 왔다. 선잠이 들려고 하는 순간 장미 발자국 소리가 들린다.
내 방으로 들어오는 장미. 눈을 뜨지 않았다. 눈뜨면 사라질까 봐. 장미가 누운 채로 코를 핥는다.
코 핥는 소리가 들린다. 그리고 느껴진다. 장미의 왼손에 뽀뽀를 했다. 발바닥이 입에 닿았다.
그 느낌 그대로였다. 장미가 떠나고 눈을 뜨고 멍하니 있다가 갑자기 울음을 터뜨렸다.
사랑해 장미야. 와줘서 고마워. - 2008년 3월 16일

그날 저녁 마이클, 조니와 함께 꽃이 만발한 정원에 맥스웰을 묻었습니다. 죽이면 될 쥐를 살리겠다고 가져가는 마이클과 조니를 비웃던 사람들이 생각났습니다. 살리고 싶었는데 왜 다 떠나고 말았을까요? 그 녀석들을 데려온 것은 잘한 일이었을까요? 맥스웰이 살다 간 시간이 너무 짧아 애통했지만 그래도, 그래도, 살아봐서 다행이라고 생각했습니다.

쥐는 해충도 유해동물도 아닙니다. 맥스웰은 점잖고 호기심 많고 영혼을 가진 생명체임을 분명히 보여 주었습니다. 내가 알았던 다른 모든 동물처럼 맥스웰은 모든 존재가 소중하고 존중과 사랑을 받을 가치가 충분하며 삶과 죽음의 과정에 대해 도움을 받을 가치가 있음을 증명했습니다. 아마도 맥스웰이 알려 준 이런 교훈은 사람들의 조롱에도 불구하고 자기 믿음에 따라 단호하게 행동한 마이클과 조니, 두 젊은이의 참된 용기 덕분에 더 빛난다고 생각합니다. 세상에 죽어 마땅한 존재란 없고 모든 생명은 고통을 느끼고 죽음을 두려워한다는 것을 맥스웰을 통해 배웠습니다.

소아 당뇨 고양이 루크

수많은 시간을 동물들과 함께 보내면서 언제나 '내가 뭔가 잘못하지 않았나?' 라는 죄책감을 마음 한 구석에서 내치기가 쉽지 않습니다. 동물들에게 사고나 질병이 찾아오면 나의 무관심이 아이들을 저렇게 만든 게 아닌가 항상 되돌아보게 되니까요. 본능적으로 몸에 남은 야생성 때문인지 동물들은 표현하거나 불평을 거의 하지 않기 때문에 신체적 질병을 감지하기가 정말 어렵습니다. 잇몸 질환에서

부터 암이나 루프스(얼굴이나 목 부위의 결핵성 피부병-옮긴이), 당뇨에 이르기까지 심각한 문제가 있음을 깨달았을 때는 이미 한참 진행된 경우가 많습니다. 그럴 때면 스스로를 자책하느라 너무 힘듭니다.

어느 날 늦은 오후 앞뜰 돌 위에 새끼 고양이가 한 마리 앉아 있는 것을 보았습니다. 우리와 함께 사는 고양이 루시를 축소해 놓은 것 같은 모습이었지요. 흰색 바탕에 회색 줄무늬 옷을 입은 새끼 고양이는 앞발을 얌전히 모은 채 앉아 있었습니다. 크기로 봐서 잘해야 6주 정도 되었을까요?

우리 가족은 새끼 고양이를 입양하기로 결정했고 루크라는 이름을 붙여 주었습니다. 동물병원에 가서 각종 검사와 예방접종을 했는데 페트리지 선생님 말로는 루크는 6주가 아니라 6개월 정도 되었다고 했습니다. 아마도 너무 어릴 때 버려져 영양부족으로 크지 못한 것 같다고 했습니다. 그 말을 들은 나는 울컥했고 루크에게 최고의 음식으로 식단을 짜주었습니다.

루크는 명랑한 고양이는 아닙니다. 왠지 슬퍼 보였고 조용했으며 때때로 넋이 나간 것처럼 보였습니다. 그 어린 것이 혼자서 살아남기 위해 얼마나 애썼을까요? 자신이 왜 버려졌는지에 대해 생각하고 있을지도 모른다는 생각을 했습니다. 하지만 그런 무기력한 모습이 만성적인 질병을 가진 동물들의 모습임을 나는 그때 몰랐습니다.

3개월이 지나 루크는 청소년 고양이로 자랐지만 움직이는 모습은 여전히 마치 백 살은 된 노인처럼 보였습니다. 즐거운 표정이라고는 찾아볼 수 없었고 눈빛은 슬펐습니다. 놀아 주려고 온갖 시도를 해도 루크는 거부했습니다. 다른 고양이들처럼 낙엽이나 나비를 쫓지 도 않았고 알루미늄 호일로 만든 공이나 실타래에도 관심을 보이지 않았습니다. 움직일 때는 발자국을 떼는 것이 괴로운 냥 느릿느릿 걸었습니다.

식사 시간이면 게걸스러워 보일 정도로 잘 먹는 루크인데 살은 찌지 않았고 자꾸 잠만 잤습니다. 나는 루크의 윤기 없는 털과 너무 마른 몸 때문에 페트리지 선생님에게 문의를 했고 선생님은 기생충이 많아서 그럴 수 있다며 구충을 하면 좋아질 것이라며 나를 안심시켰습니다. 하지만 그것도 효과가 없었고 그 사이 루크는 더 말랐고 더 조용해졌습니다. 뭔가 다른 검사가 필요한 때였고 다시 병원을 찾았습니다. 검사 결과를 기다리던 나에게 페트리지 선생님은 믿을 수 없는 말을 했습니다.

"죄송해요, 리타. 좀 더 일찍 검사를 했어야 했는데……. 루크가 소아당뇨를 앓고 있는데 생존 가능성이 거의 없습니다."

소아당뇨 중에서도 가장 심각한 종류였습니다. 그동안 루크는 인슐린을 전혀 만들지 못하고 있었다는 의미였습니다. 페트리지 선생님은 루크가 이런 상태로 생의 첫 1년을 살아남았다는 것은 정말 불가사의한 일이라고 했습니다.

하지만 나는 그 결과에 죄의식을 느꼈습니다. 루크가 아픈 것을 알아차리지 못하고 이 아름다운 고양이에게 그런 고통을 겪게 했다는 것을 받아들이기가 힘들었습니다. 새끼 고양이의 어린 시절이라는 것이 모험과 말썽, 호기심과 걷잡을 수 없는 에너지로 상징되는데 그 시절을 나 때문에 잃어버렸다고 생각하니 너무나 슬펐습니다. 나는 더 많은 관심을 기울였거나 더 빠른 조치를 취했어야 했던 것이

카레

버려졌던 새끼 고양이를 임시 보호하게 되었습니다. 너무 작고 힘없던 아이, 카레.
그런데 입양 약속과 취소가 뒤엉킨 그날, 카레가 떠났습니다.
계속 함께 살자고 할 것을, 보낸다 보낸다 하지 말 것을……. 지금도 후회가 됩니다.
말썽 한 번 부리지 않고 눈을 맞추던 아이였는데.
입양 보낸다고 안 했으면 계속 함께할 수 있었을까요?

지요. 사람들이 가끔 "얘 어디 아픈 거 아냐?"라고 말했을 때 그 말을 가볍게 넘겨 버린 나를 용서할 수 없었습니다.

한 동안 검사 결과를 받아들이지 못하고 죄책감에 시달리던 나는 마음을 추스르고 일어났습니다. 죄책감보다 더 중요한 것은 루크를 살려내는 일이었으니까요. 나는 최선을 다했고 앞으로도 최선을 다할 거라고 마음을 다잡았습니다. 나는 루크가 제 수명을 넘어 살 수 있도록 최선을 다해 도울 준비가 되어 있었습니다. 죄책감보다 치료를 위해 루크와 내가 함께 힘을 모으는 일이 가장 중요한 때였습니다.

5년이 지난 지금 루크는 윤기 나는 부드러운 털과 반짝이는 에메랄드빛 눈을 가진 5킬로그램의 건강한 고양이가 되었습니다. 혈당 수치를 조절하기 위해 하루에 두 차례 인슐린 주사를 맞고 음식을 조절하는 것만 빼고는 아무 문제 없이 살고 있습니다. 루크는 살아 있습니다.

루크에게는 코 주변에 이마를 향해 난 하얀색 나선형 수염이 있는데 그 모습을 보고 있자면 누군가 이 아름다운 고양이의 몸을 빌려 살고 있는 게 아닌가라는 생각이 들기도 합니다. 루크는 귀엽고 사랑스런 이름 대신 위대한 의사인 세인트 루크(St. Luke)의 이름을 따서 지었는데 아마도 이름 덕을 보는 것 같기도 합니다. 어쨌든 루크는 살았고 이제 그건 일상일 뿐 그리 놀라운 일도 아닙니다. 고양이가 무슨 일인들 못할까요?

나는 작은 회색 쥐와 작은 고양이에게서 실패에 대해 배웠습니다. 그들은 내가 아무리 많이 알고 있어도 결코 모든 문제를 언제나 해결할 수 있을 만큼 또는 모든 질문에 대답할 수 있을 만큼 충분한 것이 아님을 가르쳐 주었습니다. 자꾸만 겸손해지라고 하네요.

그리고 죄책감은 고통스러운 마음의 상태만이 아니라 그저 '인간다운 것' 이라고 받아들이게 되었습니다. 우리가 아프거나 떠나보낸 누군가에게 느끼는 감정인 죄책감에 대해 이제 나는 '완벽하지는 않지만 괜찮다고 위로할 수 있는 것, 진심을 다해 내가 할 수 있는 최선을 다하려고 노력했던 것' 이라고 정의합니다.

그래서 죄책감에 힘들어하지 않기로 했습니다. 죄책감에 빠져 있는 나에게 먼저 떠난 동물들이 해줄 말은 "고마워!"라는 말뿐임을 사실 알고 있으니까요. 그리고 중요한 것은 삶의 양이 아니라 삶의 질임을 알고 있으니까요.

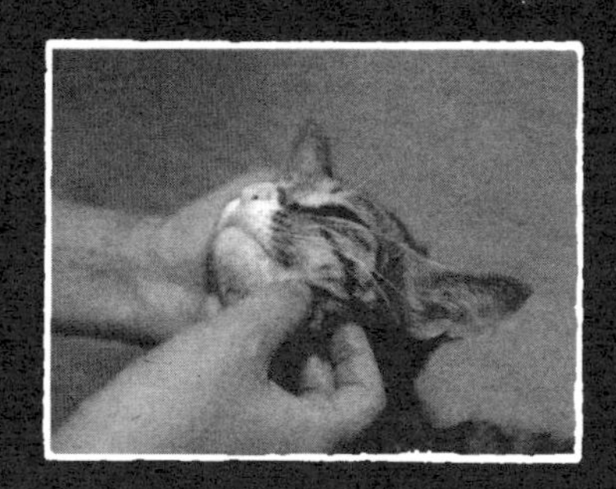

오레오

버려진 녀석을 업둥이로 데려와 다친 다리도 수술시키고
잘 살아보려 노력했는데……. 1년 뒤 결국
그 다리가 문제가 되어 안락사로 보냈습니다.
병원 가기 전날 찍은 사진입니다.
평소에 턱 밑을 긁어 주면 참 좋아했는데…….
그날 제가 해줄 수 있는 게 겨우 그것뿐이었습니다.
미안해. 보고 싶어, 우리 오레오.

13

그 깊은 동물의 슬픔

- 친구의 죽음에 동물들이 대처하는 법
- 단짝 친구를 잃은 살리의 죽음
- 브루스터와 미스 피치의 위대한 사랑
- 가족애가 슬픔을 이긴다
- 쎄쎄라는 늙은 개
- 쎄쎄의 탈출
- 죄책감, 분노 그리고 이해

그 깊은 동물의 슬픔

친구의 죽음에 동물들이 대처하는 법

동물이 죽었을 때 종종 무시되는 슬픔 중 하나가 바로 다른 동물의 슬픔입니다. 동물들은 함께 살던 동물이 떠나면 상실감을 느끼고 때로는 그 슬픔이 너무 커 치명적인 질병에 걸리기도 하고 심지어 죽음에 이르기도 합니다. 슬픔은 인간만의 것이 아닙니다.

1995년 4월 사랑하는 견공 코키가 자신의 생일 다음 날 열다섯 살의 나이로 세상을 떠났을 때 코키의 사체를 동물병원에서 집으로 옮겼습니다. 그리고 흰색 천으로 정성스럽게 싸서 잠시 현관 앞에 눕혀 두었습니다. 그때 다른 동물들이 코키의 죽음을 안 것 같습니다. 천에 싸인 코키를 보는 동물의 시선은 충격이나 두려움은 아니었습니다. 뭔가 다른 것이었지요. 동물 가족들은 그 이후부터 죽기 전에 코키가 오랫동안 누워 있던 곳으로 발걸음을 하지 않았습니다. 그곳이 주방과 현관 사이로 빈번히 오가야 하는 통로였는데도 말이죠. 떠난 자에 대한 예우일까요?

웨기가 떠났을 때도 마찬가지였습니다. 웨기가 떠나자 동물들은

웨기가 마지막 1년 동안 누워서 쉬던 의자에는 절대로 올라가지 않았습니다. 개들이 가장 좋아하는 의자였는데도 말이죠. 그 의자에 올라가는 개가 한 마리도 없자 결국 나는 그 의자를 거실에서 치워 버렸습니다. 이런 동물들의 행동이 자꾸 내게 웨기의 죽음을 생각나게 했으니까요.

안락사를 위해 코키를 데리고 병원에 가기 한 시간 전은 힘들고 혼란스러웠습니다. 코키는 갑작스럽게 큰 발작을 일으켰고 다른 개들은 그것을 보고 겁을 먹었습니다. 그날밤 코키를 안락사시키고 남편과 내가 집에 돌아왔을 때 남아 있던 개들은 전에 없이 조용했습니다. 일부러 내가 목소리를 높여 가며 수선을 떨어야 했을 정도로요.

다음 날 나는 코키의 사체를 묻기 위해 제비꽃이 만발한 아름다운 꽃밭에 구덩이를 팠습니다. 구덩이에 코키의 사체를 묻기 직전 누군가가 지켜보는 듯한 강한 느낌 때문에 고개를 들었습니다. 우리 집 우두머리 개 샘이 나를 가만히 쳐다보고 있었습니다. 꼬마 에디를 묻을 때 스테피에게 그랬던 것처럼, 나는 샘에게 코키의 사체를 보이며 내가 무슨 일을 하는지 최선을 다해 설명했습니다. 샘은 이해하는 것처럼 보였습니다. 샘이 내 눈을 똑바로 들여다보며 고개를 숙였는데 이런 행동은 샘이 나와 대화를 하는 방식이었으니까요. 우리는 같이 코키를 묻고 우리의 특별한 친구에게 작별 인사를 했습니다.

스테피는 내가 에디의 사체를 보여 주었을 때 에디가 더 이상 살아 있지 않음을 알고 에디와 함께하겠다는 선택을 했죠. 나는 스테피가 죽기로 결심했던 것이 바로 그 순간이라고 생각합니다. 페니가 죽을 때 고양이 토머스가 보인 반응도 마찬가지입니다. 페니가 세상을 떠날 때 토머스는 내내 우리 곁에 있었는데 나는 한 동물이 다른 동물의 죽음 과정을 도와주면서 그토록 마음을 쓸 수 있다는 것을 경이롭게 경험했습니다. 또한 고양이가 개에게 그렇게 정을 보였다는 것 또한 감동이었습니다.

사실 고양이 토머스는 여러 면에서 특별했고 페니 이전의 다른 동물에게도 강한 애착을 보였습니다. 우리가 입양한 젖소 무늬의 길고양이 벤저민은 토머스의 절친한 친구였는데 어느 날 자동차 사고로 죽었습니다. 외출을 나갔다가 사고를 당한 벤저민을 누군가 도로 옆 잔디밭에 올려놓아 둔 모양인지, 우리 가족이 소식을 듣고 달려갔을 때 토머스는 벤저민 옆에 누워 그의 앞다리를 차가운 사체 위에 올려놓고 있었습니다. 우리는 그 모습이 너무 고요해서 두 마리 모두 죽었다고 생각했을 정도였습니다. 우리는 토머스에게 친구가 더 이상 집에 오지 않을 거라고 설명한 뒤에야 벤저민에게서 토머스를 떼어낼 수 있었습니다. 그 사건 이후 토머스는 몇 주 동안 우울해했지만 몇 달쯤 지난 후 또 다른 길고양이가 우리의 가족이 되자 새로운 친구를 얻고 기운을 차려 갔습니다.

토머스는 인간만이 친구를 잃은 것을 슬퍼하는 유일한 동물이 아님을 알게 해준 첫 번째 동물입니다. 동물도 죽음 뒤에 남는 공허를 느낍니다. 따라서 그렇게 슬퍼하는 동물은 적절한 관찰을 통해 조치를 취해야 합니다. 친구를 잃은 동물에게서 나타나는 주요 증상은 의기소침, 식욕상실, 갑작스런 공격적 행동과 체중 감소, 어두운 구석에 웅크리고 있는 것, 다른 동물이나 사람들과 어울리기를 거부하는 모습 등입니다. 또한 털이 윤기를 잃고, 심한 알레르기 증세가 생긴다거나 시력이나 청력이 약해지기도 합니다. 질병이라는 것이 정신이나 감정의 균형이 상실될 때 생기는 것이라면 동물들이 심한 슬

픔을 느낀 뒤에 그런 증상이 나타나는 것은 당연한 일입니다.

이럴 때 그들에게 친구의 죽음에 대해 설명해 주어야 하는데 죽음이라는 것이 추상적인 개념이라 설명하기가 쉽지는 않습니다. 하지만 그렇다고 설명을 포기할 수도 없고 나는 말로 최대한 쉽게 설명하면서 친구들이 아픈 몸을 떠나서 빛을 향해 가는 이미지를 떠올립니다. 죽음이 무섭고 두렵기만 한 부정적인 것이 아님을 알려 줘야 하니까요. 친구들은 때가 되어서 떠난 것이고 그곳에서 행복하다고 알려 줍니다. 이렇게 설명하는 사이 동물들은 가끔 자기 몸을 핥는다거나 졸면서 인내심을 갖고 나를 쳐다봅니다. 다른 사람이 보기에 이런 내 모습이 우스꽝스러울 수 있지만 설명을 들은 동물들이 나의 배려에 대해 대단히 고마워하고 이해한다는 것을 느끼기에 아무렇지도 않습니다.

단짝 친구를 잃은 살리의 죽음

그러나 이런 노력에도 불구하고 때때로 동물들의 상실감은 생명을 앗아갑니다. 살리의 상황은 그것을 잘 설명해 줍니다. 1980년 4월의 어느 날 아침 살리는 도로에 서서 우리 집 뒷문을 쓸쓸하게 바라보고 있었습니다. 흰색 바탕에 검정색 무늬의 풍성한 털을 가진 보더콜리 살리의 초롱초롱한 눈빛에는 우리 집 식구가 되고 싶다는 의지가 담겨 있었습니다. 당연히 살리는 우리 가족이 되었습니다. 그런데 하루가 지나 살리가 이웃 마을의 개라는 소식을 듣고 살리를 데리고 그 집을 찾아갔습니다. 그런데 그 집 사람들이 나에게 막무가내로 살리를 입양하라고 했습니다. 살리는 임신 중이었는데 무슨 이유에선지 그들은 살리를 총으로 쏴 죽일 계획이었다고 말했습니다. 그런데 살리가 스스로 사라져 잘됐다고 생각했던 모양입니다. 이렇게 선견지명이 뛰어난 개 살리는 우리 가족이 되었습니다.

살리는 아주 착한 개로 우리 집에 있던 다른 동물 친구들로부터 환대를 받았습니다. 살리는 특히 비글인 파슬리와 절친한 친구가 되었는데 파슬리 역시 이웃 마을에 살던 개로 쫓겨나 2년 전에 우리에게 입양된 녀석입니다. 파슬리와 살리는 보기 좋은 짝이었고 떨어질 수 없는 사이가 되었습니다.

살리는 입양 후 3주 뒤에 여섯 마리의 새끼를 낳았고 젖을 떼기 전 꼬박 6주 동안 어미 노릇을 훌륭하게 했습니다. 그 기간 동안 살리는 집을 거의 떠나지 않았고 파슬리는 보모처럼 그 곁에 머물렀습니다. 강아지 네 마리는 입양을 보냈고 두 마리(웨기와 코키)는 함께 살기로 했습니다.

새끼들이 어느 정도 자라자 살리와 파슬리는 어울려 산에 놀러 가는 게 일이었습니다. 그런데 가끔씩 제때 돌아오지 않아 나를 화나게 하기도 하고 걱정을 끼쳤습니다. 한 번 나가면 2~3일 만에 돌아왔으니 애간장이 녹을 수밖에요. 두 녀석은 며칠 만에 도깨비풀, 진드기, 진흙으로 뒤범벅이 돼서 돌아와서는 먹고 쉬면서 다시 원기를 회복하고는 했습니다. 둘은 같이 먹고 같이 자고 같이 놀면서 떨어질 수 없는 하나가 되어 갔습니다.

2년 후의 12월 어느 이른 아침 두 녀석은 산으로 또 여행을 떠났고 언제나 그랬던 것처럼 그날 저녁 돌아오지 않았습니다. 그런데 그때가 마침 사냥 시즌이 시작된 터라 나는 다른 때와 달리 밤새 불안했

이쁜이

새끼 때 아빠 개에게 물려
뒷다리 마비가 와서 버려진 이쁜이.
우리집에 와서 다리는 정상이 되었는데
그때 초능력도 같이 생겼나 봅니다.
2미터 넘게 박힌 수도관도 뽑을 정도였으니까요.
매일 사고를 쳐 섬에 사는 삼촌댁으로 보내진 이쁜이는
자꾸만 도망쳐서 바다로, 바다로 달려가더랍니다.
결국 섬에서 별이 된 이쁜이. 정말 보고 싶다.
니가 물어뜯어 단 한번도 신어 보지 못한 하얀 샌들은
아직도 신발장에 남아 있는데…….

습니다. 아니나 다를까 다음 날 새벽 살리가 혼자 몸을 질질 끌다시피 집으로 들어왔습니다. 순간 무슨 일이 있었음을 느꼈고 며칠이 지나도 파슬리가 돌아오지 않자 직접 찾아나섰습니다. 산을 뒤지고 동물보호소를 찾아다녔지만 소용없었고 그렇게 파슬리를 찾는 일은 일 년 동안 계속됐습니다. 그러면서 나는 많은 비글을 만났는데 사냥 시즌인 11월 말부터 1월 초까지 사냥꾼들에게 붙잡혀 일하다가 시즌이 끝나 버려진 개들이었습니다. 아마 파슬리에게도 비슷한 일이 일어났을 것입니다.

산속에서 파슬리가 사냥꾼들의 총에 맞았든 그들에게 잡혔든 살리가 목격했을 테고 그 기억은 영원히 살리를 고통스럽게 할 터였습니다. 살리는 항상 겁에 질려 있었고 큰 소리에 점점 더 민감하게 반응했습니다. 톤이 높은 목소리나 언쟁하는 목소리를 들으면 벌벌 떨었습니다. 내가 옆에 바짝 붙어 있지 않으면 문 밖으로 나가는 것조차 거부할 정도가 되었습니다. 틈만 나면 산속을 며칠씩 헤매다 들어오곤 하던 자유로운 개 살리는 이제 없었습니다. 살리는 다시는 산으로 가지 않았으니까요.

살리가 받은 정신적 충격은 몸도 망가뜨렸습니다. 너무 잔인한 일이었지요. 살리는 점차 모든 것에 알레르기 반응을 보였고 페트리지 선생님은 벼룩 알레르기 같다고 했지만 아무리 목욕을 시키고 좋다는 약을 써 보아도 호전되지 않았습니다. 자기 몸을 심하게 긁어 살갗이 벗겨졌고 급기야 몸에 털이 거의 빠졌습니다. 나는 피부를 보호하기 위해 부드러운 티셔츠를 사서 살리에게 입혀 주기도 했습니다.

살리의 피부병이 일반 피부병이 아니라는 것은 살리가 무슨 소리가 날 때마다 자기 몸을 더 긁었기 때문에 알 수 있었습니다. 아주 작은 소리도 살리를 미치도록 긁게 만들었으니까요. 진공청소기 소리, 폭죽 소리, 아이들이 노는 소리, 아주 멀리서 들리는 총소리에도 살리는 자기 몸을 긁었습니다. 그건 자기 학대에 가까웠지요. 기관지염 때문에 연달아 하는 나의 기침 소리에도 살리는 반응했습니다. 살리는 나를 지그시 바라보고 있다가도 내가 기침을 시작하면 기침이 멈출 때까지 주저앉아서 긁다가 기침까지 따라했습니다.

살리는 점점 체중이 줄었고 회복될 수 없을 정도로 시력을 잃었으며 청각 장애도 생겼습니다. 내가 보기에 살리는 살고 싶지 않아 도망치는 것 같았습니다. 마침내 힘든 저항 끝에 살리는 울혈성심부전(심장이 기능을 잃으면서 다른 조직으로 혈액이 모이는 질환-옮긴이)으로 숨을 거두었고 내가 진단한 원인은 파슬리였습니다. 단짝 친구를 잃고 스스로 죽음을 택하는 일이 인간 사이에서만 가능한 일은 아니니까요.

총을 피해 우리 집으로 왔던 살리는 결국 총으로 생명을 앗는 사냥꾼에게 친구를 잃고 자신도 무지개다리를 건너고 말았습니다. 살리는 지금 그곳에서 파슬리와 산을 뛰어다니고 있을까요?

브루스터와 미스 피치의 위대한 사랑

닭 브루스터 루스터는 내게 많은 것을 알려 준 동물 스승입니다. 브루스터는 유난히 근사한 암탉 미스 피치와 친했는데 다른 수탉과 달리 여러 암탉을 따라다니거나 하루이틀 만에 암탉을 바꾸지도 않았습니다. 미스 피치에 대한 충성심은 그의 운명이었으며 그의 눈에는 미스 피치만 보이는 것 같았습니다. 밤이 되면 둘은 헛간에서 코를 고는 염소들 위쪽 높은 곳에 자리를 잡고 나란히 잠이 들었고 낮에는 정원과 들판을 함께 산책했습니다. 브루스터는 미스 피치에게 줄 맛있는 벌레를 찾아내며 즐거운 나날을 보냈습니다.

그들의 관계가 6개월로 접어들었을 무렵 미스 피치가 갑자기 병이 났고 나는 살리기 위해 온갖 노력을 했는데도 불구하고 너무 빨리 떠나 버렸습니다. 너무나 조용하게 몸부림이나 두려움도 없이 두 번 큰 숨을 쉬더니 편안하게 숨을 거두었습니다.

그때 들판에서 이 모습을 지켜보던 브루스터의 머리가 한 쪽으로 기울어지는 게 보였습니다. 그날밤 브루스터는 미스 피치의 빈자리 옆에서 혼자 잠이 들었지요. 다음 날 아침이 되자 브루스터는 음식을 거부하기 시작했습니다. 심지어는 그들이 함께 낮 시간을 보냈던 들판도 거들떠보지 않았습니다. 그렇게 우울한 시간을 보내던 부루스터는 3일째 되던 날 풀숲에 커다란 머리를 바닥에 댄 채 그대로 세상을 떠났습니다. 사랑하는 최고의 친구를 잃은 것을 슬퍼하면서.

의심 많은 사람들은 살리와 브루스터의 죽음은 그저 병 때문이라고 말하지만 나는 살리는 파슬리를 따라갔고, 브루스터는 미스 피치를 따라갔다고 생각합니다. 그곳에는 파슬리와 미스 피치가 그들을 기다리고 있겠지요. 미스 피치가 떠나갔을 때 브루스터가 걱정된 나는 브루스터에게 긍정적인 말을 계속했습니다. 그런데도 브루스터의 체력은 서서히 떨어졌습니다. 애인을 잃은 슬픔을 내가 하는 말 따위가 이길 수 없었던 것이지요.

브루스터까지 떠나자 나는 혹시 그 무섭다는 조류전염병이 도는 게 아닌가 해서 검사를 했지만 나머지 25마리의 암탉에게서는 질병의 징조가 없었고 또한 그 둘 이외에 그 해에 죽은 닭은 한 마리도 없었습니다. 브루스터는 병으로 죽은 게 아니라 미스 피치를 따라간 겁니다. 나는 위대한 사랑과 깊은 감성을 보여 준 브루스터에게 또 많은 것을 배웠습니다. 그들은 이번 생에서 사랑이라는 가장 값진 것을 배우고 떠났습니다.

가족애가 슬픔을 이긴다

동물 사이에도 사람만큼 깊은 가족애와 동료애가 형성됩니다. 특히 개, 나귀, 염소가 그렇죠. 특히 나귀와 염소는 강한 가족관계를 형성해 평생을 지내기 때문에 그들에게 가족의 분리는 대단히 힘든 일입니다.

1995년 여름 열세 살짜리 염소 포브가 죽었을 때 나는 남은 염소 네 마리가 걱정됐습니다. 게다가 모두 나이도 많아서 에밀리와 이사벨은 열네 살, 샌티와 아만다는 열세 살이었으니까요. 포브가 죽고 몇 주가 지나도록 염소들은 우리에서 나와 풀을 뜯거나 숲속 산책을 거부했습니다. 윤기가 흐르고 숱이 많던 털은 칙칙해졌고 숱도 많이 빠져 있었습니다. 나는 이 염소들을 어떻게든 살려야겠다는 생각에 6개월짜리 수컷 염소를 입양했고 행운의 의미로 수호성인의 이름을 따 패트릭이라는 이름을 지어 주었습니다. 패트릭이 나머지 염소들에게 활력을 되찾아 주기를!

내 직감은 맞았습니다. 암컷 염소들은 곧바로 기력을 회복했습니다. 협력해서 작은 염소를 보살피라는 나의 모성애 자극 프로그램은 암컷 염소들이 패트릭을 너무 엄하게 다그치며 돌봐서 비록 계획이 조금 어긋나기는 했지만 궁극적으로 암컷들에게 삶의 의미를 되찾아 주었습니다. 패트릭은 2주 만에 그들의 사랑스런 식구가 되었고

3주가 되자 암컷들은 다시 풀을 뜯으러 나갔고 털도 다시 윤기가 흐르기 시작했습니다. 자식을 잃고도 남은 자식 때문에 사는 부모의 마음이 이런 것이겠죠.

나는 동물의 슬픔은 너무나 깊어서 말 그대로 그들이 삶에서 도망치겠다는 선택을 하면 무엇으로도 막을 수 없음을 압니다. 나의 사랑스런 오리 스테피도 에디의 죽음 후에 떠나겠다는 결심을 했지요. 나는 스테피가 그립기는 하지만 평생의 상대와 다시 만나게 돼서 한편으로는 기쁘기도 합니다. 스테피의 죽음은 너무나 자연스럽고 편안해 보였으니까요. 절친한 상대가 죽었다고 그뒤를 따르겠다는 결정을 어렵지 않게 내리는 동물들을 보면서 나는 동물들의 우정과 사랑, 연대감과 충성심의 깊이에 매번 놀랍니다.

쎄쎄라는 늙은 개

많은 동물들이 내게 삶과 죽음에 대해 교훈을 주었습니다. 그중 쎄쎄라는 개가 준 교훈은 내게는 너무 어려운 것이었습니다. 쎄쎄는 내가 삶과 죽음에 대해 어느 정도 알게 되었다고 생각하고 있을 때 나타나 진지하게 다시 한 번 성찰할 필요가 있다고 깨우쳐 주었으니까요. 그것도 아프게!

나이도 많고 고치기 어려운 병에 걸린 동물들이 우리 집을 많이 거쳐 갔기에 나는 쎄쎄가 우리 집에 왔을 때 특별히 어려우리라는 생각은 하지 않았습니다. 하지만 그때가 1998년 5월이었는데 그 이후의 시간은 도저히 예상치 못한 일들의 연속이었습니다.

쎄쎄가 오기 직전 하운드 핏줄이 섞인 강아지 에메트가 갑자기 우리를 떠났습니다. 원인은 대동맥에 생긴 악성종양 때문이었는데 사전에 아무런 경고도 없었기에 나도 에메트의 죽음에 적절하게 준비를 할 수 없었습니다. 의학적으로도 에메트를 구할 방법이 없음을 알고 있었고 그것이 에메트가 이곳을 떠나는 과정이라고 받아들이고 싶었지만 슬픔은 피할 수 없었습니다. 4개월 전 엄마가 떠난 뒤에 마음을 추스릴 사이도 없이 에메트를 순식간에 잃고 나자 나는 진이 빠져 버렸습니다. 나는 간절하게 기도했습니다. 지금은 더 이상 어떤 동물도 내게 보내지 말아 달라고. 내겐 더도 덜도 아닌 휴식이 필요했고 나의 이런 바람이 그리 무리한 요청은 아니라고 생각했습니다.

그러나 에메트가 떠난 지 딱 '이틀' 후에 베스라는 한 젊은 여성이 다급한 목소리로 전화를 걸어왔습니다. 그녀의 어머니가 9개월 전에 돌아가셨는데 어머니는 베스와 그녀의 오빠에게 재산이 아니라 개와 고양이 몇 마리를 남겼다고 했습니다. 다행히 다른 동물들은 베스가 맡기도 하고 적당한 곳에 입양이 되었는데 나이가 많은 쎄쎄는 있을 곳을 찾기가 어렵다며 도움을 청했습니다. 쎄쎄는 콜리와 요크셔테리어 잡종인데 난청이 있는데다가 노령이었고 백내장이 있었습니다. 또한 류머티스성 열병 때문에 심장에 잡음이 있어서 행동이 느렸고 보살핌이 필요한 상태라고 했습니다. 물론 이런 자잘한 질환들이 아주 심각한 것은 아니지만 노령이라 선뜻 맡아 주는 곳이 없었던 것입니다. 쎄쎄처럼 특별한 보호와 약물치료가 필요한 말년의 동물들은 새로운 안식처를 찾기가 쉽지 않습니다.

쎄쎄는 베스 어머니가 가장 좋아하는 개였다고 합니다. 그래서 어머니가 떠나면서 가장 걱정을 많이 했고 그래서 베스도 오빠도 쎄쎄를 입양할 곳을 찾고 있었습니다. 하지만 영 찾을 수 없다면 안락사 밖에 방법이 없다고 했습니다. 베스의 아파트는 비좁았고 그나마 친절한 집주인도 베스에게 소형견만 기를 수 있다고 못을 박은 터였습니다. 나와 베스는 일주일 동안 열심히 찾아보았는데 아무런 결과를 얻지 못했고 쎄쎄에게는 시간이 얼마 남지 않은 것처럼 보였습니다.

결국 내가 쎄쎄를 입양하기로 했습니다. 더 이상 개를 보내지 말아 달라고 기도한 것도 나였고 쎄쎄를 받아들여야 한다고 주장한 것도 나였습니다. 쎄쎄를 들이기로 결정하고 나니 마치 에메트가 떠난 것이 쎄쎄에게 자리를 내주기 위한 것이 아닌가란 생각이 들었습니다. 우리 집에는 이미 열다섯 마리나 되는 개가 있었기 때문에 에메트가 떠나지 않았더라면 새로운 개를 데려올 엄두도 내지 못했을 테니까요. 게다가 나는 두 사람(베스와 그녀의 어머니)에게 깊은 신뢰와 애정이 느껴졌습니다. 나와 베스는 부모를 잃은 것에 대해 긴 치유의 대화를 나누었고 쎄쎄는 우리에게 분명히 치유자이자 메신저가 되어 줄 것 같았습니다.

쎄쎄의 탈출

쎄쎄는 매우 다정했고 점잖았으며 예의바른 개였고 함께 있으면 즐거웠습니다. 그러나 쎄쎄는 우리 집의 어떤 개도 보여 준 적이 없는 행동을 해서 나를 놀라게 했습니다. 쎄쎄는 매일 탈출구를 찾는 것처럼 집 안이나 정원의 울타리를 따라 어슬렁거렸습니다. 바쁘게 두리번거리는 쎄쎄의 뒷모습은 탈출구를 찾는 것 같기도 했고 때로는 누군가를 찾는 것 같기도 했습니다. 물론 그 누군가는 베스의 어머니 메리겠지요.

메리가 쎄쎄를 아끼고 걱정했던 것처럼 분명 쎄쎄도 메리에게 같은 마음을 가졌을 겁니다. 그 마음을 알기에 쎄쎄의 행동이 이해가 갔습니다. 하지만 밤에도 쉬지 않고 어슬렁거리는 쎄쎄를 그냥 둘 수는 없었습니다. 쎄쎄를 쉬게 하려고 계속 안심시키면서 옆에서 함께 잠을 자야 했습니다. 그러면 쎄쎄는 어슬렁거리는 것을 잠시 멈추고 짖기 시작했고 짖기가 멈추면 다시 어슬렁거렸습니다. 쎄쎄하고 지낸 매일 밤은 정말 길었습니다!

쎄쎄의 이런 행동은 메리를 찾거나 부르는 것이 분명했습니다. 그래서 나는 메리의 죽음에 대해 쎄쎄에게 말했습니다. 메리는 잘 있으며 언젠가 다시 만날 것이라고 설명해 주었습니다. 그리고 앞으로는 내가 최선을 다해 잘 보살펴 주고 사랑해 줄 것이니 걱정하지 말라고도 말했습니다. 그리고 우리와 오래 함께 있어 주었으면 좋겠다는 바람도 전했습니다. 정말로 나는 신사 쎄쎄가 고령이기는 하지만 우리와 함께 오래 머물러 주기를 원했습니다.

그러나 이런 나의 말을 알아들은 것 같던 쎄쎄는 우리 집에 온 지 2주 되던 날 아침 탈출을 감행했습니다. 내가 청소를 하는 동안 환기를 위해 방충망만 닫은 채 현관으로 향하는 미닫이 유리문을 열어 둔 것이 실수였습니다. 세탁기를 돌리려고 지하실로 향하면서 유리문을 닫는 것을 깜빡 잊은 겁니다. 5분 후에 올라 왔을 때 나는 무슨 일이 벌어졌는지 알았습니다. 방충망이 밀쳐져 있었고 쎄쎄가 보이지 않았습니다. 몸집이 작은 개라면 쉽게 나갈 수 있는 틈이었는데도 우리 집 개들은 아무도 나가지 않았는데 커다란 몸집의 쎄쎄만 사라진 겁니다. 몸집으로 봐서는 불가능한 일이었으니 쎄쎄가 얼마

코코

14년을 함께 산 아들내미가 하나 있습니다.
4년째 당뇨를 앓았지만 그것 빼고는 아주 건강했습니다. 합병증으로 폐렴이 왔고
응급실에서 위독하다는 전화를 받고 달려갔는데 날 보자마자 정신을 잃더군요.
결국 제 품에서 숨을 거뒀습니다. 제가 코코의 귀에다 대고 "코코야, 사랑해!"라고 말한
그 순간 심장박동이 딱 한 번 선을 그렸습니다. 제게 작별을 고하듯이요.
남겨진 사진, 남겨진 옷, 인슐린 주사기, 이름이 새겨진 쿠션……. 이젠 코코를 가슴에 묻습니다.
마지막 남은 시간들을 오랫동안 함께 있어 주지 못해 정말 미안하다고 꼭 전해 주고 싶습니다.

나 필사적이었는지 짐작이 갔습니다.

함께 살던 반려동물이 집을 뛰쳐나가는 일은 정말 흔치 않은 일이었기에 나는 엄청난 죄의식에 시달렸습니다. 게다가 쎄쎄가 어떤 녀석입니까? 메리가 떠나면서까지 그토록 걱정했던 쎄쎄를 끝까지 지켜주지 못한 죄책감이 밀려왔습니다. 그러나 쎄쎄의 탈출은 아마도 '예정된' 일이었던 것 같습니다.

해가 진 뒤까지 모두 찾아 나섰지만 나는 왠지 쎄쎄가 멀리 가버렸다는 느낌이 들었습니다. 난청인 쎄쎄는 우리가 부르는 소리를 잘 들을 수 없을 테고, 이곳은 쎄쎄가 살던 집이 아니라 밖에 나가자마자 사방으로 난 산길 앞에서 놀랐을 테고, 나이가 많아 갑자기 닥친 일에 쉽게 진정하지 못하고 당황했을 터라 쎄쎄를 찾을 가능성이 적어 보였기 때문입니다.

다음 날 오후 붙인 전단지를 본 이웃에게서 연락이 왔습니다. 어느 이웃의 집 마당에 쎄쎄가 죽은 채 누워 있다고. 심장 때문에 갑자기 세상을 떠난 것입니다.

죄책감, 분노 그리고 이해

그 소식을 듣고 나는 망연자실했습니다. 내 눈앞에서 벌어진 일이 아니어서 처음에는 믿을 수 없었고 혼란스러워하다가 곧 죄책감이 밀려왔습니다. 쎄쎄가 그렇게 죽다니! 문을 닫지 않은 부주의함 때문에 나는 씻을 수 없는 죄를 지은 것 같았습니다. 또한 베스와 그녀의 오빠를 실망시켰다는 생각에 또 죄스러웠습니다. 그들은 소중한 어머니의 개를 내게 맡겼는데 내가 쎄쎄를 죽게 했으니 말이죠. 나는 이 모든 일이 사실이 아니라 꿈이길 바랐습니다.

이틀이 지난 후 나는 연필과 종이를 꺼내들었습니다. 뭐라도 써야 할 것 같았습니다. 적어도 내면의 나에게 닿고 싶었고 어쩌면 그렇게 쎄쎄와 연결되고 싶었는지도 모릅니다. 쎄쎄에게 하고 싶은 내 마음속에 있던 말들이 술술 종이 위로 옮겨졌습니다. 쎄쎄와 함께했던 시간이 행복했고 메리와 함께 있기를 바란다는 나의 바람을 적었습니다.

그런 다음 쎄쎄가 내게 보내는 편지를 써보았습니다. 쎄쎄가 내게 해줄 말은 충분히 예상 가능했으니까요. 쎄쎄는 나와 함께 보낸 시간 동안 나의 사랑과 보호에 대해 감사하고 메리의 죽음 이후 내내 비통해하며 메리를 찾았던 쎄쎄는 지금 엄마와 있어서 매우 행복하다는 것을 내가 알아 주기를 바란다고 쓰고 있었습니다. 우리는 속 깊은 동물들이 남은 우리들에게 어떻게 말할지를 뻔히 알면서 그렇게 비통해하고 죄의식을 갖고 삽니다. 하지만 많은 동물들은 쎄쎄처럼 언제나 남은 우리들에게 사랑과 위로를 전할 뿐입니다. 그들은 친절하니까요.

3개월 후 베스를 만나 이야기하면서 메리의 죽음 직후부터 쎄쎄가 어슬렁거리며 짖기 시작했고 그 전에도 몇 차례 탈출을 했음을 알았습니다. 그때부터 이미 쎄쎄는 메리에게로 가고 싶었던 겁니다.

내가 쓴 쎄쎄의 편지에 나는 스스로 고개를 끄덕였고 나는 그것이 진정 그 다정한 개의 영혼이 쓴 글이라고 믿습니다. 슬픔이 너무나 깊어서 이 생애에서는 해결할 수 없는 쎄쎄는 자기가 가장 좋아하는 메리에게 달려가서 안겨야만 안식을 찾을 수 있을 테니까요. 그리고 쎄쎄의 심약한 심장은 메리에게로 가는 완벽한 통로가 되었습니다.

나는 쎄쎄와 있는 동안 짖고 어슬렁거리는 쎄쎄 때문에 잠도 못 자고 힘들었지만 그 사이 쎄쎄가 메리를 잃고 힘들어한 것에 비하면 아무것도 아니었을 것입니다. 쎄쎄는 당시 메리에게 가고픈 그 일 외에는 다른 생각이 없었을 테니까요.

나는 죄책감에 괴로워하면서 자꾸만 과거로 되돌아갔습니다. 내가 그때 유리문만 열지 않았어도, 아니 세탁하러 지하로 내려가지만 않았어도…… 쎄쎄는 살 수 있지 않았을까? 하지만 이런 후회는 아무 소용이 없음을 압니다. 아마 쎄쎄는 그날이 아니더라도 탈출을 감행했을 것이고 어떤 방법으로든 메리에게로 떠났을 테니까요.

처음에는 화가 많이 났습니다. 쎄쎄가 어떻게 나에게 이럴 수 있을까? 어차피 메리에게 갈 거였다면 나에게 이런 죄책감을 주고 떠날 필요는 없지 않았을까? 어느 날 마당 벤치에 앉아 나는 쎄쎄에게 이런 마음을 이야기했습니다.

"쎄쎄, 너 어떻게 나한테 이럴 수 있니? 내가 얼마나 상처를 받을지는 생각 안 했어? 어차피 떠날 거라도 다른 방법은 없었니?"

이렇게 말하고 나서 나는 한참을 조용히 생각했습니다. 이런 나의 모든 마음은 쎄쎄를 보낼 수 없고 보내기 싫어서 하는 표현일 뿐이라고. 그리고 인정했습니다. 쎄쎄가 떠난 방법은 자기가 알고 있는 최선이었음을.

어차피 나도 언젠가 분명 쎄쎄를 다시 만날 것입니다. 그때 우리는 더 많이 친해질 수 있고 더 많은 시간을 함께 보낼 수 있겠지요. 그리고 운이 좋다면 메리도 만날 수 있을 겁니다. 메리에게 쎄쎄처럼 다정한 아이와 짧지만 함께 살 수 있는 기회를 준 것에 감사하다고 말해야겠습니다.

쎄쎄는 내게 또 다른 교훈을 주고 떠났습니다. 동물 각자의 상황에 귀 기울이고 만약 그들이 원한다면 내가 힘들어도 그들이 떠나는 것을 이해해야 한다는 것을요. 그리고 동물들의 슬픔의 깊이도 인정해야 함을 말이죠. 쎄쎄는 인간 친구의 죽음을 가장 슬퍼한 개로 내게 남아 있습니다.

14
죽음 너머에는

- 무지개다리 건너의 세상
- 할로윈 고양이 파치
- 이별 없는 사랑은 없다
- 죄책감을 떨쳐 버린다
- 동물의 새로운 삶을 축하한다
- 이해해 주는 사람을 찾는다
- 작별인사를 하기에 너무 늦은 때란 없다
- 떠난 친구 기리기
- 잊지 않기
- 또한 나를 보살핀다
- 슬픔을 놓기

죽음 너머에는

무지개다리 건너의 세상

반려동물의 죽음을 대면하고 내가 가장 힘들었을 때는 '죽음은 아무것도 아닌 것이 되어 사라져 버리는 것'이라고 생각할 때였습니다. 단지 눈에 보이는 것이 전부라고 생각하며 살던 때였습니다. 그러니 육체가 없는 생명이 무슨 의미가 있냐는 생각을 했던 것이죠. 그렇게 생각할 때 죽음은 무섭고 두려운 것이었습니다. 알지 못하니 두렵고 공포스러웠지요.

하지만 이제 동물을 비롯한 모든 생명의 죽음이란 단지 이곳을 떠나 새로운 곳으로 떠나는 여정임을 압니다. 무지개다리 건너에 있는 다른 세상으로요. 그렇기 때문에 무지개다리 건너는 일이 힘들지 않도록 돕는 것이 내 일이 되었습니다. 떠나는 동물들이 두려움을 떨치고 평화를 느낄 수 있도록 돕고 수호천사들의 도움을 요청하는 일이 나의 일입니다.

내가 그들이 온전히 떠날 수 있도록 곁에서 도울 때면 내 안의 슬픔과 분노, 상실의 감정은 사라집니다. 적어도 그 순간만은. 그리고

나는 내 동물 친구들이 되도록이면 쉽고 편안하게 지치고 병든 몸을 빠져나갈 수 있도록 도와줍니다. 영혼이 육체에서 빠져나간 후에도 다른 세상을 헤매지 말고 잘 건너가도록 동무가 되어 줄 수호천사에게 도움을 청하는 일도 남아 있죠. 물론 그 순간에도 나는 슬프지 않습니다. 육체를 빠져나온 동물의 영혼이 아직 내 곁에 있음을 아니까요.

하지만 절망은 그들을 보내고 난 후 혼자라고 느낄 때 찾아옵니다. 생명이 떠난 몸의 침묵과 고요, 그 죽음의 결말은 어떤 말로도 표현할 수 없는 무거움이니까요. 하지만 곧 나는 그런 힘겨운 시간의 소용돌이 속에서 헤어납니다. 동물의 영혼이 아프지 않고 고통스럽지 않게 다른 곳으로 옮겨갔음을 아니까요. 그리고 동물의 사체를 묻고 추억을 정리하는 슬픔의 의식을 통해 비로소 나는 상실의 고통을 덜어내기 시작합니다.

그러나 파치라는 이름의 사랑스런 고양이는 비록 동물이 죽더라도 보호자로서 나는 아직 할 일이 있음을 죽음을 통해 새롭게 가르쳐 주었습니다. 죽음 전에는 영혼이 평화롭게 몸을 떠나는 일을 도와야 하고, 그 이후에도 떠난 영혼을 도와야 한다는 것을요.

'죽으면 영혼은 어디로 가는 걸까?'

'몸을 떠난 영혼은 바로 떠나는 걸까? 나와 함께 잠시라도 있어 주는 걸까?'

'영혼은 새롭게 도착한 그곳에서 외롭지 않게 잘 지낼 수 있을까?'

'영혼을 새로운 세계로 안내해 주는 수호천사는 나타나 줄까?'

파치는 내게 이런 궁금증에 대한 해답을 주었습니다. 죽음을 지난 동물의 영혼이 여전히 내 가까운 곳에 머물러 있다는 것과 영혼이 자기 자신의 새로운 모습과 환경에 적응하기 위해 나의 도움을 필요로 한다는 것을요.

할로윈 고양이 파치

나는 파치를 할로윈 고양이(할로윈 데이에 하는 검은고양이 복장-옮긴이)라고 불렀습니다. 파치는 가냘픈 몸에 빰이 툭 불거져 나온 노란 눈동자의 고양이였습니다. 열네 살이라는 나이를 믿을 수 없게 항상 걷지 않고 겅중겅중 뛰어다녔고 그 어떤 고양이보다 가르랑 소리를 크고 길게 냈습니다.

파치는 자매인 스노볼과 함께 열세 살 때 우리 집에 왔습니다. 둘은 고령의 나이로 집을 옮겨 우리 보호소에 들어오는 예기치 않은 큰 변화를 겪었음에도 불구하고 잘 적응했습니다. 그런데 우리 가족이 된 지 얼마 되지 않아 파치는 갑상선기능항진증을 앓았습니다. 주의 깊은 관찰이 필요했고 약물을 복용해야 했습니다. 그런데 이 느긋한 고양이 파치는 그 상황도 당연하게 받아들였고 언제나처럼 만족스럽게 가르랑거렸습니다. 열정적으로 야옹거리는 것도 여전했구요.

그러나 다음해 파치는 체중이 줄면서 호흡과 건강이 나빠지기 시작했습니다. 식욕은 여전히 왕성했지만 먹는 것이 힘든지 전혀 넘기지 못했고 숨 쉬는 것이 힘든지 거친 숨을 몰아쉬었으며 겅중거리며 다니던 그 특유의 모습도 어슬렁거리는 모습으로 변했습니다. 병 진단을 받고도 오랫동안 잘 지내던 파치가 갑자기 아픈 모습을 보이자 우리는 바로 병원으로 달려갔습니다.

하지만 페트리지 선생님과 동료 의사인 스튜어트 선생님이 전해 준 파치의 소식은 절망적이었습니다. 파치는 현재 폐 바깥으로 공기가 차는 현상 때문에 양쪽 폐가 부분적으로 손상되었는데 점차 몸 전체가 망가질 것이라고 했습니다. 이 말은 더 이상 파치가 음식을 먹으면서 동시에 편하게 숨을 쉴 수 없고 고통만 남았다는 이야기였습니다. 게다가 파치는 고령이어서 손을 쓸 수 있는 방법이 없다고 했습니다. 숨쉬기에 곤란을 겪고 있어 파치는 벌써 산소를 공급받고 있었습니다.

"파치를 고통에서 구해 주는 것이 어떨까요? 한 번 생각해 보세요."

나는 그 말이 무엇을 의미하는지 알았습니다. 잠시 고민했지만 현재로서는 그 방법밖에는 파치를 도울 방법이 없을 것 같았습니다. 하지만 그건 나 혼자 결정할 일이 아니었습니다. 파치에게 어떤 일이 벌어지고 있는지 알려 주어야 했고 파치의 의사를 물어야 했습니다. 그런데 의료진은 다른 고민이 있어 보였습니다.

"파치는 우리가 손을 대는 것 자체를 너무 싫어해서 힘드네요. 주사를 놓는 게 힘들 것 같은데 어쩌죠? 파치가 심하게 저항할 것 같습니다. 힘든 과정이 될 것 같아요."

그러며 스튜어트 선생님이 파치를 안아 올리자 내가 소리를 질렀습니다.

"앗, 안돼요. 잠시만요, 선생님. 내가 데려갈게요. 그리고 조금만 시간을 주세요. 무슨 일이 일어나고 있는지 파치에게 먼저 알려 줘야 해요. 그러면 행동도 달라질 수 있을 거예요. 우리 파치는 항상 그렇거든요."

의사에게 이렇게 말하는 내 모습에 나도 놀랐습니다. 지나치게 소심한 성격의 나는 다른 사람에게 내 의견을 잘 표현하지 못하는데 이때만은 파치를 위해 가만히 있으면 안 된다는 생각에 나도 모르게 소리를 질렀습니다. 스튜어트 선생님은 잠시 놀란 듯 서 있다가 고맙게도 고개를 끄덕이며 나가 주었습니다.

의사가 진료실에서 나가자 나와 아들 마이클은 파치에게 말하기 시작했습니다. 파치는 숨쉬기가 너무 힘든지 호흡기를 대고도 고통스러워했습니다. 우리는 파치를 쓰다듬으면서 곧 모든 통증이 사라질 것이라고 안심시켜 주었습니다.

"파치야, 이제 우리 헤어질 때가 되었나 봐. 네가 가는 그곳에서 너는 이제 병들고 나이 많은 고양이가 아니야. 아프지 않은 몸을 갖게 될 거야. 정말이야. 엄마 말을 믿어. 그곳은 정말 멋진 곳이거든. 거기 가면 정말 행복할 거야!"

파치는 긴장하지는 않았지만 너무 힘들어 보여서 내 말을 듣고 있는 것 같지도 않았습니다. 하지만 나는 계속해서 말했습니다. 파치의 영혼이 지금 어디에 있든 영혼이 몸을 들락날락하고 있더라도 내 말에 귀 기울이고 있을 거라고 믿었으니까요.

"파치야, 그냥 가만히 있다가 떠나기만 하면 돼. 엄마와 마이클이 여기서 너를 도와줄 거야. 우리가 항상 너를 사랑한다는 거 알지? 그러니 겁먹지 마."

스튜어트 선생님이 간호사와 함께 다시 방으로 들어왔습니다. 내가 진료대 앞쪽에 앉아 두 손으로 파치의 머리를 받치고 있는 동안 그들이 파치의 양옆에 섰습니다. 나는 파치에게 다 괜찮다고 이제 편안해질 것이고 곧 몸을 떠날 수 있다고 계속 조용하게 말해 주었습니다. 스튜어트 선생님이 파치의 뒷다리에 주사를 놓을 준비가 되자 나는 다시 말했습니다.

"괜찮아 파치야. 의사 선생님이 너를 돕고 있는 거야."

아마 그때 파치의 눈꺼풀이라도 떨렸더라면 나는 차마 파치를 볼 수 없었을 것입니다. 그러나 파치는 주사를 맞을 때 신음소리조차 내지 않았고 미동도 하지 않았습니다. 나는 파치의 의식이 나의 목소리에서 자신 안으로 옮아가는 것을 느꼈습니다. 나는 파치의 동공이 멈추고 머리를 내 손에 완전히 떨어뜨릴 때까지 파치의 두 눈을 응시했습니다. 이제 영혼은 완전히 떠났습니다. 영혼이 떠나고도 심장이 몇 초 뛰는 동안 나는 다시 파치에게 잘 가라는 인사를 했습니다.

"잘 가. 파치. 안녕, 내 사랑하는 아가."

스튜어트 선생님은 안도의 숨을 내쉬었습니다.

"안락사로 아이들을 보낼 때 매번 이렇게 평화로웠으면 좋겠네요."

내가 말했습니다.

"매 단계마다 아이들에게 어떤 일이 벌어지고 있는지 말해 주는 게 중요한 것 같아요. 그러면 죽는 것이 훨씬 덜 두려울 테니까요. 제가 할 수 있는 일이 그것뿐인 걸요."

동물들을 안락사로 보낼 때 내가 했던 일을 의료진이 해주었으면 하는 바람을 담아서 그에게 이야기했습니다. 스튜어트 선생님은 알아들었다는 듯이 고개를 끄덕이며 방을 나갔습니다.

"파치와 함께 있을 수 있도록 시간을 드릴게요."

정말 감사한 배려였습니다. 나는 내 작은 할로윈 고양이의 생명이 떠난 몸과 잠시 고요하게 함께 있을 수 있었습니다.

눈을 감고 사랑스런 고양이의 얼굴을 떠올렸습니다. 그때 파치가 보였습니다. 바로 눈앞에 보이는 것처럼 생생하게 내 마음 속에 나타났습니다. 파치는 빛을 발하고 있었고 건강해 보였습니다. 그런데 파치가 좀 이상했습니다. 엉덩이를 바닥에 대고 앉아서 머리를 앞뒤로 움직여 가며 두리번거리고 있었습니다. 빛도 생기를 잃어갔습니다.

'내가 어디 있는 거지?'

'내게 무슨 일이 일어난 거지?'

'내가 여기에 어떻게 온 거지?'

나는 파치가 혼란스럽고 당황해하고 있음을 강하게 느꼈습니다. 겁을 집어먹은 것 같지는 않은데 갑자기 오게 된 새로운 환경에 방향을 잃은 것 같았습니다. 나는 생각을 집중하면서 파치에게 말했습니다.

"너는 안전해, 파치야. 엄마가 말했던 아름다운 곳에 있는 거야. 봐, 이젠 편안하게 숨 쉴 수도 있잖아."

내 말이 파치에게 닿은 것 같기는 한데 파치의 관심을 끌지는 못하는 것 같았습니다. 파치는 계속 사방을 두리번거리고 있었습니다. 그러나 시간이 좀 지나자 표정이 혼란스러움에서 호기심과 신비로움, 기쁨으로 변하기 시작했습니다. 다시 파치에게서 빛이 나기 시작했습니다.

"파치야, 주변을 둘러봐. 어딘가에 환하게 빛나는 존재가 있을 거야. 그 빛을 따라가. 그 빛이 너를 안내해 줄 거야. 너를 데리러온 거야."

파치가 곁에 있는 나를 인식하고 있는 것처럼 보이지는 않았지만 내 메시지는 받은 것 같았습니다. 제게 안도감이 느껴졌으니까요. 그때 간호사가 방으로 들어왔고 나는 눈을 떴습니다.

이별 없는 사랑은 없다

죽음의 과정과 그 과정을 돕는 가족들의 정성과 사랑은 모든 종교와 철학을 초월합니다. 특히 불교신자들이 죽음의 길을 떠난 영혼을 돕는 방법은 굉장히 감동적입니다. 불교신자들은 죽은 후 49일 동안 영혼이 겪게 될 상황을 매 단계마다 도와줍니다. 이 관습에 대한 자세한 설명은 소걀 린포체의 책에서 볼 수 있는데 나도 파치와의 경험을 통해 동물의 영혼이 안전하고 평화로운 곳에 갔다는 것을 확신할 때까지 계속 도와주어야 함을 확인했습니다.

파치는 안락사의 전형적인 방식대로 주사를 맞은 지 몇 초 만에 심장이 멈췄습니다. 그렇게 주사를 통해 영혼이 갑자기 몸에서 빠져나가자 혼란을 겪은 것입니다. 안락사가 아니라 자연사로 자연스럽게 천천히 죽음을 맞이했다면 파치의 영혼은 변화에 대한 준비를 하면서 지상과 천상 사이를 이동할 충분한 시간이 있었을 것입니다. 자연스럽게 천천히 이루어졌다면 천상의 세계가 조금은 익숙해져서 그 이동이 덜 충격적이었을 겁니다. 나의 엄마가 그랬던 것처럼 말이죠. 엄마는 열흘 동안 정확한 간격으로 자신의 몸을 나갔다 들어왔다를 반복한 뒤 편안하게 떠났으니까요.

파치의 경험 후 나는 안락사가 마무리되면 반려동물과 함께 있게 해달라고 의료진에게 부탁합니다. 잠시 혼란에 빠졌을 아이를 안심시키면서 영혼이 안전하게 여행을 떠날 수 있도록 도와야 하니까요. 갑자기 맞은 상황이 두려운데 가족마저 다 떠나가고 혼자 덩그러니 남겨진다면 얼마나 혼란스러울까요? 우리는 그 혼란스러운 마음까지 다독여 줘야 할 책임이 있습니다.

그래서 모든 동물병원들이 안락사를 시켜야 하는 동물이 있을 때는 특별히 몇 시간 동안 방을 따로 준비해 주었으면 좋겠다는 생각을 합니다. 음악이나 성가를 틀 수 있는 방으로 조용하고 덜 엄숙한 분위기의 방이면 좋겠습니다. 또한 편안한 의자가 있어서 안락사 전후에 보호자가 떠나기 직전이거나 떠난 반려동물을 조용히 안고 있을 수 있으면 더 좋겠지요. 어두운 조명과 차가운 스테인리스 진료대 위에서 반려동물을 보내기는 싫으니까요. 나는 언젠가는 수의사들도 동물과 그들의 인간 가족에 대한 호스피스 지원의 중요성을 이해하리라 생각합니다.

동물 친구가 죽은 뒤에 그리고 그 영혼이 천상에서의 새로운 생활에 잘 적응해 편안하다는 확신이 들면 나의 관심은 그제야 나 자신에게로 돌아옵니다. 누구라도 다른 존재의 죽음을 바로 옆에서 겪는다는 것은 힘든 일이니까요.

"이제 그만해. 그래봐야 개 한 마리 죽었을 뿐이라고."

"걔 좀 아팠잖아. 오히려 죽은 게 잘된 거야."

"언제 다른 고양이 데려올 거야?"

간혹 주변에서 위로랍시고 이렇게 말하는 사람들이 있습니다. 하지만 가족 같은 반려동물을 떠나보내고 힘들어하는 반려인에게 이런 사람은 차라리 없는 게 낫습니다.

태비

2개월 때 보내야 했던 태비와
성질 있으니 조심하라는 보호소 직원의
말과는 달리 하악질 한 번 하지 않았던 태비형아.
그래서 제 눈에는 고등어 태비만 들어온답니다.

물론 나는 떠난 나의 반려동물이 더 이상 고통받지 않고 편안한 곳에 있다고 생각하기 때문에 마음이 평화롭지만 그렇다고 그립지 않은 것은 아닙니다. 손닿는 곳에 있었던 털북숭이 친구의 체온이 어찌 그립지 않겠습니까?

내 슬픔을 진정시키기 위해 곧 다른 동물을 입양할 계획이 있느냐고 누군가 내게 묻는다면 아무것도, 어느 누구도 방금 세상을 떠난 그 유일한 동물을 대신할 수 없다고 말합니다. 보는 순간 사랑에 빠지고 마는 아무리 귀여운 강아지나 새끼 고양이가 내 앞에 나타난다고 해도 오랜 친구를 떠나보낸 공허함을 채울 수는 없으니까요. 그것은 다른 존재를 사랑하는 필수 조건입니다. 누군가를 사랑한다는 것은 그의 순수한 영혼이 나의 그것과 섞여 하나가 되는 영적 교감의 개념입니다. 다른 것으로 대체할 수 없는 유일함이 있기에 사랑하는 각자는 상대에게 '선물'이 될 수 있는 것입니다.

따라서 내가 사랑하는 누군가가 죽으면 나의 일부분도 죽습니다. 그것은 사랑하기에 감수해야 할 아픈 필연입니다. 이별 없는 사랑은 없으니까요. 반려동물을 보낸 후에는 그것을 인정하는 시간이 가장 힘듭니다.

하지만 그것을 인정하고 나면 나는 다시 일상으로 복귀합니다. 도움이 필요한 동물이 나를 찾아온다면 기꺼이 환영하고 내가 먼저 간 반려동물에게 주었던 모든 열정을 다해 새로운 관계를 시작합니다. 그러다가 아이가 떠난 후 2개월 후 아니 5년 후 어느 날 갑자기 떠난 그 아이가 그리워 허공을 바라보며 예고 없이 눈물을 흘리는 것이지요. 그렇게 사랑은 유효기간이 깁니다.

아직도 죽은 지 3년이 지난 멋진 늙은 오리 테비가 생각납니다. 죽기 전 마지막 겨울 동안 테비는 밤이면 현관 앞 울타리 안에서 잠을 잤습니다. 나는 아직도 새벽녘 하늘을 올려다보며 우리의 소망별을 찾습니다. 내가 매일 아침 테비를 울타리에서 꺼내어 다른 오리 무리가 있는 우리로 데려다 주면서 항상 보여 주었던 별을. 떠난 지 오래되었지만 나는 아직도 속삭입니다.

"테비야, 저기 봐. 우리 별이 얼마나 밝은지! 엄마는 네가 얼마나 멋진 여행을 하고 있는지 종종 궁금해. 언젠가 돌아올 때가 되면 우리 집으로 올 거지?"

다른 존재의 죽음 뒤에 이어지는 공허감은 결코 완전히 사라지지 않습니다. 갓난아기의 정수리에는 숨이 팔딱팔딱 뛰는 대천문이라는 연약한 부분이 있습니다. 매우 조심스럽게 다뤄야 하는 아기들의 급소이자 취약점입니다. 마찬가지로 사람보다 일찍 떠나는 동물을 사랑하는 일은 대천문 같은 급소가 늘어나는 것이라고 할 수 있습니다. 언제라도 툭 치면 눈물이 쏟아져 나오는 약점을 갖게 되는 것이니까요.

그렇다 하더라도 누군가를 기꺼이 사랑할 때 사랑은 언제나 돌아옵니다. 사랑 한 번 못해 본 사람이 약점 하나 없이 강하다고 해도 그게 무슨 소용이겠습니까. 이별이 두려워 사랑하지 못하는 사람은 바보입니다. 사랑은 말로 설명할 수는 없는 것이고 사랑하고 나서야 아프고 나서야 그 의미를 알 수 있는 무한한 우주의 법칙 중 하나입니다.

또한 사랑은 더 많이 줄수록 더 많이 받는다는 것을 나는 수많은 동물과 살며 깨달았습니다. 또한 사랑을 더 많이 줄수록 내 마음 속에 줄 사랑이 더 많이 생깁니다. 그 법칙을 기꺼이 인정한다면 동물 친구가 떠나고 난 후 다른 동물 친구를 받아들일 수 있는 공간이 내 마음 속에 있음을 알게 됩니다. 떠난 친구를 대신한다거나 그들과의 추억을 지운다는 뜻이 아닙니다. 새로운 동물은 먼저 떠난 동물이 나에게 준 것을 더욱 풍요롭게 하고 더욱 확장시킬 것이라는 의미입니다.

나의 사랑스런 새디는 17년 동안 우리 가족이었고 그 시간 동안 항상 함께했습니다. 우리는 누구보다 좋은 친구였기에 새디의 죽음으로 나는 힘들었고 감정적 · 신체적으로 심하게 고갈되어 가고 있었습니다. 그러나 새디가 떠난 지 4주도 채 지나지 않아 한 마리도 아닌 두 마리의 개가 내 삶에 보내졌습니다. 두 녀석은 모두 위험한 큰 수술을 거친 후여서 사랑과 관심, 영양이 풍부한 음식이 절실하게 필요했고 나는 그들에게 필요한 것을 주었습니다. 나는 새디가 내 슬픔을 달래주려고 그 개들에게 우리 집으로 가는 길을 가르쳐 준 것이 아닌지 이따금 생각합니다. 새디는 충분히 그럴 수 있는 녀석이니까요.

나의 보호를 받다가 세상을 떠난 지 얼마 안 되는 생명이 친숙한 곤충이나 야생동식물이라면 그들의 여행이 행복하고 축복받을 수 있도록 기도하는 것만으로도 대개의 경우 충분히 슬픔에서 벗어날 수 있습니다. 그러나 새디와 웨기처럼 오랜 시간 함께 지낸 반려동물의 경우는 죽음 이후의 시간이 정말 힘듭니다. 그런 상황에 처한 사람들이라면 다음의 방법들이 도움이 됩니다.

죄책감을 떨쳐 버린다

반려동물을 보낸 후 느끼는 죄책감은 벗어나기 힘든 감정 중 하나입니다. 나도 동물을 보내고 한동안 죄책감에 빠져 허우적대며 보낸 시간이 아주 많습니다. 그러다가 웨기를 보내는 경험을 통해 죄책감을 떨치는 방법을 알았습니다.

웨기가 떠나고 나는 함께했던 마지막 일주일을 돌아보았습니다. 나는 웨기가 떠나는 데 내 도움이 필요한 시기가 되면 알려 줄 거라 생각했고 그 생각이 맞았습니다. 웨기의 상태에 대해 초조해하지 않았고 웨기가 보낼지도 모를 신호에 집중하고 있었기 때문에 웨기의 신호를 들을 수 있었습니다. 그래서 웨기를 안락사로 보내는 과정이 순조롭고 평화로웠습니다. 그렇게 웨기를 보내고 난 후 나는 다른 동물을 보냈을 때 느끼곤 했던 죄책감을 느끼지 않았고 큰 위안이 되었습니다. 웨기는 잘 떠났고, 나는 웨기를 잘 보냈고, 우리는 작별인사를 잘 했으니까요.

안락사 결정에 대해 후회나 죄책감이 들지 않았다고 솔직하게 말할 수 있는 또 다른 때는 오래 전 백혈병에 걸린 고양이 노아를 보냈을 때입니다. 그 병은 당시 고양이 질환으로 알려진 지 얼마 되지 않았을 때였고 내가 안 것이라고는 노아가 갑자기 많이 아팠다는 것뿐입니다. 페트리지 선생님은 노아가 두 살이 채 안 됐기 때문에 말을 하기가 상당히 어렵지만 회복할 가능성은 거의 없다고 했습니다. 그리고 안락사를 권했을 때 나는 대답을 하지 못했습니다.

남편과 나에게는 제인과 스티브라는 특별한 친구 부부가 있는데 둘은 통찰력이 날카로울 뿐만 아니라 텔레파시 능력도 가진 현명한 사람들입니다. 요즘은 애니멀 커뮤니케이터가 있어서 동물과 상담을 해주지만 당시만 해도 보편적이지 않아서 나는 애니멀 커뮤니케이터의 존재조차 모르고 있었습니다. 그래서 친구들의 능력을 믿고 노아와 대화를 해달라고 부탁했습니다. 얼마나 아픈지, 떠날 준비가 되어 있는지, 죽음을 예견하고 있다면 더 이상 아프지 않게 빨리 보내 줬으면 하는지 등을 물어봐 달라고 부탁했습니다. 같은 능력을 가진 두 사람은 대화의 정확성을 위해 각기 다른 방에서 노아와 대화를 시도했습니다. 내가 노아의 답변을 물었을 때 두 사람이 말한 노아의 답변은 정확하게 일치했습니다.

"내가 고치지 못하는 병에 걸린 걸 알아. 그런데 별로 아프지는 않네. 그런데 나는 여기서 해야 할 일을 다 한 것 같아. 그래서 이제는 떠났으면 해. 이 세상에서 빈둥거릴 필요가 없잖아? 엄마 아빠가 내가 떠나는 길을 도와주면 좋지."

나는 그 말을 듣고 울었지만 이 말을 믿고 안락사를 결정했습니다. 그 메시지가 근거가 있음이 느껴졌습니다. 느낌은 때로 말보다 정확합니다. 그래서 느껴지는 것을 믿어야 합니다. 우리는 노아를 안락사시키기로 했고 지금까지 그 결정에 대해 단 한 번도 후회한 적이 없습니다.

그 일 이후 나는 힘든 선택을 해야 할 때면 애니멀 커뮤니케이터의 도움을 받습니다. 그러나 상담 결과를 들은 후에도 확신이 들지 않으면 확신이 들 때까지 기다립니다. 애니멀 커뮤니케이터의 상담 결과를 참고는 하지만 그들의 말을 전적으로 따를 필요는 없습니다. 나와 함께 살았던 반려동물의 말을 가장 잘 들을 수 있는 사람은 바로 '반려인인 나' 니까요. 마음이 흔들릴 때에는 동물들에게 직접 도움을 청하세요. 떠날 때가 되면 내게 말을 해달라고. 그런 다음이라면 죄책감 없이 아이들을 보낼 수 있습니다.

나는 아직도 가끔 나에게 묻습니다.

"좀 더 좋은 병원에서 치료했으면 살릴 수 있지 않았을까?"

"안락사시키지 말고 좀 더 지켜봐야 하지 않았을까?"

"왜 그때 안락사를 시키지 못하고 아이를 고통 속에 뒀을까?"

"내가 무슨 권리로 안락사를 결정할 수 있었을까?"

"내가 아이의 고통을 연장시킨 건 아닐까?"

"곧 떠날 것을 알면서 병 때문에 손이 많이 간다고 나는 왜 짜증을 부렸을까?"

"아파서 그런 것을 알면서 이불에 오줌을 쌌을 때 왜 짜증을 냈을까?"

"나는 왜 아이가 아픈 걸 미리 알아차리지 못했을까?"

"그때 문만 잘 잠궜더라도 사고로 죽지 않았을 텐데." 등등.

아이를 보내고 난 후 나 또한 '만약 ~했더라면?' 이라는 내 전부를 집어삼킬 듯 괴롭히는 벅찬 의문으로 머릿속이 가득 찹니다. 많은 동물들의 삶과 죽음을 도와준 나조차 죄책감을 완전히 떨칠 수 없다는 것을 인정합니다. 상황이 다르고 그 상황에 맞는 적절한 대처법과 각각의 동물에 대한 나의 바람도 다 다르니까요. 세상 사람들이 부모, 형제, 자식 등 가족을 먼저 보내고 대부분 죄책감을 느끼듯 반려동물을 보내고도 마찬가지입니다. 가족이니까요.

죄책감이라는 감정에는 빼기 힘들게 얽혀 있는 아주 작은 갈고리가 달려 있는 것 같습니다. 그래서 쉽사리 빠져나올 수 없죠. 그러나 죄책감은 전혀 필요하지도 유익하지도 않은 감정입니다. 그래서 죄책감이 가고일(gargoyles, 중세 유럽 건축물로 사원의 지붕이나 처마 등에 붙

잭잭

잭잭은 내가 태어나서 처음으로 기른 고양이다.
나에게 처음으로 생명에 대한 책임감을 알려 준 아이. 아무런 준비도 되지 않은 상태에서
함께했기 때문에 사랑하고 아낀다고 생각했던 오만함이 단지 예뻐함과
방치라는 것을 깨닫지 못했다. 어째서 죽음의 징후를 터럭만큼도 알아채지 못한 것인지.
아직도 스스로가 원망스럽다.
아파서 누웠던 그 작은 몸에서 나는 죽음의 냄새가 싫었던 내가 혐오스럽다.
짧은 생을 살다간 잭잭이 내게 와준 것이 감사하다.
그 생을 내가 온전히 채우지 못했겠지만 잭잭을 위해 기도하고 눈물 흘리며
처음으로 죽음을 배우면서 그 애를 사랑하게 된 것에 감사한다.
오래된 거미줄과 새파란 이끼가 낀 벽을 넘게 되면
언젠가 나도 잭잭을 만나게 될 것이다.

어 빗물을 모아 흘려보내는 역할을 하던 괴물 조각상-옮긴이)처럼 나를 흘겨보는 것을 느끼면 나는 햇볕 아래 자리를 잡고 앉거나 긴 산책을 합니다. 그 다음엔 책상에 앉아 종이와 연필을 앞에 놓고 머릿속을 괴롭히는 혹은 내 심장을 찢는 모든 것을 앞에 놓고 내 자신을 '정당화' 하는 과정을 갖습니다. 그 순간 최선을 다했음을 나 자신이 가장 잘 아니까요.

이 시간에는 다른 사람의 조언이 필요하지 않습니다. 전적으로 자신의 판단이었으니 오롯이 자신에게 귀를 기울이세요. 그리고 자신의 속마음을 솔직하게 털어놓으세요. 마음을 털어놓는 시간은 오랜 시간도 말고 30분 정도면 충분합니다. 그 시간 동안 자신을 꾸짖고, 용서하고, 불쌍히 여기고, 힘들다고 하면 힘들게 내버려 두십시오. 내 안의 모든 감정을 드러내는 것이 가장 중요하니까요.

다음에는 그 모든 것들을 떨쳐 버리는 시간입니다. 30분 동안 내 속마음을 다 털어놓고 난 다음에도 죄의식이 누그러지지 않았다면 이번에는 자신을 용서해 달라고 청하세요. 다른 사람을 용서할 때와 같은 마음가짐으로 스스로를 용서하세요. 자신을 용서하는 것에 너무 가혹할 필요는 없습니다. 설령 반려동물을 보낼 때 실수를 했다 해도 내가 그 동물을 사랑해서 한 행동이므로 자신을 설득하세요. 당시에 나는 그것이 가장 좋은 방법이라고 판단했으니까요. 더 좋은 방법을 알았다면 분명히 그렇게 했을 것을 아니까요. 반려동물이 떠난 것이 누구의 '잘못' 때문이 아님을 인정해야 합니다.

나 자신을 용서하는 것은 자신에게 필요한 치유로 향하는 첫 번째 중요한 단계입니다. 또한 치유를 위한 가장 확실한 방법은 나 자신을 사랑하는 것입니다. 나 자신을 사랑으로 가득 채울 때 죄책감 없이 다른 동물과의 새로운 관계도 시작할 수 있습니다. 죄책감에 사로잡혀 있으면 이후에 어떤 동물을 만나도 자기불신의 감정이 따라다닙니다. 보세요. 우리는 누군가를 완벽하게 사랑할 줄 알고, 빨리 용서할 줄 아는 지혜로운 동물과 함께 살았잖아요. 그러니 그들을 스승으로 삼아 이런 것쯤은 배워야 하지 않을까요?

동물의 새로운 삶을 축하한다

죽음은 육체적 삶과 영적인 삶 사이의 단계일 뿐입니다. 사람은 물론 동물을 비롯한 모든 존재는 죽은 후에 영혼이라는 형태로 삶을 이어갑니다. 따라서 동물 친구의 우리에 대한 사랑과 감사, 신뢰는 무지개다리를 넘은 후에도 계속됩니다.

그래서 동물들은 죽음 후에 새로운 모습으로 잠시 나타나기도 하는데 사람들은 대부분 그것을 인지하지 못합니다. 평소에 마음으로 보는 법을 훈련하지 않았다면 힘든 일이죠. 그럼에도 불구하고 동물 친구들은 잘 있다고 안심시키기 위해 잠시 모습을 보여 줬다가 떠나곤 합니다. 웨기가 죽은 지 1년 후에 돌아온 것이 바로 그것이지요. 그러니 찾아온 동물들을 알아차리기 위해서라도 마음공부가 필요하지 않을까요?

웨기 말고 죽은 후에 찾아온 녀석을 알아본 적이 또 있습니다. 파슬리가 사냥철인 12월의 어느 날 사라졌을 때 나는 파슬리가 없어진 것 때문만이 아니라 파슬리가 그런 방법으로 가족을 떠났다는 것에 대해 인정할 수 없어 비통했습니다. 파슬리가 집에서 죽었더라면 파슬리가 어디에 갇혀 있거나 학대를 받고 있거나 다른 사냥개들이 그러는 것처럼 무관심 속에 방치되어 있을지도 모른다는 생각은 최소한 하지 않을 수 있었을 테니까요. 이런 상상도 힘들었지만 죽었을지 모른다는 생각도 나를 몸서리치게 했습니다. 산에 둘러쳐 놓은 울타리에 걸려서 서서히 고통스럽게 죽어 가는 상상은 눈앞에서 죽는 것보다 더 무서웠습니다. 물론 파슬리가 돌아올 것이라는 실낱같은 희망은 갖고 있었고 그래서 죽었을 거라는 판단은 유보하고 있었습니다.

1년 동안 발길이 닿는 대로 찾아다녔습니다. 매주 지역보호소를 찾아가 집 잃고 버려진 동물들이 늘어서 있는 복도를 걸으며 파슬리를 찾았습니다. 이런 시간이 1년을 넘어가자 파슬리에 대한 나의 걱정과 슬픔은 견딜 수 없는 지경에 이르렀습니다. 누군가 나의 인내심과 믿음을 시험하는 것처럼 느껴졌고 시간이 흘러도 나의 고통은 줄어들지 않고 점점 늘어만 갔습니다.

그런데 파슬리가 사라진 지 1년쯤 되는 날 꿈속에 나타났습니다. 파슬리는 낮익은 언덕에서 나를 향해 곧장 달려왔습니다. 파슬리는 황금색으로 빛나고 있었고 비글 특유의 기다란 양쪽 귀를 펄럭이며 꼬리를 경쾌하게 흔들면서 달려오고 있었습니다. 감격스러웠습니다.

"괜찮아요. 나 여기 이 세상에 있어요. 보여요, 엄마? 아주 잘 지내고 있어요!"

그 꿈 이후 내가 품고 있던 파슬리의 행방불명에 대한 의문은 말끔히 씻어졌고 다시는 찾아 나서지 않았습니다. 파슬리는 자기가 잘 지내고 있음을 내게 알려 주었으니까요.

물론 떠난 동물들을 그리워하지 말라는 것은 아닙니다. 떠난 반려동물들은 언제까지나 그리울 것입니다. 그러나 내 안에 이미 그들이

들어 있고, 그들은 여전히 나와 함께 있음을 잊지 마세요. 그들이 살아 있는 동안 보여 준 모든 멋진 것들을 계속 기쁘게 기억하세요. 그리고 이제 그들이 새롭게 시작한 삶을 진심으로 축하해 주세요.

특히 파슬리처럼 집을 나간 반려동물을 찾는 사람들의 마음은 더 힘듭니다. 때로는 '어디서 잘 살고 있겠지.' 라는 마음을 붙잡고 살거나 차라리 끔찍하더라도 주검이라도 찾기를 바라는 마음을 갖고 삽니다. 애니멀 커뮤니케이터의 도움을 받기도 하지만 시간이 지나면 그 희망도 점차 줄어듭니다. 한두 달이 지나면 집을 잃은 아이들이 집으로 돌아올 확률은 무섭게 줄어드니까요. 그럴 때는 저처럼 그 아이가 내게 하는 말을 들을 수 있도록 항상 마음을 열어 두세요. 어느 날인가 파슬리처럼 찾아와 자기가 어디서 어떤 모습으로 살고 있는지 알려 줄 겁니다. 그리고 그 모습이 이승의 것이든 천상의 것이든 받아들일 준비를 하세요. 나에게도 반려동물에게도 새 삶이 시작된 것이니까요.

이해해 주는 사람을 찾는다

이해해 주는 사람이란 '동정심 많은 사람' 이 아닙니다. 나의 사랑스런 반려동물이 떠났는데 그건 동정을 받을 상황이 아니지요. 동정어린 마음으로 "오, 정말 안됐어요."라고 말하는 사람은 필요 없습니다. 정신적으로 힘이 되는 사려 깊은 사람이 필요합니다.

"떠난 아이는 어떤 아이였어요? 분명 사랑스러웠겠지요. 어떤 아이였는지 듣고 싶어요. 정말 세상을 다 잃은 것처럼 힘들겠어요."

이렇게 말해 주는 사람, 내 마음을 이해해 줄 수 있는 사람을 찾으

포미

우리가 헤어지던 날, 그냥 가버리면 엄마가 상심할까 봐
하루 종일 기다려 준 너에게 감사하고 싶어. 내가 준 저녁도 맛있게 먹어 줘서 고맙고.
갑작스러웠지만 큰 고통 없이 떠나보낼 수 있어서 감사하고.
무엇보다 지난 9년 2개월 동안 가족들에게 많은 즐거움과 힘든 시간들을
버틸 수 있도록 포미가 항상 곁에 있어 줘서 정말 고마웠어.
너를 보내고…… 너에게 감사하다는 생각뿐이란다.
너와 함께 지낼 수 있어서 정말 행복했어.

세요. 내 안에서 떠난 동물에 대한 감정을 끄집어 낼 수 있도록 진정으로 나를 도와주는 사람, 나와 함께 조용히 앉아 떠난 동물을 위해 함께 기도나 명상을 해주는 따뜻한 사람이 곁에 있다면 좋겠지요.

물론 가장 좋은 것은 내 말에 전적으로 귀 기울여 주고, 아주 가끔 대답을 해주는 사람입니다. 살다 보면 조용히 함께 있어 주는 것이 최상의 도움일 때가 종종 있습니다. 사실 그것을 가장 잘하는 것이 바로 우리의 반려동물이지만요.

많은 사람들이 아직도 죽음에 대해 이야기하는 것을 거북해합니다. 게다가 그게 동물의 죽음이라면 거부반응을 일으키는 사람도 많지요. "그래봤자 개일 뿐이잖아."라거나 "기껏 고양이 하나 죽었다고……."라고 말하는 사람이 곁에 있다면 정말 고통스럽습니다. 특히 가족들이 이해를 못하고 혼자서만 그 죽음을 슬퍼한다면 고통은 몇 배가 되겠지요. 그럴 때는 미국이나 몇몇 나라의 경우 이런 사람들을 위해 무료상담 등을 해주는 단체들이 있으니 도움을 받으면 좋습니다. 이곳에서 일하는 사람들은 반려동물이 죽었을 때의 상실이라는 뿌리 깊은 감정을 이해하고 이러한 상실을 겪은 사람들을 연민의 마음으로 돕습니다. 비슷한 경험을 갖고 있어서 반려동물을 잃은 사람에게 필요한 도움이 무엇인지 알고 그들의 감정을 이해하는 사람을 찾아야 합니다.

어느 날 밤 캘리포니아에 사는 한 여성이 내게 전화를 했습니다.

"여보세요, 리타 씨인가요? 저는 샌디라고 합니다."

그리고 내가 대답할 틈도 없이 그녀는 걷잡을 수 없이 흐느껴 울기 시작했습니다. 그녀는 수년 동안 함께 지낸 고양이가 사경을 헤매고 있다고 가까스로 말했습니다. 우리는 꽤 오랫동안 많은 이야기를 했습니다.

"고마워요. 나는 그저 나를 이해해 줄 수 있는 사람과 이야기하고 싶었어요."

몇 주 후에 배달된 그녀의 편지에서 그녀는 고양이가 죽을 때 자기가 해야 할 일을 무사히 잘 해냈다고 적었습니다. 어느 순간이라도 마찬가지겠지만 반려동물이 떠났을 때만큼은 자기를 무조건 이해해 주는 사람보다 실제로 도움이 되는 것은 아무것도 없습니다.

작별인사를 하기에 너무 늦은 때란 없다

최근 한 여성의 편지를 받았는데 그녀는 고양이가 집을 나가 몇 주가 지나도록 돌아오지 않아 불안해하고 있었습니다. 그녀가 사는 곳에는 코요테가 있어서 혹시 코요테가 고양이를 해쳤을까 봐 불안해하고 있었고 고양이를 잃었다는 슬픔도 크지만 작별인사를 할 기회가 없었다는 사실 때문에 더 고통스러워했습니다. 나 역시 죽음의 순간에 함께하지 못한 몇몇 동물에 대한 경험이 있었기에 그녀의 마음을 충분히 이해할 수 있었습니다. 나 역시 해결하지 못한 문제였으니까요.

집을 나간 동물에 대처하는 첫 번째 방법은 우선 찾기 위해 노력하는 것입니다. 전단지를 붙이고, 보호소를 찾아다니고, 가능하다면 애니멀 커뮤니케이터의 도움을 받고, 인터넷 공간에 도움을 요청하고, 주변 사람들의 도움을 받습니다. 동물이 집을 나갔을 때는 빨리 대처하는 것이 무엇보다 중요합니다. 슬픔과 두려움에 떨지 말고 바로 행동하세요.

하지만 이런 모든 노력에도 불구하고 도저히 찾지 못할 때가 있습니다. 내 노력으로 도저히 안 되는 일에 부딪치는 것이지요. 이런 무력감 때문에 일주일, 한 달, 1년은 빠르게 지나갑니다. 오랜 시간이 지난 후에 기적처럼 반려동물을 찾는 경우도 있지만 그건 극히 드물고 대개는 영영 헤어지고 말지요. 이럴 때 집에 있는 가족들을 괴롭히는 것은 죄책감입니다. 하지만 그건 누구의 잘못도 아닙니다. 파슬리가 산으로 간 뒤 사라지고, 쎄쎄가 집을 나가 남의 집 마당에서 죽은 것처럼 그저 그 아이들이 떠나는 방법입니다. 그러니 동물들과 작별인사를 하지 못하고 헤어진 것에 대해 너무 자책하지 마세요.

그리고 떠난 동물의 새로운 삶을 위해 내가 할 수 있는 것을 하는 것이 좋습니다. 명상을 하며 그 동물에게 빛이 머무는 상상을 한다거나 떠난 동물을 위해 기도를 하세요. 이런 방법은 마음속에서 죄책감과 무력감을 떨쳐내고 아이와 영혼으로 대화하는 데 도움을 줍니다.

그리고 내가 얻은 결론은 '작별인사를 하기에 너무 늦은 때란 결코 없다.'는 것입니다. 다른 곳에서 살고 있든 무지개다리를 건넜든 동물의 영혼은 우리의 슬픔이 진정되는 것을 도와주려고 아직도 가까운 곳에 있을 테니까요.

그러니 더 늦기 전에 그들에게 작별인사를 하세요. 더 남은 말이 없을 때까지 오래오래. 작별인사는 사랑하는 가족을 두고 떠나는 그들을 위한 치유이기도 하지만 나를 위한 치유이기도 합니다.

"보고 싶어, 파슬리! 너와 함께 있었던 시간들이 그립고, 너의 부드러운 털이 정말 그리워. 사랑해. 네가 그렇게 좋은 곳에 있다는 것을 알게 돼서 기뻐."

"엄마가 가장 바라는 것은 네가 좋은 가족을 만나 다시 행복한 삶을 사는 거야. 그리고 이러지는 않았으면 좋겠지만, 만약 나쁜 일을 당해서 무지개다리 건너에 있더라도 그곳에서 아프지 말고 행복했으면 좋겠어. 우리 가족이 너를 얼마나 사랑했고, 너를 찾기 위해 얼마나 노력했는지 알지? 사랑해. 그리고 끝까지 너를 지켜주지 못해서 미안해."

우리는 우리의 사랑스런 동물 친구가 다른 집에서 다른 이들과 다시 가족이 되었든 무지개다리를 건넜든 상관없이 그들과 언제나 영혼으로 이야기할 수 있습니다. 마음을 편안하게 하고 대화를 위한 마음을 활짝 연다면 언제라도 그들과 대화를 할 수 있음을 기억하고 늦었다 생각하지 말고 바로 지금 작별인사를 나누세요. 죄책감과 슬픔의 마음을 버리고 마음을 열고 나면 어쩌면 그들이 먼저 인사를 하러 찾아올지도 모릅니다.

떠난 친구 기리기

사랑하는 나의 반려견 페니, 그 멋진 골든리트리버가 내 삶을 6개월 동안 아름답게 빛내 주고 떠날 때는 내 가슴에 커다란 구멍을 남겼습니다. 페트리지 선생님은 페니의 암이 더 이상 손 쓸 수 없는 지경이라 수술이 불가능하며 떠나보내는 것이 최선이라고 어려운 소식을 전했습니다. 물론 나는 동의했고 그렇게 안락사로 페니를 보냈지요.

그러나 그날밤 페니가 떠날 때의 모습과 표정이 꿈속과 반쯤 혼미

한 상태를 오락가락하는 내게 나타나 자다깨다를 반복했습니다. 이런 밤을 보내고 아침이 되자 나는 온통 페니 생각뿐이었고 종이와 펜을 꺼내 글을 쓰기 시작했습니다. 페트리지 선생님을 비롯한 페니의 전 가족, 병원 식구에게도 긴 감사의 편지를 보냈습니다. 페니가 내게 얼마나 소중한 아이였는지, 페니에게 어떤 것들을 배웠는지, 페니가 우리와 시간을 얼마나 열정적으로 보내다 갔는지 등을 그들에게 말해 주었습니다. 편지에는 앞으로 계속 죽음을 앞둔 다른 동물을 돕겠다는 나의 맹세도 넣었습니다. 이렇게 편지를 다 쓰고 나자 이것이 내가 페니에게 줄 수 있는 '선물 중 하나'일 수 있겠구나라는 생각이 들었습니다. 자신을 생각하며 자신에 대해 쓴 글을 페니도 좋아하겠지요?

쓰기는 중요한 표현 수단입니다. 그래서 나는 동물 가족이 떠나면 꼭 글을 씁니다. 떠난 녀석에게 보내는 편지 형식이어도 좋고 편하게 쓰다 보면 수필이나 시가 되기도 합니다. 하지만 형식은 중요하지 않습니다. 그 자체가 위로가 되고 비로소 반려동물의 죽음의 과정이 끝났음을 선포할 수 있게 됩니다.

때로 추억을 위해 내 손으로 특별한 것을 만들기도 합니다. 동물친구를 떠나보내고 무엇인가를 창조해 내는 이런 행동은 누군가에게 새로운 생명을 주는 일인 것 같아 또 다른 의미로 느껴지거든요.

그래서 시작한 일이 정원 가꾸기입니다. 동물은 아니지만 또 다른 생물을 돌본다는 느낌을 받을 수 있거든요. 우리가 지금 사는 집으로 이사 왔을 때 전 주인이 정원을 가꾸었다고 했는데 흔적도 없고 잔디와 덤불과 채소밭만 남아 있었습니다. 나는 이곳에 꽃과 허브 정원을 가꾸기 시작했습니다. 나 말고도 많은 사람들이 동물들이 무지개다리를 건넜을 때 꽃과 나무를 심거나 정원을 꾸미는데 아마도 나와 같은 마음일 것입니다. 흙을 갈고, 심을 것을 선택하고, 가꾸는 일은 살아가는 작은 힘이 됩니다.

지나가는 사람들도 우리의 아름다운 정원을 감상할 수 있고 새들이 앉아 있는 성 프란체스코 석상은 방문객을 맞이하고 그 옆에 있는 푸른색 질그릇은 더운 날씨에 새들에게 목욕통이 되어 줍니다. 정원에는 만수국, 로벨리아, 팬지, 온갖 종류의 데이지, 보라색 에치나세아, 제라늄, 접시꽃, 허브가 만발하고, 민들레, 미나리아재비, 제비꽃, 노랗고 보랏빛의 토끼풀 등의 야생식물도 더불어 자랍니다.

일상의 허드렛일에서 잠시 손을 멈추고 정원에 앉아 저 멀리 산으로 향하는 들판을 바라보고 있노라면 사람들에게 길들여진 동물, 나를 길들였던 동물 그리고 야생의 모든 생명과의 우정이 떠오릅니다. 남은 삶을 보내기 위해 우리 집에 왔던 모든 생명과 현재 나와 함께하는 모든 생명과 앞으로 올 생명에게 감사하는 마음이 샘솟지요. 정원, 아니 자연은 그 안에 모든 것을 품고 있습니다. 생명의 순환, 계절의 변화, 구름의 흐름, 변덕스런 날씨, 낙엽과 사라짐, 다시 시작되는 봄을. 그 안에 삶과 죽음의 모든 것이 있습니다.

정원이 힘들다면 나무 가꾸기를 권합니다. 꽃이 피는 나무도 좋고, 공간이 허락하지 않는다면 화분에 심는 작은 꽃나무도 좋습니다. 그 안에서 자연의 흐름을 배울 수 있고 우리 아이를 떠나보낸 작은 기념물도 될 수 있으니까요.

때로는 떠난 반려동물의 사진을 모아 앨범을 만들거나 사진과 글을 모아 노트 하나를 가득 채워도 좋습니다. 또는 떠난 동물의 이름으로 동물단체에 기부를 하는 방법도 있겠지요. 이런 것들이 떠난

흰둥이

2008년 5월 8일 자정에 떠난 아이.
너무나 얌전하고 점잖고 사랑스러웠던 아이.
떠나는 날, 안절부절하길래 안아서 이불 위에 눕혀 놓고 쓰다듬으면서
기운내자고 말하고 있는데 갑자기……. 눈을 보니 빛이 꺼진다고 할까요?
그렇게 흰둥이는 무지개다리를 건넜습니다.
화장해서 항상 뛰놀던 뒷산에 자유롭게 풀어주었습니다.
지금도 그 산에서 마음껏 뛰놀길 바랍니다.

아이를 기쁘게 기억하는 소중한 매개체가 됩니다.

잊지 않기

떠난 동물을 잊으려고 노력하는 사람들을 많이 봅니다. 하지만 굳이 잊을 필요가 있을까요? 그런다고 슬픔이 덜어지는 것도 아니고 그들에게 길들여진 것은 자랑스러운 일입니다. 동물 친구들을 기쁘게 기억하세요. 동물들은 사라지지 않았으니까요. 우리가 기억하는 한 사라지는 것은 없습니다. 그러니까 잊지 마세요. 잊으려고 노력하지도 마세요.

떠난 동물들을 잊으려는 사람들은 슬픔을 부인하거나 억압하려 하는 것입니다. 우는 것을 두려워하지 마세요. 때로는 오래, 때로는 힘들게 울어도 됩니다. 울다 보면 고통이 스스로 치유되는 것을 느낄 수도 있습니다. 죄책감은 빨리 지우는 게 좋지만 반려동물을 잃은 슬픔은 하루가 걸리든 몇 년이 걸리든 놔두세요.

치유는 언제나 그렇듯이 밤이 지나고 찾아오는 새벽처럼 아주 천천히 다가옵니다. 치유의 기간 동안에 떠난 반려동물에게 소리 내어 하고 싶은 말을 하세요. 내 기분이 어떤지, 그들의 행복을 얼마나 바라는지, 다시 만나게 된다면 얼마나 좋을지 차근차근 다 말하세요. 그리고 나는 괜찮을 것임을 확실하게 알려 주세요. 그 아이가 가는 발걸음이 너무 힘들지 않게.

다음에는 삶의 어떤 골목에서 우리가 다시 만나게 될까요? 무지개 다리 건너에서 만날까요? 아니면 그 아이가 다시 내게로 와줄까요? 그걸 누가 알 수 있을까요? 하지만 나는 서로 사랑했던 반려인과 반려동물이라면 언젠가 다시 한 번 힘을 합치게 될 것임을 알고 있습니다. 어떻게 그토록 강하고 신성한 연결이 끊어질 수 있겠습니까? 다시 만나는 것 말고 다른 길이 있을까요? 우리에게 위안을 주는 것은 바로 이런 믿음입니다.

작은 털북숭이 얼굴과 그 사심 없는 눈빛, 목소리, 안으면 마음까지 따스해지는 몸, 그 아이와 나만 알고 있는 기억, 신뢰와 우정, 함께 겪었던 기쁨과 고통, 그 아이를 그 아이답게 만들어 주는 나만 알고 있는 그 아이만의 특징……. 이런 것들을 붙들고 있으세요. 이것들이 내 삶을 은혜롭게 해준 어여쁜 친구가 나에게 남겨 준 그리고 영원히 간직될 보물이니까요.

그러면 결국 특별한 것들과 함께 남게 됩니다. 죄책감과 고통, 빈자리, 빈 밥그릇, 낡은 목줄, 주인을 잃은 침대만이 아니라 운명과 숙명에 대한 아픈 통찰, 죽음에 대한 두려움만이 아니라 내가 견뎌낼 수 있고 가까이 둘 수 있고 아주 오랫동안 즐거워할 수 있는 이 모든 정돈된 추억들과 함께 말이지요.

또한 나를 보살핀다

반려동물이 우리에게 가르쳐 주는 최고의 교훈 가운데 하나가 바로 일상의 소중함입니다. 지금 행복하라는 것입니다. 그들을 만나기 전에 우리는 반복되는 생활에 권태로움을 느꼈지요. 하지만 그들을 만나고 반복되는 그저그런 일상의 소중함을 느끼게 되었습니다. 매일 나가는 산책, 매일 먹는 밥, 밥을 먹은 후 함께 조는 시간, 함께 노는 시간, 잠자는 시간 등이 행복함을 알게 되었습니다.

쿠키

나를 혼자 두고 가는 게 미안한지
온몸이 바늘구멍 투성이가 되면서도 버티던 아기.
길어져 가는 투병 속에서 내가 힘들다고 느끼던
그날 눈을 감고 말았습니다.
쿠키가 마지막 숨을 내쉬는 줄도 모르고
너무 놀라서 손도 잡아 주지 못한 게
너무 가슴 아프고 미안하기만 합니다.
4년이 지난 지금은 기억 속에 희미한 쿠키.
아팠던 모습보다는 언제나 내가 집에 올 때면
반 감긴 눈으로 문가로 걸어오던 사랑스러운 모습으로
남아 있습니다.

"산책 가자."

"고양이 세수 그만하고 자러 가자."

"배고파? 밥 먹을래?"

반려동물이 떠나고 난 후 무의식적으로 툭 튀어나오는 말에 놀라곤 합니다. 그만큼 아름다운 그들에게 우리가 길들여졌다는 말이지요. 그들은 우리에게 반복되는 일상이 얼마나 소중한지 선물하고는 떠났습니다.

곧 떠나갈 것 같은 반려동물이 기적처럼 기운을 차릴 때가 있지요. 하지만 그것은 기적이 아니라 그들과 우리 사이에 남겨진 시간이 고작 며칠이라는 것을 우리는 알고 있습니다. 이럴 때 어떤 일을 함께 해보고 싶으세요? 멋진 여행? 파티? 하지만 우리의 반려동물들은 묵묵히 일상을 반복합니다. 가족들과 함께하는 그 일상이 가장 소중한 시간임을 아니까요. 안락사를 면하고 돌려받은 일주일 동안 다른 날과 다름없이 멋진 하루하루를 보내고 떠난 염소 메리골드처럼요.

반려동물이 떠나고 쉽게 일상으로 돌아오지 못하는 반려인들이 많습니다. 어딘가의 끝에 서 있는 듯한 아슬아슬한 느낌 속에서 시간을 보내는 것이지요. 하지만 그렇게 반려동물이 우리에게 준 소중한 선물을 잊으면 안 됩니다. 돌아가야지요. 제때 일어나 산책을 하고, 제시간에 밥을 먹고, 제시간에 외출을 하고, 제시간에 잠자리에 드세요. 그들과 항상 했던 것처럼.

그렇게 다시 일상으로 돌아와 나를 보살피는 모습을 떠난 그들도 원할 것입니다. 그들은 이곳에서 충분히 사랑했기 때문에 어떤 미련도 없이 떠났습니다. 그러니 이제 우리가 제자리로 돌아가야 할 때입니다. 또한 그게 녀석들이 우리에게 와서 가르쳐 주려고 한 소중한 가르침 중 하나니까요.

슬픔을 놓기

죽음에 임박한 동물을 내 팔이나 마음속에 안고 있을 때 나는 두 영혼이 하나가 됨을 느낍니다. 또한 그것은 떠나는 그 아이가 절실히 나에게 요구하는 것을 내가 받아들이는 자비의 모습이라고 생각합니다. 그것은 인간의 몸으로 천사의 존재가 되는 것과 같은 것입니다. 내 동물 친구가 동물의 모습을 한 천사인 것처럼요.

둘의 영혼이 일단 하나로 연결되었다면 그 연결은 영원합니다. 한계가 없는 것이지요. 언젠가 다시 만날 것에 대한 확신입니다. 이는 우리와 동물 친구 사이에 절대 끊어지지 않는 실을 잣는 것과 같습니다.

물론 이 과정에 슬픔과 비탄도 함께합니다. 하지만 무지개다리 너머로 떠나는 그들의 죽음의 과정을 그대로 받아들이세요. 이 감정 또한 사랑의 확장된 또 다른 이름이고 나에게 삶과 죽음에 대해 알려 주는 신성한 과정입니다.

나이 들고 병들고 죽음에 임박한 동물과 함께할 때 갖게 되는 슬픔과 상실의 감정을 인정해야 하고 육체의 삶 너머의 또 다른 삶에 대한 의심에서 벗어나야 합니다. 그래야만 어떤 새로운 동물이 나를 기다리고 있다 해도 사랑과 관대함으로 다시 한 번 받아들이게 됩니다.

죽어 가는 반려동물과 곁에서 떠나는 아이들을 돕는 인간이 무지개다리를 향해 함께 걸어갈 때 분명 우리를 돕는 수호천사는 거기 있습니다. 그러니 그들을 믿고, 떠나는 동물은 이 세상과 연결되는 끈을 놓고 나는 슬픔을 놓아야 합니다. 그 다리의 정상에서 서로를 껴안고 서로의 행복을 소망하고 다시 만날 것을 맹세하면 됩니다. 우리는 하나라고 믿으세요. 결코 나눠질 수 없는, 영원한, 완벽한 하나라고!

15

정말 떠난 게 아니야

정말 떠난 게 아니야

토끼 아서는 짜증을 낸 적이 없습니다. 분명히 심각한 병에 걸렸는데도 불구하고 아몬드 모양의 까만 두 눈동자로 우리를 유심히 쳐다보고 있을 뿐이었습니다. 조용히 품위 있는 모습으로, 다 받아들이겠다는 듯이 극심한 통증을 참아냈습니다. 그날 오후 늦게 아서는 수술을 받던 중 죽었습니다. 아서는 우리 집의 동물들이 떠날 때 모두 그렇듯 우리에게 사랑이라는 선물을 남겼지만 나는 슬펐습니다. 아서는 우리 집에서 행복하게 살았고 나름 장수했으니 슬퍼할 이유가 없다고 사람들은 말했지만 나는 슬펐습니다. 그저 슬펐습니다. 다시 이 귀여운 녀석의 털을 쓸어내릴 수 없다는 게 서러웠습니다. 나는 두 손에 얹혀 있는 죽은 아서가 담긴 상자를 물끄러미 바라보면서 혼란스러웠습니다.

"아서는 왜 떠났을까?"

열두 살 된 아들 팀이 답답한 듯 말했습니다.

"아서가 떠날 때가 된 거잖아요. 엄마도 알잖아요."

나는 훌쩍거리며 말했습니다.

"그렇구나."

팀이 해바라기 밭에 마련된 무덤에 커다란 황갈색 토끼 아서를 내려놓으며 말했습니다.

"엄마 아서가 죽은 건 나쁜 일이 아니죠. 그쵸?"

열네 살짜리 형 마이클이 힘주어 대답했습니다.

"그럼, 게다가 아서는 용감했잖아."

팀이 덧붙였습니다.

"맞아. 그리고 모두 아서를 좋아했고."

"그리고 아서는 받은 사랑을 다 되돌려 줬잖아."

두 아들이 무릎을 꿇고 나란히 앉아 대화를 나누며 아서 위에 덮은 흙을 가볍게 두드리고 있었습니다. 나는 그런 아이들의 대화를 조용히 듣고 있었습니다. 팀은 일어나며 단호한 목소리로 말했습니다.

"그리고 아서는 정말로 떠난 게 아니잖아요."

아이들은 어른보다 현명하다는 것이 이런 것을 두고 하는 말이겠지요. 나는 그걸 알면서도 슬픈데 아이들은 알고 믿게 되자 슬픔 따위는 밀어내 버렸습니다. 마이클과 팀은 일곱 마리의 토끼가 있는 토끼우리 쪽으로 발길을 돌렸습니다. 자그마한 토끼들이 호기심 어린 눈으로 아이들과 마주 보고 있었습니다.

"형, 이 토끼들 속에 아서가 살아 있는 거지?"

팀의 말에 마이클이 조용히 미소를 지으며 "그렇겠지."라고 대답했습니다.

우리 셋은 눈물을 닦고 민트 잎을 씹으면서 정원 산책길에 한동안 앉아 있었습니다.

"엄마, 아서는 이 장례식을 마음에 들어 할까요?"

팀의 말에 마이클이 씹던 민트 잎을 뱉어내며 말했습니다.

"엄마, 아서가 있는 곳에 민트가 있을까요?

내가 대답했습니다.

"물론이지, 신께서 민트를 잊으시겠니?"

토끼와 죽음과 신에 대해 이야기를 나눌수록 정원 전체에 신성한 기운이 느껴졌습니다. 아서의 집이었던 꽃밭 주변에서 어떤 영혼이 내려와 춤을 추는 것 같았습니다. 우리의 여린 가슴은 충만해지기 시작했습니다. 아서를 잃은 슬픔이 아닌 영원을 느끼게 된 기쁨으로.

"엄마는 영혼을 느끼잖아요. 아서의 영혼도 느꼈어요?"

마이클이 내게 묻자 팀이 형에게 소나무 껍질을 던지며 끼어들었습니다.

"당연하지, 멍청하긴. 토끼들한테도 영혼이 있는데 엄마가 영혼을 느끼는 건 당연하잖아. 영혼은 우리에게도 있고 엄마한테도 있고 동물에게도 있고 민트에게도……."

그러자 마이클이 민트를 씹으며 우물거리던 것을 멈추고 코를 찡긋거렸습니다.

"그럼 지금 내가 영혼을 씹고 있다는 말이야?"

내가 말했습니다.

"아니지. 영혼은 우주의 에너지고 빛이고 사랑이야. 민트 안에 있는 에너지는 네 안에 있는 에너지와 쉽게 합쳐질 수 있으니 네가 민트를 괴롭히는 것은 아니야."

내 설명을 듣고 마이클은 향기로운 민트 잎이 달린 줄기를 아서의 작은 무덤 위에 내려놓았습니다.

"아서는 다른 토끼들보다 그 에너지를 우리에게 더 많이 나눠 줬

지."

내가 덧붙였습니다. 그러자 아이들은 나를 의문스럽다는 듯 쳐다보았습니다. 나는 항상 모든 생명은 다 똑같이 귀한 것이라고 말했는데 내가 아서가 다른 토끼보다 우월하다는 식으로 말하자 아이들은 혼란스러운 모양이었습니다.

"너희들 기억나니? 페트리지 선생님이 아서에겐 뭔가 특별한 것이 있다고 하신 말씀 말이야."

아이들은 고개를 끄덕였습니다.

"그리고 정말 많은 사람들이 아서를 보러 우리 집에 왔고 얼마나 안고 싶어했는지도 기억해?"

팀이 끼어들었습니다.

"그건 아서가 너무 예쁘고 귀여워서 그랬던 거잖아요."

"맞아. 그럼 헨리에타는 어떠니?"

내가 다시 물었습니다.

"헨리에타가 왜요?"

팀이 토끼우리 속의 흰색 바탕에 검정색 무늬의 네덜란드 토끼를 쳐다보며 말을 이었습니다.

"헨리에타도 예쁘죠. 하지만……."

"네가 가까이 가면 헨리에타는 할퀴고 물잖아."

마이클이 말했습니다.

"맞아요. 그래서 헨리에타를 기르겠다는 사람이 아무도 없잖아요."

팀이 맞장구를 쳤습니다.

"그래. 그게 헨리에타의 개성일 수도 있지. 그렇다면 아서가 다른 토끼와 다른 점은 뭐였을까?"

내가 다시 묻자 마이클이 촉촉한 눈망울로 위를 올려다보며 말했습니다.

"아서는 점잖고 다정해요. 그리고 자기한테 말을 거는 모든 사람을 좋아했어요."

"맞아. 아서는 곁에 있으면 편안했고 기분이 좋았지."

내가 말하자 마이클이 천천히 내게로 시선을 되돌리며 묻습니다.

"사랑을 잘 하는 토끼였다는 뜻이에요?"

"그렇단다."

우리는 일어나서 무덤 주변에 둘러섰습니다. 우리는 아서에게 사랑과 감사를 전하며 손을 잡고 기도했습니다. 아마도 우리가 전한 사랑과 감사는 꽃밭을 지나, 민트 밭을 지나, 산을 지나 이제 아서가 머무는 곳으로 퍼져갔을 것입니다.

"사랑을 보상해 주다니. 아서는 사랑을 다 되돌려 주나 봐."

팀의 말에 내가 조용히 동의했습니다.

"그래. 나눔과 같은 것이지. 네가 사랑을 주면 사랑은 네게로 계속 돌아온단다. 게다가 준 것만큼이 아니라 더 크게 돼서 돌아오지."

마이클이 덧붙였습니다.

"맞아요. 아서는 자기를 사랑했던 사람들한테 더 큰 사랑을 주었잖아요. 다정한 아서!"

아서를 통해 알게 된 평화와 사랑의 감정들이 아이들에게 흘러드는 것을 느끼면서 내가 대답했습니다.

"맞아. 그리고 아서의 영혼은 분명히 지금 정말 행복할 거야. 하늘나라에서 민트 베개를 안고 멋진 시간을 보내고 있을 거야."

둥이

길냥이들 밥 줄 때마다 함께 밥을 챙겼던
동네 철물점 말라뮤트 강아지. 비실비실했던 이 녀석이 팔려
모란시장으로 갔단 말에 시장에 가보니
개고기집 오토바이 밑에 쭈그리고 앉아 있었습니다.
돈을 치르고 둥이를 데리고 오는데 주인이 한 마디 던집니다.
"넌, 임마, 꿈 잘 꾼 줄 알아.
비실대서 오늘 밤에 잡으려고 했더니……."
그렇게 데려와 꼭 살리려고 했습니다.
그런데 너무 어리고 면역력이 약했던 둥이는 태어난 지
4개월 만에, 사람에게 사랑을 받은 지 3주 만에
별이 되었습니다. 둥이에게도 나에게도 가장 빛난 시간을
보낸 후 녀석은 그렇게 세상에서 가장 빛나는 별이 되었습니다.

“그리고 주변에 사랑을 퍼뜨리면서요.”

팀이 덧붙였습니다. 아이들과 자리를 털고 일어나 집으로 향했습니다. 아서의 자식인 일곱 마리의 새끼 토끼는 어느 새 팀을 에워싸고 껑충껑충 뛰며 어리광을 부리고 있었습니다.

조용히 걷던 마이클이 팀을 보며 말했습니다.

“그래, 팀. 아까 네가 한 말이 맞는 것 같아. 아서는 정말로 떠난 게 아니야. 이번 한번만 네 말이 옳다는 거 인정할게.”

이 책에 실린 사진과 글은 동물책 함께 만드는 작업실 카페(http://cafe.naver.com/animalbook1)에서 진행된 이벤트를 정리한 것입니다.

이 책의 번역을 의뢰받았을 때 내게는 마음 속으로 헤어짐을 준비하고 있는 열다섯 고령의 개가 있기에 무엇보다 내 자신의 위안을 위해 이 책을 읽어 보고 싶었습니다.

우리는 탄생과 삶을 기쁨과 기대로 받아들이고 희망으로 대하기 위해 노력합니다. 그러나 죽음에 대해서는 그렇지 않은 것 같습니다. 그 큰 이유 중 하나는 두려움 때문입니다. 그와 동반되는 고통에 대한 두려움, 마지막이라는 두려움, 헤어짐의 두려움, 미지의 세계에 대한 두려움. 하지만 이제는 믿습니다. 죽음 너머, 무지개다리 너머에는 아름다운 세상이 펼쳐져 있음을. 그래서 그곳으로 가는 관문인 '죽음'의 순간을 의연하게, 당당하게, 기대의 마음으로 임해야 함을.

이 책을 번역하는 내내 작은 깨달음이 이어졌습니다. 저랑 한 집에서 같이 사는 퍼그 두 마리 왕건이와 레옹이, 길에서 사는 세미, 옐리, 뭉치를 비롯한 길고양이 친구들, 제가 봉사하는 보호소의 미야, 모모, 별이, 우리, 두리를 비롯한 고양이식구들이 언제나 마음 한쪽에 있었습니다. 번역을 마친 지금 그들은 이제 단순히 제가 돌보는 개가 아니라 제가 하루하루 마음 졸이며 바라보는 불쌍한 길고양이가 아니라 저와 영혼으로 교류하는 영원한 친구임을 알게 되었습니다. 또 하나의 소중한 깨달음은 동물은 우리 하위에 존재하지 않으며 그들 하나하나가 우리와 마찬가지로 신의 표현이라는 것입니다. 동물을 사랑하는 우리는 그렇게 믿어야 합니다. 그것이 그들을 마지막 순간까지 깊이 사랑하고 함께 하고 싶은 우리의 마음을 지탱해 주는 탄탄한 기반이 될 것입니다.

저는 몇 년 전까지만 해도 불안함을 느끼면 토하는 버릇이 있었습니다. 그런데 왕건이도 그랬습니다. 왕건이는 제가 마음이 불편해 보이면 토했던 것입니다. 그걸 보고 저는 제 불안한 마음을 다스리기 시작했습니다. 그 순간이 얼마나 힘든지 알기에 왕건이에게 그런 힘든 순간을 주어서는 안 되겠다는 생각에 제 마음을 다스려야 했습니다. 제 생각과 마음을 읽는 왕건이는 저자가 말했듯이 저의 치유자입니다.

이 책을 번역하는 중에 봉사하는 보호소의 아픈 고양이를 임시로 데리고 있었던 적이 있습니다. 4개월 된 어린 고양이였는데 복수와 흉수가 차올라 숨쉬기조차 힘들어하는 상태였습니다. 그런 상태에서 한순간도 맑은 눈망울을 잃지 않은 그 고양이의 이름은 예소인데, 이 책을 통해 차근차근 쌓아가는 이해 덕분에 떠나는 순간에 용기를 내어 무서워하지 않고 함께해 줄 수 있었습니다. 번역하는 내내 예소가 생각났습니다. 그리고 몹쓸 병으로 세상을 떠난 보호소의 고양이들을 하나하나 떠올리지 않을 수 없었습니다.

지금은 알고 있습니다. 그들이 화사한 무지개다리 너머의 세상에서 천상의 풀밭에서 뛰놀고 있다는 것을.

"예소야, 이제 아프지 않지? 둥이도 만나고 먼저 가 있던 언니 오빠도 다 만났니? 우린 괜찮아. 이제는 네가 행복하다는 걸 아니까."

저자가 말했듯이 죽음에 임박한 동물 친구 곁에서 편안하게 해주는 것은 굉장한 용기가 필요합니다. 이 책이 동물을 사랑하는 독자들에게 그런 용기를 줄 수 있을 것입니다. 저 또한 그렇게 용기를 얻었으니까요. 또한 여러분의 동물 친구에게 어려운 일, 힘든 일이 생기면 먼저 여러분의 마음을 편안히 하고 간절히 바라십시오.

두려움이나 혼란을 말하는 기도보다는 영감과 사랑에서 나오는 즉흥적인 기도가 다른 존재를 위해 할 수 있는 가장 친절한 기도입니다. 그리고 그 일은 우리 모두 누구나 할 수 있습니다.

이제는 동물의 죽음뿐만 아니라 저의 죽음의 순간도 두렵지 않을 것 같습니다. 죽음은 이 세상에서 저 세상으로 이동하는 짧은 과정일 뿐. 이제는 두려움이 아닌 기대와 희망을 안고 맞이할 수 있을 것 같습니다. 이는 동물을 통해 얻은 저자의 깨달음이자 저의 깨달음입니다.

이 책을 번역하는 내내 제 마음 속에서 함께했던 쵸끼맘님 외 보호소 봉

사자 여러분, 번역할 수 있는 소중한 기회를 주신 책공장더불어 출판사의
더불어밥님을 비롯한 한국고양이보호협회의 여러 회원님과 독자 여러분께
제가 이 책을 통해 얻은 감동, 깨달음, 충만함을 전하고 싶습니다.

옮긴이 조은경

2001년 아마존 선정 올해의 책

이 책의 저자 리타 레이놀즈는 병들고 죽음을 앞둔 동물들을 돌보는 동물 호스피스 봉사자로 활동하고 있다. 동물 호스피스. 조금은 낯설지만 사람과 마찬가지로 동물들이 죽음의 문턱을 편안하게 넘을 수 있도록 도와주는 일을 말한다. 그래서 이 책에는 치료가 불가능한 병으로 죽음을 기다리고 있는 개와 고양이, 둥지에서 떨어져 죽음을 기다리는 아기새 등의 이야기가 등장하고 그들을 평화롭게 잘 보내는 방법에 대해 이야기한다.

언뜻 보면 수의사에게 필요한 지침서 같다는 생각이 들지만 실제로는 반려인들에게 도움이 되는 책이다. 가족으로 오랜 시간을 함께 보낸 반려동물을 편안하게 보내는 방법에 대해 배울 수 있기 때문이다. 이 책은 떠나는 동물의 마음을 편안하게 해주는 방법, 동물의 죽음을 이해하는 방법, 반려동물의 죽음 이후 떠난 동물을 추억하는 방법 등에 대해 친절하게 소개하고 있다.

사실 미국에는 반려동물의 죽음인 펫로스(pet loss)를 다룬 책이 여럿 있다. 그런데 그중에서 이 책이 돋보이는 이유는 리타 레이놀즈가 다른 작가에 비해 동물의 죽음 과정을 보다 직감적이고 영적인 영역으로 깊숙이 파고든다는 점에 있다. 리타 레이놀즈는 죽음에 임박한 동물들이 자신이 어떤 방법—스스로 죽음을 맞기를 원하는지, 안락사를 원하는지— 의 죽음을 원하는

지 대화를 통해 해결하는 방법 등을 제시한다.

또한 저자는 동물이 죽음 이후 하늘나라로 떠나는 것을 돕는 수호천사가 존재한다고 믿는다. 출산 과정에서 산모와 아기를 돕는 의사나 산파처럼 수호천사들은 죽음의 과정에 있는 생명체를 도울 준비가 되어 있어서 죽음이라고 부르는 다리 건너편에서 기다리고 있다는 것이다. 저자는 인간만이 아니라 동물도 영혼이 있으며 죽음 이후 영혼이 육체를 벗어나 사후 세계로 이동한다고 믿는다.

이런 믿음은 저자가 죽음을 앞둔 동물들을 돌보면서 직접 겪은 일들을 통해 얻은 깨달음이다. 이처럼 이 책은 실제의 이야기를 통해 그녀가 깨달은 많은 교훈을 담고 있고, 우리는 그 이야기 속에서 죽음에 임박한 동물들을 보내는 그녀의 방법을 배울 수 있다.

『티베트 사자의 서』처럼 이 책은 삶에 실질적인 도움이 되는 실용적인 면은 물론 영혼을 살찌우는 영적인 지혜도 담고 있다. 저자는 이 책을 통해 우리에게 사랑하는 동물들을 아름답게 보내는 방법과 그를 위해서 우리가 어떤 준비를 해야 하는지, 더불어 동물들이 죽음을 통해 우리들에게 알려 주는 지혜는 어떤 것인지를 친절하게 설명하고 있다.

게일 허드슨(아마존 서평가)

펫로스(petloss). 말 그대로 반려동물을 잃은 반려인의 상실감을 나타내는 말로 사랑하는 반려동물을 떠나보낸 뒤 느끼는 정상적인 감정의 표현이다.

사랑하는 존재가 떠나면 마음이 아프고 일정 기간 슬픔과 애도의 시간을 보내는 것은 당연한 일이다. 그런데 그 존재가 동물이라면 우리 문화에서는 이야기가 달라진다. 함께 살던 반려동물이 죽은 후 '많이' 슬퍼하는 모습을 보였다가 "그깟 개 하나 죽었다고 언제까지 질질 짤래?"라는 식의 반응을 접하게 된다. 반려동물이 죽었을 때 한번 정도 우는 것은 봐주지만 그 이상 지속되는 것은 용납이 되지 않는 문화인 것이다.

이런 분위기 속에서 반려인들이 반려동물을 잃은 슬픔을 온전히 드러내기란 쉽지 않다. 주변 사람들에게 배려를 받기가 어려울 뿐만 아니라 반려문화 선진국처럼 반려동물을 잃었을 때 위로를 받을 수 있는 상담전화 등의 사회적 장치 또한 마련되어 있지 않기 때문이다. 슬픔은 시간이 지나면 강도가 줄어들어야 하는데 슬픔을 드러내 치유받지 못한 사람들은 슬픔을 고스란히 마음의 상처로 갖고 살아간다.

사랑하는 존재를 잃은 상실감은 아주 민감하고 상처받기 쉬운 감정이다. 특히 그 존재가 가족이라면 상실감이 더한데 반려동물을 가족으로 생각하는 반려인에게는 반려동물의 죽음은 가족의 죽음과 다르지 않다. 때로는 배우자나 자식보다 더 가까운 존재일 수 있는 게 반려동물이기 때문이다. 그런데 이 부분에서 반려인과 비반려인의 괴리감이 생기며 소통이 끊기게 된다. 개, 고양이가 어떻게 가족과 동급일 수 있느냐는 것이다.

최근 미디어에서도 반갑게 펫로스에 관심을 보이고 있다. 그런데 그 시선이 상당히 선정적이다. 반려동물이 죽은 후 슬픔을 이기지 못해 자살하는 사람 등을 자세히 다루며 반려동물에 지나친 애착을 보이는 사람들에게 경고를 건넨다. 반려동물에게 집착하지 말고 사람들과 '정상적인' 관계를 맺고 살라고. 개, 고양이는 가족이 될 수 없다고. 이처럼 기본적인 인식에서 차이를 보이면 더 이상 대화는 이뤄질 수 없다. 대화하지 못하면 이해도 없다.

반려산업에서 흔히 말하는 호황기가 지난 지 어언 10여 년이 지나면서 나이 든 반려동물과 사는 사람들, 반려동물을 먼저 떠나보내는 사람들이 늘어나고 있다. 바로 지금이 반려동물의 죽음과 펫로스에 대해 논의하기 가장 적절한 시기이다. 온전히 이해할 수는 없더라도 나와 다른 상대에 대한 배려의 마음으로 펫로스가 논의되기를 바란다.

실제로 반려문화 선진국의 경우 펫로스가 서점에서 하나의 카테고리가 될 정도로 펫로스에 관한 책이 많이 나와 있고 반려인들은 책을 통해 위안과 위로를 얻는다. 한국에서 펫로스에 관해 처음으로 나오는 이 책이 반려인에게는 위로를, 비반려인에게는 펫로스에 대한 이해의 기초가 되기를.

책공장더불어의 책

우주식당에서 만나
2010년 볼로냐 어린이도서전에서 올해의 일러스트레이터로 선정되었던 신현아 작가가 반려동물과 함께 사는 이야기를 네 편의 작품으로 묶었다.

노견 만세
퓰리처상을 받은 글 작가와 사진 작가가 노견들에게 보내는 찬사의 사진 에세이.

강아지 천국
반려견과 이별한 이들을 위한 그림책. 들판을 뛰놀다가 맛있는 것을 먹고 잠들 수 있는 곳에서 행복하게 지내다가 천국의 문 앞에서 사람 가족이 오기를 기다리는 무지개다리 너머 반려견의 이야기.

고양이 천국 (어린이도서연구회에서 뽑은 어린이·청소년 책)
고양이와 이별한 이들을 위한 그림책. 실컷 놀고 먹고, 자고 싶은 곳에서 잘 수 있는 곳. 그러다가 함께 살던 가족이 그리울 때면 잠시 다녀가는 고양이 천국의 모습을 그려냈다.

깃털, 떠난 고양이에게 쓰는 편지
프랑스 작가 클로드 앙스가리가 먼저 떠난 고양이에게 보내는 편지. 한 마리 고양이의 삶과 죽음, 상실과 부재의 고통, 동물의 영혼에 대해서 써 내려간다.

동물과 이야기하는 여자
SBS 〈TV 동물농장〉에 출연해 화제가 되었던 애니멀 커뮤니케이터 리디아 히비가 20년간 동물들과 나눈 감동의 이야기. 병으로 고통받는 개, 안락사를 원하는 고양이 등과 대화를 통해 문제를 해결한다.

개, 고양이 사료의 진실
미국에서 스테디셀러를 기록하고 있는 책으로 반려동물 사료에 대한 알려지지 않은 진실을 폭로한다. 2007년도 멜라민 사료 파동 취재까지 포함된 최신판이다.

우리 아이가 아파요! 개·고양이 필수 건강 백과
새로운 예방접종 스케줄부터 우리나라 사정에 맞는 나이대별 흔한 질병의 증상 · 예방 · 치료 · 관리법, 나이 든 개, 고양이 돌보기까지 반려동물을 건강하게 키울 수 있는 필수 건강백서.

개·고양이 자연주의 육아백과
세계적 홀리스틱 수의사 피케른의 개와 고양이를 위한 자연주의 육아백과. 40만 부 이상 팔린 베스트셀러로 반려인, 수의사의 필독서. 최상의 식단, 올바른 생활습관, 암, 신장염, 피부병 등 각종 병에 대한 대처법도 자세히 수록되어 있다.

고양이 질병의 모든 것
40년간 3번의 개정판을 내며 고양이 질병 백과의 고전이 된 책. 고양이 질병의 예방과 관리 · 증상과 징후 · 치료법에 대한 모든 해답을 완벽하게 찾을 수 있다

개 피부병의 모든 것
홀리스틱 수의사인 저자는 상업사료의 열악한 영양과 과도한 약물사용을 피부병 증가의 원인으로 꼽는다. 제대로 된 피부병 예방법과 치료법을 제시한다.

개가 행복해지는 긍정교육
개의 심리와 행동학을 바탕으로 한 긍정교육법으로 50만 부 이상 판매된 반려인의 필독서이다. 짖기, 물기, 대소변 가리기, 분리불안 등의 문제를 평화롭게 해결한다.

개.똥.승. (세종도서 문학나눔 도서)
어린이집의 교사이면서 백구 세 마리와 사는 스님이 지구에서 다른 생명체와 더불어 좋은 삶을 사는 방법, 모든 생명이 똑같이 소중하다는 진리를 유쾌하게 들려준다.

유기견 입양 교과서
유기견을 도우려는 사람을 위한 전문적인 정보 · 기술 · 지식을 담았다. 버려진 개의 마음 읽기, 개가 보내는 카밍 시그널과 몸짓언어, 유기견 맞춤 교육법, 입양 성공법 등이 담겼다.

순종 개, 품종 고양이가 좋아요?
생명을 사고파는 사회가 만들어낸 괴물, 순종. 순종을 원하는 문화가 개, 고양이에게 어떤 문제를 만들어내는지 수의사인 저가가 과학적 · 사회학적으로 접근한다.

유기동물에 관한 슬픈 보고서 (환경부 선정 우수환경도서, 어린이도서연구회에서 뽑은 어린이·청소년 책, 한국간행물윤리위원회 좋은 책, 어린이문화진흥회 좋은 어린이책)

동물보호소에서 안락사를 기다리는 유기견, 유기묘의 모습을 사진으로 담았다. 인간에게 버려져 죽임을 당하는 그들의 모습을 통해 인간이 애써 외면하는 불편한 진실을 고발한다.

버려진 개들의 언덕 (학교도서관저널 추천도서)

인간에 의해 버려져서 동네 언덕에서 살게 된 개들의 이야기. 새끼를 낳아 키우고, 사람들에게 학대를 당하고, 유기견 추격대에 쫓기면서도 치열하게 살아가는 생명들의 2년간의 관찰기.

사향고양이의 눈물을 마시다

(한국출판문화산업진흥원 우수출판콘텐츠 제작 지원 선정, 환경부 선정 우수환경도서, 학교도서관저널 추천도서, 국립중앙도서관 사서가 추천하는 휴가철에 읽기 좋은 책, 환경정의 올해의 환경책)

내가 마신 커피 때문에 인도네시아 사향고양이가 고통 받 는다고? 나의 선택이 세계 동물에게 어떤 영향을 미치는 지, 동물을 죽이는 것이 아니라 살리는 선택이 무엇인지 알아본다.

실험 쥐 구름과 별

동물실험 후 안락사 직전의 실험 쥐 20마리가 구조되었다. 일반인에게 입양된 후 평범하고 행복한 시간을 보낸 그들의 삶을 기록했다.

황금 털 늑대

공장에 가두고 황금빛 털을 빼앗는 인간의 탐욕에 맞서 늑대들이 마침내 해방을 향해 달려간다. 생명을 숫자가 아니라 이름으로 부르라는 소중함을 알려주는 그림책.

동물에 대한 예의가 필요해

일러스트레이터인 저자가 지금 동물들이 어떤 고통을 받고 있는지, 우리는 그들과 어떤 관계를 맺어야 하는지 그림을 통해 이야기한다. 냅킨에 쓱쓱 그린 그림을 통해 동물들의 목소리를 들을 수 있다.

동물을 위해 책을 읽습니다

(국립중앙도서관 사서 추천 도서, 한국출판문화산업진흥원 중소 출판사 우수콘텐츠 제작지원 사업 선정)

우리는 사랑하고, 입고, 먹고, 즐기는 동물과 어떤 관계를 맺어야 할까? 목소리를 스스로 낼 수 없는 동물의 편에 서서 그들의 눈으로 세상을 보게 해주는 책을 함께 읽는다.

동물을 만나고 좋은 사람이 되었다

(한국출판문화산업진흥원 출판 콘텐츠 창작자금지원 선정)

개, 고양이와 살게 되면서 반려인은 동물의 눈으로, 약자의 눈으로 세상을 보는 법을 배운다. 동물을 통해서 알게 된 세상 덕분에 조금 불편해졌지만 더 좋은 사람이 되어 가는 개 · 고양이에 포섭된 인간의 성장기.

후쿠시마에 남겨진 동물들

(미래창조과학부 선정 우수과학도서, 환경부 선정 우수환경도서, 환경정의 청소년 환경책 권장도서)

2011년 3월 11일, 대지진에 이은 원전 폭발로 사람들이 떠난 일본 후쿠시마. 다큐멘터리 사진작가가 담은 '죽음의 땅'에 남겨진 동물들의 슬픈 기록.

후쿠시마의 고양이 (한국어린이교육문화연구원 으뜸책)

2011년 동일본 대지진 이후 5년. 사람이 사라진 후쿠시마에서 살처분 명령이 내려진 동물들을 죽이지 않고 돌보고 있는 사람과 두 고양이가 사는 모습을 담은 평화롭지만 슬픈 사진집.

개에게 인간은 친구일까?

인간에 의해 버려지고 착취당하고 고통받는 우리가 몰랐던 개 이야기. 다양한 방법으로 개를 구조하고 보살피는 사람들의 이야기가 그려진다.

치료견 치로리 (어린이문화진흥회 좋은 어린이책)

비 오는 날 쓰레기장에 버려진 잡종개 치로리. 죽음 직전 구조된 치로리는 치료견이 되어 전신마비 환자를 일으키고, 은둔형 외톨이 소년을 치료하는 등 기적을 일으킨다.

대단한 돼지 에스더 (학교도서관저널 추천도서)

300킬로그램의 돼지 덕분에 파티를 좋아하던 두 남자가 채식을 하고, 동물보호 활동가가 되는 놀랍고도 행복한 이야기.

채식하는 사자 리틀타이크

(아침독서 추천도서, 교육방송 EBS 〈지식채널e〉 방영)

육식동물인 사자 리틀타이크는 평생 피 냄새와 고기를 거부하고 채식 사자로 살며 개, 고양이, 양 등과 평화롭게 살았다. 종의 본능을 거부한 채식 사자의 9년간의 아름다운 삶의 기록.

임신하면 왜 개, 고양이를 버릴까?

임신, 출산으로 반려동물을 버리는 나라는 한국이 유일하다. 세대 간 문화충돌, 무책임한 언론 등 임신, 육아로 반려동물을 버리는 사회현상에 대한 분석과 안전하게 임신, 육아 기간을 보내는 생활법을 소개한다.

용산 개 방실이 (어린이도서연구회에서 뽑은 어린이 · 청소년 책, 평화박물관 평화책)

용산에도 반려견을 키우며 일상을 살아가던 이웃이 살고 있었다. 용산 참사로 갑자기 아빠가 떠난 뒤 24일간 음식을 거부하고 스스로 아빠를 따라간 반려견 방실이 이야기.

고양이 그림일기

(한국출판문화산업진흥원 이달의 읽을만한 책)

장군이와 흰둥이, 두 고양이와 그림 그리는 한 인간의 일 년 치 그림일기. 종이 다른 개체가 서로의 삶의 방법을 존중하며 사는 잔잔하고 소소한 이야기.

고양이 임보일기

《고양이 그림일기》의 작가가 새끼 고양이 다섯 마리를 구조해서 입양 보내기까지의 시끌벅적한 임보 이야기.

나비가 없는 세상

(어린이도서연구회에서 뽑은 어린이 · 청소년 책)

고양이 만화가 김은희 작가가 그려내는 한국 최고의 고양이 만화. 신디, 페르캉, 추새. 개성 강한 세 마리 고양이와 만화가의 달콤쌉싸래한 동거 이야기.

고양이는 언제나 고양이였다

고양이를 사랑하는 나라 터키의, 고양이를 사랑하는 글 작가와 그림 작가가 고양이에게 보내는 러브레터. 고양이를 통해 세상을 보는 사람들을 위한 아름다운 고양이 그림책이다.

인간과 개, 고양이의 관계심리학

함께 살면 개, 고양이와 반려인은 닮을까? 동물학대는 인간학대로 이어질까? 248가지 심리실험을 통해 알아보는 인간과 동물이 서로에게 미치는 영향에 관한 심리 해설서.

똥으로 종이를 만드는 코끼리 아저씨

(환경부 선정 우수환경도서, 한국출판문화산업진흥원 청소년 권장도서, 서울시교육청 어린이도서관 여름방학 권장도서, 한국출판문화산업진흥원 청소년 북토큰 도서)

코끼리 똥으로 만든 재생종이 책. 코끼리 똥으로 종이와 책을 만들면서 사람과 코끼리가 평화롭게 살게 된 이야기를 코끼리 똥 종이에 그려냈다.

야생동물병원 24시 (어린이도서연구회에서 뽑은 어린이 · 청소년 책, 한국출판문화산업진흥원 청소년 북토큰 도서)

로드킬 당한 삵, 밀렵꾼의 총에 맞은 독수리, 건강을 되찾아 자연으로 돌아가는 너구리 등 대한민국 야생동물이 사람과 부대끼며 살아가는 슬프고도 아름다운 이야기.

숲에서 태어나 길 위에 서다

(환경부 환경도서 출판 지원사업 선정)

한 해에 로드킬로 죽는 야생동물 200만 마리. 인간과 야생동물이 공존할 수 있는 방법을 찾는 현장 과학자의 야생동물 로드킬에 대한 기록.

동물복지 수의사의 동물 따라 세계 여행

(한국출판문화산업진흥원 중소출판사 우수콘텐츠 제작지원 선정, 학교도서관저널 추천도서)

동물원에서 일하던 수의사가 동물원을 나와 세계 19개국 178곳의 동물원, 동물보호구역을 다니며 동물원의 존재 이유에 대해 묻는다. 동물에게 윤리적인 여행이란 어떤 것일까?

동물원 동물은 행복할까?

(환경부 선정 우수환경도서, 학교도서관저널 추천도서)

동물원 북극곰은 야생에서 필요한 공간보다 100만 배, 코끼리는 1,000배 작은 공간에 갇혀 있다. 야생동물보호운동 활동가인 저자가 기록한 동물원에 갇힌 야생동물의 참혹한 삶.

고통받은 동물들의 평생 안식처 동물보호구역

(환경정의 어린이 환경책, 한국어린이교육문화연구원 으뜸책)

저자와 함께 전 세계 동물보호구역에서 행복하게 생활하고 있는 동물들을 만난다.

동물은 전쟁에 어떻게 사용되나

전쟁은 인간만의 고통일까? 고대부터 현대 최첨단 무기까지, 우리가 몰랐던 동물 착취의 역사.

동물주의 선언

현재 가장 영향력 있는 정치철학자가 쓴 인간과 동물이 공존하는 사회로 가기 위한 철학적 · 실천적 지침서.

동물학대의 사회학 (학교도서관저널 추천도서)

동물학대는 인간폭력으로 진행될까? 더 안전하고 덜 폭력적인 사회를 위해 동물학대에 대한 폭넓은 이해를 돕는다.

묻다 (환경부 선정 우수환경도서, 환경정의 올해의 환경책)

구제역, 조류독감으로 거의 매년 동물의 살처분이 이뤄진다. 저자는 4,800곳의 매몰지 중 100여 곳을 수년에 걸쳐 찾아다니며 기록한 유일한 사람이다. 그가 우리에게 묻는다. 우리는 동물을 죽일 권한이 있는가.

인간과 동물, 유대와 배신의 탄생

(환경부 선정 우수환경도서)

미국 최대의 동물보호단체 휴메인소사이어티 대표가 쓴 21세기 동물해방의 새로운 지침서. 농장동물, 산업화된 반려동물 산업, 실험동물, 야생동물 복원에 대한 허위 등 현대의 모든 동물학대에 대해 다루고 있다.

동물 쇼의 웃음 쇼 동물의 눈물

(한국출판문화산업진흥원 청소년 권장도서, 한국출판문화산업진흥원 청소년 북토큰 도서)

동물 서커스와 전시, TV와 영화 속 동물 연기자, 투우, 투견, 경마 등 동물을 이용해서 돈을 버는 오락산업 속 고통받는 동물의 숨겨진 진실을 밝힌다.

고등학생의 국내 동물원 평가 보고서

(환경부 선정 우수환경도서)

인간이 만든 '도시의 야생동물 서식지' 동물원에서는 무슨 일이 일어나고 있나? 국내 9개 주요 동물원이 종보전, 동물복지 등 현대 동물원의 역할을 제대로 하고 있는지 평가했다.

사람을 돕는 개 (한국어린이교육문화연구원 으뜸책)

안내견, 청각장애인 도우미견 등 장애인을 돕는 도우미견과 인명구조견, 흰개미탐지견, 검역견 등 사람과 함께 맡은 역할을 해내는 특수견을 만나본다.

암 전문 수의사는 어떻게 암을 이겼나

수많은 개와 고양이를 암에서 구하고, 자신도 암을 극복한 수의사의 이야기.

동물들의 인간 심판 (대한출판문화협회 올해의 청소년 교양도서, 세종도서 교양부문 선정, 환경정의 청소년 환경책, 아침독서 청소년 추천도서, 학교도서관저널 추천도서)

동물을 학대하고, 학살하는 범죄를 저지른 인간이 동물 법정에 선다. 고양이, 돼지, 소 등은 인간의 범죄를 증언하고 개는 인간을 변호한다. 이 기묘한 재판의 결과는?

물범 사냥 (노르웨이국제문학협회 번역 지원 선정)

북극해로 떠나는 물범 사냥 어선에 감독관으로 승선한 마리는 낯선 남자들과 6주를 보내야 한다. 남성과 여성, 인간과 동물, 세상이 평등하다고 믿는 사람들에게 펼쳐 보이는 세상.

햄스터

햄스터를 사랑한 수의사가 쓴 햄스터 행복 · 건강 교과서. 습성, 건강관리, 건강식단 등 햄스터 돌보기 완벽 가이드.

토끼

토끼를 건강하고 행복하게 오래 키울 수 있도록 돕는 육아 지침서. 습성·식단·행동·감정·놀이·질병 등 모든 것을 담았다.

토끼 질병의 모든 것

토끼의 건강과 질병에 관한 모든 것, 질병의 예방과 관리, 증상, 치료법, 홈 케어까지 완벽한 해답을 담았다.

옮긴이 | 조은경
대학 졸업 후 다국적 기업에서 15년간 전문 비서 및 마케팅 업무를 했다.
2004년 이후 전문 번역가로 활동하고 있으며 역서로 『파워 에티켓』,
『몸짓을 알면 대화가 즐겁다』, 『지금 당장 해고하라』, 『정글』,
『나는 최고다』, 『양의 탈을 쓰다』 등이 있다

펫로스, 반려동물의 죽음

초판 1쇄 펴냄 2009년 2월 28일
초판 15쇄 펴냄 2022년 12월 5일

지 은 이 리타 레이놀즈
옮 긴 이 조은경
표지 그린이 깜마
본문 그린이 필냉이(www.lovepillcat.com)
펴 낸 이 김보경
펴 낸 곳 책공장더불어

편 집 김보경
디 자 인 add+(02-336-2823)
인 쇄 정원문화인쇄

책공장
더불어

주 소 서울시 종로구 혜화동 5-23
대표전화 (02)766-8406
이 메 일 animalbook@naver.com
홈페이지 http://blog.naver.com/animalbook
페이스북 @animalbook4
인스타그램 @animalbook.modoo
출판등록 2004년 8월 26일 제300-2004-143호

ISBN 978-89-957504-4-5 03840

*잘못된 책은 바꾸어 드립니다.
*값은 뒤표지에 있습니다.